LE GRAND
VESTIAIRE

Œuvres de
ROMAIN GARY

n r f

LE GRAND VESTIAIRE
(roman)

—

Aux Éditions Calmann-Lévy

EDUCATION EUROPEENNE
(roman)
Prix des Critiques 1945

TULIPE
Conte, 1946

ROMAIN GARY

LE GRAND VESTIAIRE

ROMAN

LE CERCLE DU LIVRE DE FRANCE

PARIS

Librairie Gallimard

ÉDITIONS DE LA NOUVELLE REVUE FRANÇAISE

43, rue de Beaune (VIIme)

*Tous droits de traduction, de reproduction et d'adaptation
réservés pour tous les pays, y compris la Russie.
Copyright by Librairie Gallimard, 1949.*

*Copyright; Ottawa, Canada 1949
by Le Cercle du Livre de France, Ltd.*

à LESLEY BLANCH GARY

— Mon pauvre ami, mais que voulez-
vous prouver?

— Je ne cherche pas à prouver. Je veux
seulement que demeure la trace de mes pas.

— A quoi servira-t-elle, vieillard stupide?

— A éviter seulement qu'on ne nous sui-
ve. Elle sera bien utile à tous ceux qui ne
viendront pas après nous. Rappelez-vous,
mon Maître : l'humanité est une patrouille perdue.

— Est-il vraiment trop tard ? Ne peut-
elle pas rebrousser chemin ?

— Non. On lui tire dans le dos.

— Comme c'est affligeant ! Une si vieille
personne !

TULIPE, p. 76.

PREMIÈRE PARTIE

LES RATONS

I

M. Jean, dit « Marius », portait un béret basque, un blouson de cuir et de gros godillots. Il avait de jolis yeux marrons un peu tristes et suçait toujours un brin d'herbe, d'un air rêveur. Il portait de nombreuses décorations : la croix de guerre 14-18, la croix de guerre 39-40, la médaille de la Résistance, celle des engagés volontaires, la Reconnaissance française, — elles pendaient sur son blouson et faisaient du bruit lorsqu'il se dépêchait. Je l'ai peu connu — j'arrivais du Véziers pour assister aux obsèques de mon père et repartais quinze jours plus tard pour Paris — mais c'est ainsi que je le vois encore : le brin d'herbe entre les lèvres et la mitraillette sous le bras — il la portait partout avec lui depuis que l'ordre avait été donné aux F. F. I. de rendre les armes. Nous nous promenions, après les obsèques, dans le cimetière de Vieuxgué.

— Ne vous en faites pas pour moi, lui dis-je. Je me débrouillerai.

M. Jean hocha la tête.

— Ton père, il a pas eu de pot, dit-il.

— Hé non, lui dis-je.

— Se faire descendre comme ça, le dernier jour... J'étais à côté de lui. Ç'aurait pu être moi.

— Pas de pot, répétai-je.

Il soupira.

— C'était un héros, ton père.

La voix trembla un peu. Il avait un fort accent de Marseille. Il s'arrêta et se tourna vers moi.

— Je lui ai promis de m'occuper de toi, p'tite tête. Veux-tu venir avec moi à Marseille ? Je t'adopte, tiens.

— Qu'est-ce que vous avez comme moyens ? lui demandai-je.

Il parut surpris.

— Je me défends, quoi. J'ai une bonneterie. C'est pas grand'chose, bien sûr. Mais on vit.

— Vous avez une voiture ?

— Hé non.

— Et quel âge que vous avez exactement ?

— J'ai passé la cinquantaine.

Je le regardai avec froideur.

— On peut pas dire que vous vous êtes bien démerdé, dans la vie.

Il baissa la tête.

— Hé non, admit-il. Mais il n'y a pas que l'argent qui compte.

Je haussai les épaules.

— On dit toujours ça, quand on a loupé son coup.

Nous fîmes encore quelques pas parmi les tombes. Mais le cœur n'y était plus. C'était fini, entre nous, et il le savait.

— Je vais voir un peu au mess...

Il s'en alla, en traînant sa mitraillette. Il n'aborda plus le sujet et s'efforça de m'éviter, comme si je lui faisais un peu peur. Les jours suivants, d'ailleurs, il fut très occupé. On était venu lui prendre sa mitraillette. Apparemment, il y avait eu une discussion à son sujet au gouvernement et le gouvernement avait décidé que M. Jean, dit « Marius », devait rendre sa mitraillette. Il la défendit avec acharnement. Il hurla, menaça, se frappa du poing ses médailles qui sonnaient, qui sonnaient et courut d'un bureau à l'autre, la mitraillette serrée dans les bras. Il faisait partout un très mauvais effet. Un excité, disait-on. On lui retira, poliment, mais fermement, la mitraillette des bras. Nous n'étions plus au Far-West, lui expliqua-t-on, en insistant lourdement sur le mot « plus ». La résistance, c'était fini, la libération aussi : c'était maintenant le tour des vrais soldats. Tout rentrait dans l'ordre, quoi. La guerre était presque finie, les Allemands en fuite, on allait enfin avoir une vraie armée. Il ne s'agissait plus maintenant de jouer avec les armes à feu. D'ailleurs, M. Jean, dit « Marius », avait un dossier et la nouvelle autorité militaire récupérée allait se pencher sur ce dossier avec sollicitude. Il était question, dans ce dossier, d'attaques à main armée — passons — de trains de marchandises arrêtés et pillés — passons encore — de banques dévalisées — hum, hum ! — et surtout, de quelques exécutions sommaires — naturellement, il n'était pas question d'accuser la Résistance en général, elle a eu aussi ses martyrs et ses héros, mais enfin, il faudra voir tout cela de près, filtrer, passer au crible, décanter la légende, établir dès maintenant certaines responsabilités... M. Jean insulta un colonel breveté d'état-major et tomba malade. Il resta couché huit jours à l'hôpital militaire. J'allais le voir, avec ma chienne Roxane, que j'avais héritée de mon père : elle avait

fait trois ans de maquis avec lui. Je lui faisais ces
visites par politesse et aussi parce que sa mine dé-
confite faisait plaisir à voir.

— Ah, les salauds, répétait-il tout le temps. Ils
nous ont eus, hein ?

— C'est bien fait pour votre gueule, lui disais-je.

Il regardait le plafond, s'agitait sur son lit et trans-
pirait.

— Il faudra porter la lutte sur le plan politique,
divaguait-il.

— Bien sûr, bien sûr.

Il me jetait un regard fiévreux.

— C'est pas encore fini, hein, p'tite tête ? Ils ne
nous ont pas encore complètement couillonés ?

— Non, pas encore complètement, le rassurai-je.

Il me saisissait la main.

— Ton père, il est pas mort pour rien ?

— Mais si, mais si, le rassurai-je.

J'avais alors quatorze ans et j'étais plein d'espoir.

II

M. Jean sortit de l'hôpital maigri et blanchi. L'autorité militaire avait décidé de classer pour l'instant
son dossier de résistant. Les faits retenus contre lui
pouvaient naturellement recevoir des interprétations
différentes. Tout cela manquait encore de perspective, il fallait attendre encore un peu pour savoir
quoi penser : l'horizon finira bien par s'élargir et
les choses reprendront alors leurs véritables proportions. On démobilisa tout de même M. Jean, dit

« Marius », poliment, mais fermement : la guerre
était sur le point de finir, il ne s'agissait plus de
rigoler. En général, les choses s'arrangeaient. On
reconstruisait. On recevait déjà les premiers films
américains, la présidence du Conseil annonçait qu'on
allait enfin voir *Autant en emporte le vent*, avec Clark
Gable et Vivian Leigh. On apprenait les noms de
nos nouvelles vedettes : Laureen Bacall, Greer Gar-
son, Humphrey Bogart. Les prisonniers rentraient
sans trop se plaindre. Il y avait un vent de liberté
qui soufflait, on trouvait de tout au marché noir.
Mon père reçut la médaille de la Résistance à titre
posthume, avec rosette : le préfet me la déposa sur
la poitrine, place Gambetta. Il était ému et parlait
d'une voix enrhumée au nom du président de la
République provisoire. Il me dit que le pays me
prenait sous son aile, qu'il payait ainsi sa dette envers mon père... Qui paye ses dettes, s'enrichit. J'allais recevoir gratuitement une bonne instruction générale et apprendre un métier. Tel père, tel fils,
conclut-il en m'embrassant, mais je ne m'affolais
pas : pour faire une affaire, il faut être deux. Ma
chienne Roxane assistait à la fête, assise sur son
derrière à côté de M. Jean. Le sens de la cérémonie
lui échappait : elle avait de la veine. Le lendemain,
on nous embarqua, elle et moi, dans un train pour
Paris. M. Jean nous accompagna à la gare. J'avais
un brassard tricolore autour du bras et un ticket de
troisième. J'étais désormais pupille de la nation,
m'expliqua M. Jean. A la gare de l'Est, à Paris, je
serais accueilli par des personnalités responsables,
elles allaient s'occuper de moi. Tout était prévu, organisé. Je n'étais pas seul dans mon cas, j'aurais des

camarades. J'allais, me dit-il, en se mouchant, étudier, devenir quelqu'un comme mon père. Je le regardais. Il portait à présent un pardessus gris très convenable mais avait toujours le même bon air couillon.

— Merci pour tout, lui dis-je. Et soyez tranquille. Je me débrouillerai.

Il sortit un petit carnet de sa poche et me le tendit.

— J'ai marqué mon adresse là-dessus. Si tu as des difficultés...

— Je n'y manquerai pas, lui dis-je poliment.

Je pris le carnet. Il parut content.

— Je vais te faire une confidence, dit-il. Je vais me présenter aux élections. Des amis m'ont demandé... J'ai pas le droit de refuser. L'unité du pays s'est faite dans la Résistance, il faut que cette unité soit maintenue coûte que coûte...

— Tenez-moi au courant, lui dis-je.

Le train s'ébranlait. M. Jean leva la main, me fit un signe d'adieu.

— Ne perds pas mon adresse, cria-t-il.

J'avais le carnet à la main. Je me penchai un peu et le jetai, de toutes mes forces, dans sa direction. Mais je le manquai. J'eus encore le temps de voir l'expression de stupeur sur son visage, la main levée qui, lentement, s'abaissa... C'est ainsi que je le vois encore aujourd'hui, silhouette désemparée et de plus en plus lointaine, un point dans l'espace, une trace de plus, une borne kilométrique dont le destin est d'être toujours dépassée.

III

A la gare de l'Est, nous fûmes accueillis par un jeune homme et une jeune femme qui paraissaient extrêmement inquiets et me regardaient avec une méfiance évidente, comme si j'étais un objet dangereux qui pouvait leur péter entre les doigts. Le jeune homme avait une liste à la main.

— Vous êtes bien le petit Luc Martin, n'est-ce pas ? dit-il d'une voix suppliante. Il n'y a pas une erreur quelque part ?

— C'est bien moi, le rassurai-je. Et ça, c'est Roxane.

— Comment, comment dites-vous ? Roxane ?

Il plongea immédiatement dans sa liste d'un air affolé.

— C'est bien ce que je pensais, dit-il d'une voix blanche, en remontant à la surface. Ce nom ne figure pas sur ma liste. Il y a encore une erreur quelque part.

— Vérifiez encore une fois, Marcel, supplia la jeune femme. Mon Dieu, encore des complications ! La dernière fois, ils nous ont envoyé comme pupille de la nation un individu de quarante-cinq ans qui ne parlait pas un mot de français et qui ne voulait rien savoir pour descendre à l'orphelinat avec les autres petits garçons. Quelque chose ne va pas quelque part, c'est évident. Ne vous en faites pas, mon petit ami, se rattrapa-t-elle immédiatement à mon intention, maintenant que nous sommes avec vous, tout va aller très bien. Mon Dieu, pourquoi nous envoient-ils des chiens, maintenant ?

— Je ne comprends absolument pas, dit le jeune homme. A moins que ce soit un coup des « Victimes du Fascisme » pour prouver au ministre qu'il y a de la pagaïe chez nous aussi. Vous dites, Roxane ? Vous êtes sûr ? J'ai ici un Rossard, Eugène, âgé de quinze ans. Vous êtes sûr que ce n'est pas ça ?

— Mais enfin, Marcel, vous voyez bien que c'est un chien, s'énerva la jeune femme.

— Quelquefois, ils font des erreurs tout à fait curieuses, dit le jeune homme. Je me méfie.

— Mon Dieu, nous discutons sur le quai et notre petit ami n'a pas eu son goûter ! Marcel, je suis sûre que ça va s'arranger. Vous allez voir, mon petit, maintenant que vous êtes avec nous, tout va marcher très bien.

Son compagnon paraissait de moins en moins convaincu. Il devint même tout pâle et dut s'asseoir un instant sur ma valise.

— Il me vient une idée horrible, dit-il.

— Mon Dieu, qu'est-ce qu'il y a encore ? s'effraya la jeune femme.

— C'est le premier groupe que nous recevons depuis la réorganisation, dit le jeune homme d'une voix étouffée. Cette semaine, nous devons recevoir encore trois cents nouveaux pupilles. Supposons, comme cela paraît être le cas, qu'il y a eu erreur à la base et que nous recevons à la place trois cents chiens ?

— Oh, mon Dieu, fit la jeune femme.

— Où est-ce qu'on va les loger ?

Il y eut un silence. Le jeune homme se leva d'un bond.

— Je vais avertir tout de suite le Comité d'orga-

nisation. Ça sent le sabotage quelque part. Une ma-
nœuvre politique. Il faut qu'ils fassent quelque chose
avant que la presse ne s'empare de l'histoire. Amenez
notre petit ami au Centre d'accueil, je vous rejoin-
drai plus tard.

Il plongea vers le métro.

— Mon Dieu, dit la jeune femme, je ne sais pas
du tout ce qu'ils vont faire. Du reste, il y a une telle
pagaïe partout que si on y ajoute trois cents chiens,
ça passera inaperçu. Venez, mon petit, nous allons
prendre le métro jusqu'à l'Opéra. En route, je vous
expliquerai les monuments. On a organisé pour vous
une grande réception au Centre d'accueil et un goûter. Il y a déjà dix-sept petits pupilles qui attendent
depuis ce matin. Mon Dieu, j'ai perdu mon carnet
de tickets. Vous n'avez pas de tickets ? Il faut faire
la queue, alors. Quelle époque, on commence quelque
chose avec enthousiasme, mais on finit toujours par
faire la queue. D'ailleurs, prenons le taxi, c'est bien
plus simple. Je prépare une agrégation d'anglais,
mais je cherche aussi à me rendre utile. Je suis assistante sociale. Mon père et mon frère ont été fusillés
par les Allemands.

— Où c'est que je pourrais pisser ? demandai-je.

— Oh, mon Dieu, je ne sais pas du tout, fit la
jeune femme avec consternation. Elle en oublia les
monuments. Nous arrivâmes, en nous regardant de
travers, jusqu'à l'Opéra, où elle me fit descendre ;
je la suivis avec une certaine curiosité — ça s'annonçait bien — jusqu'à son Centre d'accueil. Celui-ci
se trouvait derrière l'énorme vitrine d'un ancien magasin Chrysler, décorée de deux drapeaux entre-

croisés dont un pendait la tête en bas. Au-dessus de l'inscription « Chrysler », il y avait une large bande-role, « Ministère des Prisonniers et Déportés », sui-vie, près de la porte d'entrée, d'une élégante plaque noire et or, « Lingeries pour dames et gaines élas-tiques Bébé Delys. »

— C'est ici, dit la jeune femme.

Collées à la vitrine, il y avait des photos d'atro-cités allemandes, des corps nus entassés les uns sur les autres. Le haut-parleur donnait un peu de musi-que classique. Des personnalités responsables des deux sexes couraient dans toutes les directions, des listes à la main, se heurtaient les unes aux autres avec des excuses rapidement murmurées, poursuivies par le clapotis incessant des machines à écrire. Tout le monde téléphonait. Une foule élégante se pressait autour d'un certain nombre d'orphelins des deux sexes, qui se tenaient au milieu de la piste ; des ap-pareils de cinéma essayaient sur eux, de temps en temps, leurs lumières et leurs objectifs. Chaque gosse avait un brassard tricolore sur le bras et une petite valise à la main ; leurs mines allaient du pa-thétique fragile à l'abrutissement bestial. Par terre, il y avait tout un fouillis de câbles dans lesquels tout le monde se prenait les pieds; au bout du câble s'agitait un petit jeune homme rond, un micro à la main. Je remarquai, parmi les pupilles, un garçon rouquin, au visage couvert de taches de rousseur ; il devait être un peu plus âgé que moi et paraissait très à l'aise, il me sourit et me cligna de l'œil au pas-sage, puis se mit à siffler *Lili Marlène*. Je n'eus pas le temps de faire sa connaissance, parce que mon assistante s'empara de mon bras, dans le but évident d'empêcher toute tentative de fuite et c'est ainsi que, traîné par elle et traînant moi-même Roxane, nous nous frayâmes le chemin à travers la foule jusqu'à une porte vitrée marquée « Vente ». Nous trouvâmes là, derrière un bureau, un homme pâle et nerveux, qui parlait au téléphone d'une voix fielleuse et dont le visage était tordu dans une expression de haine et de souffrance à laquelle il essayait en vain de superposer un sourire particulièrement affreux. Je remarquai qu'il y avait dans sa boutonnière un bout de fil barbelé, qu'il portait comme une décoration.

— Imagine-toi, mon bon, ils m'envoient des chiens, maintenant. Sous quel prétexte ? Mais uniquement pour m'emmerder, voyons. On vient de me téléphoner du ministère. On s'attend à l'arrivée imminente de trois cents toutous. Prenez vos dispositions. Boum tra la la ! Oh non, je ne me frappe pas du tout. Mon état de santé ne me le permet pas. Fort comme un roc, mon vieux. Toute cette histoire ne m'arrive pas aux chevilles. Les Allemands ne m'ont pas eu, alors, tu comprends ce n'est pas trois cents toutous... Boum tra la la ! Rien, je chante. Calme comme un roc, mon vieux. Ils peuvent venir. Je les attends. Je vais les loger. Où ? Ça, mon vieux, c'est très simple : demain matin, je réquisitionne le Ritz. Mais puisque je te dis que je suis ab-so-lu-ment calme ! Comment, une erreur ? Mais non, ils arrivent. C'est un coup monté, c'est évident. On peut avoir ma peau. Eh bien, je les attends avec le sourire. Boum tra la la ! Fort comme un roc. Mais tu peux les prévenir : je vais me défendre. Ils veulent la guerre, ils auront la guerre. Je vais couler, mais je vais couler en beauté, pavillon haut et faisant feu

de toutes pièces. Je vais les entraîner tous au fond
avec moi. Tu peux le dire à ton ministre.

Il raccrocha.

— Mon Dieu, dit la jeune femme.

— Tiens, dit le monsieur, tiens, tiens, tiens... un
petit chien ! Ça commence !

Il quitta son bureau et s'approcha de Roxane, à
petits pas, en se frottant les mains. Ses cheveux
n'avaient pas encore repoussé, son visage était blafard, il avait des tics nerveux. Je tirais de toutes mes
forces Roxane, qui aboyait et essayait de le mordre.

— Monsieur Roux, dit rapidement la jeune femme,
je vous en supplie, restez calme... Vous allez avoir
encore une attaque. Je vous présente le jeune Luc
Martin. C'est le maquis du Véziers qui nous l'envoie.

M. Roux fit un effort immense, se passa la main
sur la figure, chassa les tics et vint à ma rencontre.

— Je vous demande pardon, mon petit, dit-il en
me prenant le bras et en m'enfonçant distraitement
ses doigts osseux dans la chair. Le voyage ne vous
a pas trop fatigué, non ? Enfin, nous allons nous
occuper de vous. Vos ennuis sont terminés. Vous
êtes au port. Une époque nouvelle commence pour
vous. Rien ne peut plus vous arriver, je veux que
vous le sachiez. Nous prendrons soin de vous. Nous
ne pourrons pas remplacer votre famille, mais par
contre, nous tâcherons de faire de vous un honnête
citoyen. Éventuellement, vous pourrez également
être adopté par quelqu'un de respectable, nous avons
déjà eu plusieurs cas, il est vrai qu'il y a deux ou
trois petits salopards qui se sont enfuis, après avoir
dévalisé leurs bienfaiteurs. J'espère que vous ne serez
pas comme eux, mais on ne sait naturellement pas

sur qui on tombe, bien que nous prenions des rensei-
gnements à la police sur l'honorabilité de la famille.

Il s'interrompit soudain et grimaça, grimaça.

— Je me demande où je peux me procurer du pain
sans glucose ? Je suis diabétique. Vous ne savez
pas ? Enfin, ça ne fait rien, on les aura. Quand nous
disposerons d'un peu de temps, je pourrai vous donner quelques détails statistiques sur le fonctionnement de mon organisme. On a tort de nous critiquer.
Si vous examinez ce tableau, par exemple, vous verrez que nous avons déjà reçu et distribué quatre cent
cinquante orphelins et naturellement, nous n'en sommes qu'à nos débuts. Voilà ce que nous avons déjà
accompli dans ce domaine avec de bien modestes
moyens. Nous espérons dépasser ces chiffres dans un
proche avenir. Ça n'a pas toujours été tout seul : les
petits maquis locaux ont toujours eu une certaine
tendance à ne pas nous livrer leurs orphelins et à
s'arranger par leurs propres moyens. Nous combat-
tons rigoureusement cette tendance largement responsable de l'augmentation de la criminalité infan-
tile...

Nouvelles grimaces.

— Où est-ce que j'en étais ? Ah, oui, c'est ça...
J'espère que lorsque vous grandirez, mon petit, vous
vous souviendrez de ce que la nation a fait pour vous
et que vous le lui rendrez bien. La meilleure façon
de servir son pays, rappelez-vous, c'est d'être probe,
honnête, sobre, travailleur, discipliné et de faire
vivre une famille là-dessus. Ha, ha, ha ! Je vous
parle en connaissance de cause, personnellement, je
gagne quatorze mille francs par mois et au prix où

est le beurre... trois enfants... Ah, les vaches, les
vaches ! Ça ne fait rien, on les aura.

Son visage fit quelques nouvelles grimaces inédites,
qui m'intéressèrent.

— Monsieur Roux !

— Ah, oui, c'est vrai, naturellement, je vous demande pardon. Revenons à nos moutons. Tout à
l'heure, le ministre va venir dire quelques mots. Surtout ne lui répondez pas, ça le met hors de lui. S'il
vous pose une question, laissez-le répondre lui-même.
Allo, oui... Non, sous aucun prétexte. Ces hôtels
sont réservés aux déportés politiques et non aux victimes du fascisme. Comment, quelle différence ? Ce
n'est pas la même organisation. Les victimes du fascisme ont droit à douze places gratuites au cinéma
par semaine, c'est tout.

Il avala une pilule et grimaça pendant quelques
secondes, en se rongeant les ongles.

— Mon Dieu, monsieur Roux, vous devriez vous
reposer ! dit la jeune femme.

M. Roux me jeta un regard de haine.

— Vous l'avez fait goûter ?

— Mon Dieu, j'ai complètement oublié !

— Eh bien, il ne reste plus rien de toute façon,
annonça-t-il avec triomphe. Les sauterelles sont déjà
passées... C'est fou ce que ça peut se nourrir, un
petit bonhomme comme ça. Personnellement, j'en
ai trois et je vous assure...

Il fit quelques grimaces épouvantables.

— Bon, mettez-le avec les autres. Le ministre sera
là d'un moment à l'autre, il faut que je m'en aille...
Je le hais. Allo, Allo ? Non ! cher ami, je ne peux

pas loger deux mille personnes de plus, ce soir, je
suis déjà plein à craquer.

Je me retrouvai dans la salle. Il y avait là maintenant une foule considérable et chacun de nous était
l'objet de sympathiques attentions. Roxane se tailla
un beau succès personnel lorsque je leur expliquai
qu'elle avait été dans le maquis avec mon père,
qu'elle s'était sauvée lorsque mon père fut tué et
m'avait rejoint à la ferme, à cent kilomètres de là.
Le gamin rouquin que j'avais déjà remarqué en
entrant et qui avait écouté mon histoire avec intérêt, me demanda :

— Tu viens souvent, ici ?

— Comment ça ?

— C'est la première fois ?

Je ne comprenais toujours pas.

— Parce que moi, c'est la sixième. Il suffit de se
glisser dans la foule avec un brassard tricolore sur
le bras et on ne vous demande rien, on vous respecte.
Il suffit d'avoir l'air un peu triste. C'est mon père
Vanderputte qui a eu l'idée. On touche comme ça
des affaires intéressantes et on se débine après, ni
vu, ni connu. J'ai déjà ramassé six costumes neufs,
une douzaine de chandails, des couvertures, six
paires de souliers en vrai cuir... une affaire quoi.
Comment que tu t'appelles ?

— Luc Martin.

— Moi, c'est Vanderputte Léonce, et ça, c'est
mon père Vanderputte...

— Gustave, dit une voix enrhumée à côté de moi,
Vanderputte Gustave, et je suis, jeune homme, tout
à fait heureux de vous rencontrer.

Je le regardai. Le haut-parleur donnait un opéra

italien. Les gens nous bousculaient et le brouhaha
général couvrait toutes les voix. Vanderputte se
tenait devant moi, la casquette en arrière, les mains
dans les poches, poussant en avant son petit ventre
rond sous un gilet aux pointes retroussées comme
des oreilles de chien. Il avait un petit nez fripé,
couperosé, au-dessus d'une énorme moustache rous-
sie par le tabac, sur laquelle le nez reposait comme
un champignon sur la mousse. Il parlait d'une voix
enrhumée qui avait de la peine à se frayer un chemin.
Deux sillons profonds descendaient du nez à la bouche qui était petite et ronde, une bouche d'enfant :
il pouvait avoir dans les soixante ans, peut-être plus.
Les yeux d'un bleu passé — sans doute avec l'âge
— étaient partout à la fois, toujours en fuite, on
n'arrivait jamais à les saisir, à leur parler : il regardait soigneusement de côté, en détournant la tête
en même temps que le regard. Il m'avait inspiré tout
de suite une sympathie profonde : je me disais qu'il
était impossible d'être à la fois aussi vieux, aussi
laid, aussi sale, sans avoir été d'une façon ou d'une
autre victime d'une injustice mystérieuse, pareille à
celle qui s'était abattue sur moi.

— Vanderputte, Gustave, répéta-t-il, en regardant
attentivement de côté. Jeune homme, vous allez assister ce tantôt à une cérémonie émouvante. Ça fait
déjà cinq fois que j'ai été ainsi ému et aujourd'hui,
il y aura le ministre, alors, je vais peut-être pleurer.
Lorsque je vois ma mémoire ainsi honorée, qu'est-ce
que vous voulez, jeune homme, ça prouve tout de
même que je n'ai pas vécu pour rien. Ça me donne
l'impression que j'ai été quelqu'un, de mon vivant.

Il sortit le grand mouchoir à carreaux de sa poche.

— Ne pleurez pas, papa chéri, dit le jeune Vanderputte.

— Je pleure pas encore, Léonce, dit le vieux, je me mouche seulement pour voir si tout est bien en place... Votre père, jeune homme, était sans doute dans le maquis ?

— Oui.

— Quelle région, siouplait ?

— Le Véziers.

— Le Véziers, dit le vieux, d'un air de connaisseur. Très beau maquis par là. Et... il a été tué ?

— Oui. Une balle dans l'œil. Deux jours avant l'arrivée des alliés.

— Tss, tss, fit le vieux avec tact en hochant la tête. Ses petits yeux troubles, émouvants, se portèrent sur Roxane.

— Votre petit chien ?

— Oui.

— Hum... Vous savez, dit-il, avec une sorte de joie, ils ne vous permettront pas de prendre ce p'petit chien avec vous. Non. Ils vont vous séparer. A la fourrière le p'petit chien. Pas vrai, Léonce ?

— Ça, tu peux être sûr, dit le jeune Vanderputte.

— Hier, tenez, il y avait là un jeune homme arrivé de province avec un petit toutou... C'était un... un... hein, Léonce ? Qu'est-ce que tu crois que c'était ?

— Un caniche ? suggéra le jeune Vanderputte.

— Un caniche, parfaitement. Eh bien, ils les ont séparés et comme le jeune homme pleurait, je suis allé aujourd'hui pour voir ce que le petit chien était devenu. Je ne veux pas vous faire de la peine, jeune homme, mais le p'petit chien...

— Mort, dit le jeune Vanderputte. Empoisonné.
Ils lui ont foutu du verre pilé. Souffrances atroces.
Vendu la peau au marché noir. Cinquante-cinq
francs.

— Ça m'a brrrisé le cœur, dit le vieux Vanderputte, en sortant lentement le mouchoir de sa poche.
J'ai été tellement ému que j'ai dû me coucher et
boire de la tisane...

— Du tilleul, précisa le jeune Vanderputte.

— Ordre du médecin. J'ai le cœur facilement brisé.
J'peux pas supporter les grandes émotions, c'est dans
la famille. C'est pourquoi, jeune homme, quand je
pense que tout à l'heure ils vont venir vous prendre
le petit chien et qu'ils vont vous séparer pour toujours...

— Ne pleurez pas, papa chéri, dit le jeune Vanderputte.

— J'peux pas m'empêcher... C'est dans la famille.

Il s'essuya soigneusement les yeux. Je regardais
autour de moi. Il y avait maintenant dans la salle
une foule considérable et il devait être facile de se
glisser jusqu'à la porte. Les gens parlaient entre eux
en regardant les photos d'atrocités sur les murs,
peut-être essayaient-ils de reconnaître des parents.
J'ai saisi Roxane dans mes bras.

— Que faites-vous, jeune homme ? bégaya le
vieux Vanderputte.

— Je fous le camp.

— Pas maintenant, attendez, souffla le vieux. Pas-
sez d'abord à la distribution. Il y en a pour au moins
trente mille balles. On peut pas leur laisser ça, c'est
criminel. Vous viendrez après avec nous. Faites com-

me Léonce, il a l'habitude. Je m'occuperai de vous.
D'ailleurs, voici le ministre.

M. Vanderputte père se découvrit respectueusement. Il y eut un remous dans l'assistance et le ministre fit son entrée. C'était un homme jeune, son
visage avait cet air résolu qu'adoptent souvent les
personnalités qui ne disposent pas d'un grand choix
d'expressions ; j'entendis une voix de femme dire :
« Il est très dynamique » et le ministre fit immédiatement un petit bond et retomba lourdement sur
les pieds d'un monsieur très distingué de sa suite qui
dit : « Ah, la vache... » à haute et intelligible voix ;
il y eut un flottement, un moment de confusion rapidement vaincu par la solennité du moment. Le
ministre s'arrêtait devant chaque pupille de la nation et posait une question à laquelle il répondait
aussitôt lui-même ; les projecteurs nous aveuglèrent
de lumière, une petite orpheline se mit à hurler
« maman », ce qui jeta un froid, le bonhomme de
la radiodiffusion nationale fourrait à tout le monde
son micro sous le nez avec un sourire encourageant,
il avait l'air de faire la quête. La cérémonie, toutefois, ne se déroula pas sans un incident que les journaux qualifièrent le lendemain de « provocation politique ». Il y avait, parmi nous, un gosse qui devait
bien être le plus jeune pupille du groupe, âgé d'une
dizaine d'années et qui paraissait complètement
abruti par les événements. Quelqu'un lui avait collé
entre les mains un morceau de tarte et son petit
visage inquiet était tout barbouillé de crème. Ses
cheveux étaient hérissés et sa tête ressemblait ainsi
à un petit animal à part, très effrayé. Bien entendu,
le ministre, les organisateurs, le bonhomme du ci-

néma et celui de la radio saisirent immédiatement
tout le parti que l'on pouvait tirer du gamin, pendant que la crème était encore fraîche ; ils se ruèrent
tous sur lui ; il s'ensuivit un dialogue que je n'ai
jamais pu oublier et que je reproduis ici, littérale-
ment, pour les amateurs d'histoires vraies.

LE MINISTRE (*paternel, caressant la petite tête hir-
sute*). — Il est bon, ce gâteau ?

(*Rires dans l'assistance. Tout le monde a l'air ravi,
avec toutefois une pointe d'émotion qui ne demande
qu'à percer. Quelques yeux se mouillent.*)

LE GAMIN (*très effrayé et visiblement récitant une
leçon*). — Lenormand, Michel.

(*Eclat de rire général, plus discret toutefois chez les
personnes sensibles qui se rendent vaguement compte
qu'au fond il n'y a pas de quoi rigoler.*)

LE MINISTRE (*indulgent*). — Et de quelle région
es-tu ?

LE GAMIN. — De la Villette.

LE MINISTRE (*revenant à ses moutons*). — Tu as
des petits frères ou des petites sœurs ?

LE GAMIN (*catégorique*). — Non. J'ai que mon père.

(*Un « ah ! » général et un frisson dans l'assistance.
Ça sent le scandale. Le ministre se redresse un peu
et lâche le gamin : c'est tout juste s'il ne s'essuie pas
les mains. Il a l'air vexé, comme si quelque chose
n'avait pas marché dans l'organisation.*)

LE MINISTRE (*nettement menaçant et regardant à la
ronde*). — Il est là, ton père ?

LE GAMIN (*très fier de lui*). — Il est en tôle.

(*Nouveau « ah ! » puis le silence. Le gamin s'essuie
la crème dans sa manche et mord dans le gâteau.*)

Le gamin (*la bouche pleine*). — Il a écopé dix ans pour collaboration avec les Frisés.

Il y eut un mouvement de foule qui ressemblait à de la panique. Je vis passer devant moi le ministre qui avait le visage tordu comme s'il avait une fluxion. Je l'entendis qui élevait la voix, en s'adressant à un malheureux fonctionnaire que l'on avait dû tirer en toute hâte de son trou, parce qu'il avait encore sa pipe à la main ; il la brandissait, en levant les bras et en essayant d'expliquer qu'il n'était qu'un petit rouage sans importance et qu'il n'était « vraiment pour rien dans tout cela ». Cette pipe eut l'effet curieux de mettre le ministre complètement hors de lui ; il la suivait des yeux avec une sorte de fascination, en hurlant :

— Ah, oui, monsieur fume la pipe. Monsieur est un de ces hommes calmes qui fument la pipe et qui dominent entièrement la situation ? Eh bien, moi, je vous dis que c'est du sabotage. Du sabotage, vous comprenez ? Qu'est-ce que vous avez fait sous l'occupation ? Fumer la pipe ?

— Permettez tout de même, monsieur le ministre ! J'ai un neveu qui...

— Du tabac allemand, sans doute ?

— Je proteste, monsieur le ministre ! Je n'ai jamais fumé autre chose que du caporal doux. Si d'ailleurs vous voulez me faire l'honneur de sentir vous-même...

Le malheureux fourrait d'une main tremblante sa pipe sous le nez du ministre, devant une assistance médusée.

— Otez-moi cette pipe des yeux ! hurla le minis-

tre. Pouvez-vous m'expliquer la présence ici de ce
petit chenapan ?

— J'avoue, monsieur le ministre, que je ne suis
pas en mesure... il a dû y avoir un pénible malen-
tendu... on a dû mélanger les listes... d'ailleurs, la
responsabilité ne saurait être à mon échelon... douze
mille francs par mois... chargé de famille... bégayait
la pauvre victime tout en brandissant en l'air la pipe
fatale. Mais de là à m'accuser d'avoir fumé du tabac
allemand sous l'occupation, alors que j'ai, au contraire, un neveu qui...

— Tenez ! hurla le ministre.

Il arracha la pipe des mains du bonhomme, la
jeta par terre et comme elle ne mourut pas tout de
suite, il courut après elle à petits pas rageurs et d'un
seul coup de talon la fit voler en morceaux. Le visage du vieux fonctionnaire exprima une telle consternation, il regarda le point où gisait la pipe brisée
avec une telle expression de détresse que plusieurs
personnes se découvrirent instinctivement. Le bonhomme leva les mains et se battit les flancs des
coudes comme un pingouin. Ces gestes n'avaient
apparemment d'autre but que de l'aider à retrouver
la parole, parce qu'il hurla enfin d'une voix toute
écorchée :

— C'est du fascisme ! du fascisme !

Il se mit à frapper le sol du pied en répétant « du
fascisme ! » Mais son geste de vandale avait dû
cependant calmer le ministre, parce qu'il tourna le
dos à sa victime et se dirigea vers la sortie avec le
même air énergique et résolu avec lequel il était
venu, ce qui donna à tout le monde l'impression qu'il
venait de rétablir une situation gravement compro-

mise et peut-être même, sauver le pays... Je remarquai à ce moment les deux Vanderputte, à l'autre
bout de la salle, qui me faisaient des grands signes
en montrant la porte du doigt ; sans doute étaient-
ils inquiets de la tournure que prenaient les événements. Je ne l'étais pas moins, d'autant plus que la
brebis galeuse qui avait provoqué l'incident venait
d'être embarquée par deux bonshommes qui ressemblaient fort à des policiers en civil : tout ce qui en
restait était, par terre, un morceau de tarte dans
lequel tout le monde marchait... Je n'avais plus
qu'une idée en tête : déguerpir. J'ôtai donc rapidement mon brassard, le glissai dans ma poche et,
saisissant Roxane, je me faufilai vers la sortie et me
retrouvai sans encombre dans la rue entre les deux
Vanderputte... C'est ainsi que je passai, à mon tour,
dans la clandestinité.

IV

Les Vanderputte habitaient dans un immeuble de
la rue Madame ; on entrait par une porte cochère,
on traversait une petite cour obscure, devant un
garage, on grimpait au quatrième étage et on se
trouvait devant ce que le vieux Vanderputte qualifia
de « chez moi », avec une certaine fierté. Je ne sais
pourquoi je m'attendais à me trouver dans un endroit humide, sombre et sordide : sans doute m'étais-
je laissé influencer par le physique du vieux Vanderputte et m'attendais à trouver un cadre digne de
lui. Je me trompais. L'appartement était clair, pro-

pre et meublé avec goût. Dans notre petite école du
Véziers, où j'avais vécu avec mon père, je n'avais
connu que des meubles simples et frustes, des meubles paysans qui remplissaient simplement les fonc-
tions pour lesquelles on les avait taillés : ils ne
cherchaient pas à plaire et avaient même quelque
chose de grognon et de désagréable, comme s'ils
n'avaient jamais pardonné à mon père de les avoir
arrachés à leur forêt natale. En arrivant dans le
Véziers où il avait été nommé après la mort de ma
mère — j'avais alors six ans — mon père avait trouvé
l'appartement de l'école à peu près vide et il avait
tout taillé de sa main, depuis les grandes armoires
jusqu'au plus modeste tabouret de cuisine, dans une
grange qu'il avait transformée en un atelier. Les
meubles qui nous arrivaient ainsi sentaient pendant
longtemps encore le bois frais, la résine ; c'était une
odeur nostalgique et prenante et il me semblait parfois que mon père avait ensorcelé les arbres et qu'ils
avaient de la peine à se résigner à leur nouvelle
condition. Je me souviens, notamment, d'un fauteuil
très sec et très droit, près de la cheminée, dans lequel
mon père aimait à s'asseoir pour sécher ses bottes et
qui me faisait un peu peur ; j'avais toujours l'impression qu'un beau jour il allait se lever et quitter
la maison, en claquant la porte. Mon père s'était
aperçu de ma frayeur et lorsqu'il avait quelque reproche à me faire, il disait « je vais te donner au
fauteuil, il va t'emmener dans la forêt et on ne te
reverra plus » et mon ennemi, me semblait-il, choi-
sissait ce moment pour craquer d'un ton particulièrement sinistre. Mon père aimait à me plonger ainsi
dans une atmosphère de mystère et de conte de

fées ; je me demande, aujourd'hui, si ce n'était pas
pour brouiller les pistes, pour atténuer les contours
des choses et adoucir les lumières trop crues, m'ha-
bituant ainsi à ne pas m'arrêter à la réalité et à
chercher au delà d'elle un mystère à la fois plus
significatif et plus général. Un soir, en revenant de
l'étude, je m'aperçus avec stupeur que le fauteuil
était parti : la place était vide devant la cheminée,
où, pourtant, le feu brûlait ; j'ai eu, je me rappelle,
très peur et je me suis dit : ça y est, il a rompu le
charme, il s'est enfui. Presque au même moment,
la porte s'ouvrit et mon père apparut, le fauteuil
dans les bras : « il avait essayé de retourner dans
la forêt », m'expliqua-t-il. Il neigeait dehors et le
fauteuil était tout blanc, il avait dû faire un bon
bout de chemin, pensais-je, avant de se faire prendre.
« Il est encore sauvage, dit mon père, tout ce qui
vient de la forêt est difficile à apprivoiser. » Je regardais notre prisonnier, je me demandais s'il ne
valait pas mieux l'attacher, mais il ne manifestait
aucune intention de fuite, il avait l'air fatigué et
craquait seulement un peu devant le feu. Peu à peu,
je me sentis pris de pitié pour lui, et parfois, lorsque
mon père n'était pas là, je laissais la porte entrouverte et je sortais en sifflant négligemment. Mais le
captif ne profitait jamais de l'occasion ainsi offerte,
peut-être parce qu'il y avait, dans les champs, de la
neige jusqu'aux genoux ou bien parce qu'il avait
donné à mon père sa parole d'honneur après la première tentative de fuite, comme les généraux prisonniers ; toujours est-il qu'il demeurait à sa place et
tournait le dos à la porte ouverte qui grinçait dans
le vent. Il me faisait pitié. Je regrettais de n'avoir

aucun moyen de communiquer avec lui. Il avait l'air
tellement solitaire et en même temps tellement hautain et digne, que mon cœur se serrait. Un soir, je
n'y tins plus. Je le saisis dans mes bras et le traînai
dehors. J'avais alors sept ans et le fauteuil était
bien plus grand que moi ; la forêt était à deux
kilomètres de l'école, sur les premières pentes de
l'Aiguille, je m'enfonçais dans la neige jusqu'aux
reins. De temps en temps, je m'asseyais pour souffler, au milieu d'un tas de neige, d'où seuls quelques
buissons sortaient leurs branches nues, puis je continuais. La nuit tombait et je n'aimais pas la forêt
la nuit, surtout en compagnie d'un fauteuil dont je
ne connaissais pas les intentions. Je le traînai donc
parmi les premiers sapins et l'abandonnai là, il me
semblait soudain que les arbres me menaçaient, qu'ils
allaient m'ensorceler à mon tour et me transformer
en arbuste pour se venger, je me mis à courir, j'entendais les arbres qui me suivaient. Fort heureusement, mon père était sorti à ma rencontre, je me
jetai à son cou en pleurant, je lui dis que le fauteuil
s'était enfui de la maison, que je l'avais suivi jusqu'à
la forêt, mais que là, j'avais perdu sa trace. Mon
père me répondit que cela n'avait pas d'importance,
que ce n'était pas la première fois que l'animal s'en-
fuyait ainsi, mais qu'il finissait toujours par revenir.
Et en effet, en descendant le lendemain matin pour
le café, je trouvai mon fauteuil près de la cheminée,
parfaitement à l'aise, mine de rien, craquant de plus
belle devant le feu. Je dois dire que je fus déçu ; le
fauteuil avait baissé dans mon estime ; c'était fini,
entre lui et moi... Mais les meubles dont je me vis
entouré dans l'appartement des Vanderputte n'a-

vaient plus rien de commun avec la forêt. Recouverts
de satin qui leur donnait des rondeurs de femme, ils
avaient non des formes, mais des attitudes et leur
immobilité elle-même avait une sorte de grâce figée
ou de dignité un peu hautaine. Ils avaient quelque
chose de captif et de vivant. On avait envie de les
délivrer. On s'attendait à les entendre soupirer. Peut-
être était-ce simplement parce que j'avais quatorze
ans et que, malgré tout, le voile de rêve que mon
père avait jadis jeté pour moi sur les choses ne
s'était pas encore complètement levé. Mais je crois
surtout que c'était la présence du vieux Vanderputte
qui produisait, par contraste, cet effet sur moi. Il
n'était pas dans ses meubles, cela se sentait immédiatement. Il allait et venait parmi eux avec l'air
d'un maître, mais j'avais cependant l'impression é-
trange qu'il n'était pas chez lui, qu'il violait une
intimité. C'était un intrus. Il avait beau s'étaler, le
ventre en avant, la casquette en arrière sur une
bergère dorée, très à l'aise, en se curant l'oreille du
petit doigt, il n'était pas chez lui. C'était un occu-
pant et les meubles le lui faisaient sentir.

— Josette, Josette, cria-t-il, à peine assis.

La porte s'ouvrit et une fille entra dans le salon.
Elle tournait le dos à la lumière et tout ce que je
sus d'abord d'elle fut qu'elle avait des cheveux roux
et pleins de lumière. Elle tenait bizarrement ses
mains en l'air, en remuant les doigts.

— Oui, papa chéri !

Elle avait une voix rauque, surprenante, comme
cassée. Je n'avais jamais entendu une voix pareille.

— Je te présente, Josette, un jeune homme très
bien. Il sort du maquis.

— Il en a l'air, dit la fille.

— C'est, Josette, un pupille de la nation.

— Oh, le pauvre ! Faut m'excuser si j'vous serre pas la main, j'me suis fait les ongles.

Elle remua les doigts, sans doute, pour les faire sécher plus vite.

— Fais-nous du bon café, dit le vieux en se frottant les mains, et des œufs sur le plat. Le petit n'a rien mangé depuis que la France l'a pris à sa charge.

— Il restera longtemps ?

— Je l'espère, dit le vieux, gravement et même avec une certaine fausse émotion dans la voix. Et j'espère aussi que vous vous entendrez bien, tous les trois. Nous serons une vraie petite famille unie qui se serre les coudes. On a besoin, dans la vie, de se serrer les coudes. Surtout lorsqu'on est un vieil homme seul, comme moi.

La fille sortit, en remuant les hanches et en laissant derrière elle un sillage de parfum. Le vieux renifla avec dégoût.

— C'est malheureux, tout de même, dit-il, une petite de quatorze ans et qui sent déjà comme ça.

Le jeune Vanderputte me regarda.

— Elle te plaît, ma sœur ? demanda-t-il.

Je le regardai à mon tour. C'étaient les mêmes cheveux en tous cas. Mais lui était laid...

— Elle a une drôle de voix, remarquai-je.

— Oui, dit Léonce, elle s'est donné beaucoup de mal pour l'avoir.

— Comment, pour l'avoir ?

— Elle a lu dans une revue de cinéma que Laureen Bacall, tu sais, la grande vedette, pour avoir la voix qu'elle a — avec du sex-appeal dedans, tu comprends

— montait tous les matins sur une montagne et là, elle gueulait de toutes ses forces pendant des heures. Elle gueulait, elle gueulait, et puis un jour, quelque chose a crevé dans sa gorge et elle a eu cette voix, et un contrat, et maintenant c'est une grande artiste, même qu'elle a épousé Humphrey Bogart.

Je clignais des yeux sans comprendre. Ces noms ne me disaient rien.

— Alors, ma petite sœur, tous les matins, elle cavale au Bois de Boulogne et là, elle gueule à mort, de toutes ses forces, jusqu'à ce qu'il y a du sang qui vient, ou un flic. Elle veut faire du cinéma.

— Je comprends.

Je comprenais de moins en moins.

— Oui, cette petite m'inquiète, dit le vieux Vanderputte, en regardant Roxane, sombrement. C'est très dangereux, Paris, pour une jeune fille.

— Oui, dit le jeune Vanderputte, c'est plein de trottoirs.

Le vieux se tourna vers moi.

— Elle a de l'imagination, cette petite. C'est très mauvais l'imagination pour les filles. Ça commence à la tête, mais ça finit on ne sait pas où.

La fille revenait avec des œufs et du café. Elle allait et venait à la lumière et je pus la regarder à mon aise. Elle avait un visage qui paraissait tout mince, sans doute à cause de la grande masse de cheveux qui le surmontait. Elle avait de grands yeux verts et lorsqu'elle me regardait — elle m'avait regardé fixement à plusieurs reprises — elle les écarquillait encore, on n'avait pas l'impression qu'elle vous regardait, mais qu'elle vous montrait ses yeux.

— Papa chéri.

— Josette ?

— Comment s'appelle ce... ce petit garçon ?

Elle était évidemment décidée à m'humilier.

— C'est vrai ! s'exclama le vieux. J'ai complètement oublié le nom. Ça n'a d'ailleurs aucune importance, se calma-t-il instantanément. De toute façon,
il faudra lui en trouver un autre.

J'étais en train de boire mon café. Je levai rapidement la tête.

— Pourquoi ça ? demandai-je.

— Un nom de guerre, dit le vieux. C'est plus
prudent.

Il me cligna de l'œil, ce qui n'était pas une explication suffisante.

— Écoutez, lui dis-je. Je m'appelle Luc Martin et
ma chienne s'appelle Roxane et nous y tenons. Si ça
ne vous plaît pas, c'est le même prix.

— Il est mignon, dit la fille.

— Donne-lui encore un peu de café, dit le vieux.
Ça le calmera.

Elle vint tout près de moi et remplit ma tasse.
Elle portait un pull-over collant ; ses seins ressemblaient à deux furets captifs avec leurs museaux
pointus, ses cheveux effleurèrent mon visage. Je sentis ma gorge se serrer un peu ; je dus avaler. Nom
de Dieu, pensais-je, en sentant le sang affluer à mon
visage, nom de Dieu. Mais il n'y avait rien à faire,
je rougissais.

— Oh ! il s'est ému, dit la fille, il est tout rose.
Comme c'est gentil !

— Je voudrais bien savoir comment tu fais ça !
ricana le jeune Vanderputte.

— C'est facile, dit la fille. Il suffit de venir tout

près d'eux et de leur souffler dessus. Ils résistent pas,
ils tombent comme des mouches. J'ai du youmph.

— Hein ? dit le vieux Vanderputte, très étonné.

— Du youmph, répéta la fille, tranquillement.
C'est un mot américain. En français, ça s'appelle le
sex-appeal.

Je ne comprenais pas du tout de quoi ils parlaient.
J'avais complètement perdu la tête. Je me souvins
alors d'une fable de La Fontaine que mon père
m'avait lue jadis : « Le Rat de Ville et le Rat des
Champs. » J'étais un jeune rat des champs, pensai-je,
et eux, ils étaient de jeunes rats des villes. J'avais
tout à apprendre. Le vieux Vanderputte trouva sans
doute que la conversation avait assez duré, parce
qu'il posa sa tasse, s'essuya la moustache et dit :

— Allons, mes enfants, au travail !

Là-dessus les trois Vanderputte se livrèrent à une
activité bizarre et qui me parut complètement dé-
pourvue de sens. Le vieux avait placé au milieu de
la table du salon une énorme boîte en carton qui
portait la marque « U. S. Army » et qui contenait
des milliers de petites enveloppes ; ils les ouvraient
une à une et transféraient le contenu dans d'autres
petites enveloppes qui me paraissaient exactement
pareilles, mais qui ne portaient aucune marque. Ils
les refermaient ensuite soigneusement et les recol-
laient. Les enveloppes contenaient de petits objets
en caoutchouc, tout ronds, dont je ne connaissais ni
la nature, ni l'usage. Ils continuèrent leur occupation
familiale avec adresse et rapidité et, au bout d'un
moment, je me mis à les aider ; de temps en temps,
la fille me regardait et m'adressait un grand sourire
séducteur. Le vieux avait une mine sérieuse et appli-

quée et respirait bruyamment, faisant trembler sa
moustache ; pour recoller les enveloppes, il passait
délicatement la langue sur leurs bords ; parfois il
s'interrompait, sortait de son gousset une grosse
montre qui ressemblait à un oignon et regardait
l'heure : à six heures moins dix, il se prépara un
verre d'eau et à six heures tapant, il courut ouvrir
un tiroir, dévissa une capsule et avala une pilule.
Tout en travaillant, il posa quelques questions.

— Le Chat a livré ?

— Cinquante kilos, dit la fille. Du savon de luxe.

— Des sulfamides ?

— Rien à faire, cette semaine. Il y a eu une rafle
au « Clamsy's ».

— Non ?

— Oh, rien de grave, vérification de papiers. Tout
le monde en règle, naturellement.

— Rien de nouveau pour la pénicilline ?

— De l'espoir. Mais il promet rien.

— Je pense en avoir demain, dit Léonce. A cinq
mille balles, un stock avarié.

— Ça ne fait rien, dit le vieux. Tout ce qu'il faut,
c'est que ce soit marqué « pénicilline » dessus et que
les flacons présentent bien. Ça compte beaucoup, la
présentation, dans la vie.

— Oh, ils présentent bien.

— C'est un gros stock ?

— Pour cent mille balles environ. Ils cèdent tout,
ou rien.

Le vieux fit la grimace.

— Qui est le vendeur ?

— Pablo.

— Alors, c'est rien. J'aime mieux crever que d'avoir affaire à lui, c'est un voleur.

Il transféra rapidement quelques articles de caoutchouc d'une enveloppe dans une autre.

— Qu'est-ce que c'est que ces trucs-là ? demandai-je.

— C'est jeune et ça ne sait pas, dit la fille.

— Allons, allons, dit le vieux. Un peu de tenue.

— C'est pour empêcher qu'il y ait trop de types comme toi et moi, dans le monde, dit Léonce. Ça devrait être obligatoire. Si j'étais le gouvernement, j'en mettrais un à tout le monde. C'est comme la muselière pour les chiens. Ce serait ça ou la prison.

Il avait l'air rageur.

— Allons, allons, fit le vieux. Il ne faut pas voir les choses en petit. Il faut être généreux. Il faut voir tout en grand, avec du recul, ne pas s'arrêter aux détails mesquins, voilà le principe directeur de toute vie bien conçue. Prendre du recul, s'élever, planer au-dessus des choses, sentir largement, voilà mon principe.

Il transféra rapidement un petit objet d'une enveloppe dans une autre.

— Jeune homme, permettez-moi de vous donner un conseil : élevez-vous au-dessus de tout. Planez, jeune homme ! planez, ouvrez vos ailes, projetez tous vos petits problèmes dans l'infini, dans l'astral, dans la métaphysique et vous verrez aussitôt apparaître les véritables proportions de toute chose qui sont, jeune homme, infinitésimales. Je dis bien...

Il leva un doigt.

— ...in-fi-ni-té-si-males ! La trahison, l'héroïsme, le crime, l'amour, tout cela, jeune homme, avec de

la perspective, avec de l'horizon, devient littérale-
ment émouvant par son insignifiance. Zéro ! Ça
n'existe pas !

Il se pencha un peu vers moi.

— Le tout, jeune homme, est de faire les choses
à une échelle, et puis de les contempler à une autre !
Prenons, par exemple, la responsabilité. C'est gros,
c'est lourd, c'est dur à porter, la responsabilité,
hein ? Mettons que vous avez empoisonné toute une
famille avec, si vous le voulez bien, des champignons.
Naturellement, si vous regardez cela en tant qu'homme et poussière, vous vous sentez très abattu, vous
avez des remords, vous ne touchez plus jamais aux
champignons. Mais élevez un peu le débat, élevez-
vous par l'esprit, ouvrez vite les horizons, collez-
vous, jeune homme, dans le système solaire et regardez la terre en bas : vous ne sentez plus rien.
Plus de responsabilité, plus de champignons, plus
d'hommes du tout — une sorte de buée, peut-être,
voilà ce qu'elle devient, l'humanité, vue d'en haut
par ma lunette métaphysique, une sorte de buée et
qu'on efface très facilement, croyez-moi. Vous vous
sentez d'un seul coup léger et absolument irrespon-
sable et vous pouvez faire n'importe quoi, jeune
homme — je dis bien : n'importe quoi ! pas besoin
de préciser. La voilà bien, la vraie liberté. Vous ne
sentez rien, une sorte de bienveillance, peut-être,
rien, zéro, le Gange, jeune homme, le Gange, le
Nirvana ! Quand vous serez plus grand et que vous
sentirez parfois, à des chatouillements étranges, que
votre responsabilité est engagée, n'hésitez pas ! élevez le débat. Je vous recommande, dès maintenant,
l'étude de la métaphysique comme passe-temps et

justification. Une société comme la nôtre, avec ses magnifiques réalisations, ses installations sanitaires, est toute baignée de cette métaphysique, — le Gange, je vous dis ! — elle la boit par tous ses pores, et quand elle ne la boit pas, elle la sécrète. Personnellement, je sécrète la métaphysique du matin au soir pour mes petits besoins personnels — et quand j'en suis bien imbibé, je suis heureux. Mais coupez-moi ma métaphysique, et qu'est-ce qui reste ?

Il haussa les épaules.

— Je vous le demande, qu'est-ce qui reste ? Un vieux bonhomme passible des tribunaux correctionnels, de la cour d'assises, je ne sais pas, moi. Entre la police et la métaphysique, il faut choisir... Naturellement, je ne parle pas pour moi. Je parle en général... comme ça.

Il se tut. Les jeunes Vanderputte le regardaient avec étonnement. Sans doute n'avaient-ils pas l'habitude de ces épanchements. Le vieux saisit un petit objet en caoutchouc, le regarda avec mépris.

— Oui, le tout est de retrouver le sens de la proportion originelle des choses, murmura-t-il. Se projeter, comme je l'ai dit, dans l'infini, dans l'astral, dans Dieu — j'emploie ce mot dans son sens le plus large, bien entendu — il n'y a pas de sérénité plus grande qu'une conscience métaphysique de sa propre nullité. La fraternité des zéros, où chaque zéro supporte l'autre de sa solitude, l'inouïe solitude des zéros, la société des zéros, l'amour d'un zéro pour l'autre, le néant, le vide, le rien, qu'est-ce que vous voulez, moi, je trouve cela extrêmement encourageant !

Il se tut, lécha soigneusement une enveloppe, qu'il

recolla, se moucha sans résultat mais avec bruit et promena autour de lui ses petits yeux troubles, inquiets, comme s'il se fût senti soudain tout étonné de se trouver là.

— Hé — hum ! fit-il. Où est-ce que j'en étais déjà, Léonce ?

— Je ne sais pas du tout, dit Léonce, en le regardant attentivement. Avec vous, on ne sait jamais où l'on en est. Tout est tellement embrouillé chez vous, emberlificoté, camouflé, à l'envers, de travers, souterrain et pendant légèrement du plafond la tête en bas...

— N'est-ce pas ? fit le vieux, en se caressant la moustache, visiblement flatté.

— Vous êtes une piste brouillée, papa chéri. Il n'y a pas moyen de vous suivre. Avec vous, on marche toujours en rond et quand on vous rattrape, vous n'y êtes plus.

Le vieux hochait la tête avec approbation, en nettoyant, avec l'ongle noir de son index gauche, l'ongle noir de son index droit.

— Il n'y a jamais moyen de vous mettre la main dessus. Vous n'êtes jamais nulle part. Ça se dérobe, ça vous fout le camp entre les doigts... Pas vrai, Josette ?

— C'est vrai, dit la fille. Même que, des fois, lorsqu'on vous regarde, on se sent pas bien, on a le sentiment que c'est pas gentil de vous regarder.

— C'est que, dit le vieux, triomphalement, en levant en l'air son index roussi par le tabac, c'est que je ne suis pas du tout fait pour être regardé. Il ne faut pas me regarder, c'est contre nature. D'ailleurs,

nous ne sommes pas du tout fait pour être regardés,
les uns et les autres, un point, c'est tout. Dans la
vie, il s'agit de passer inaperçu...

Il rejeta sa casquette en arrière, remua rapidement
sa moustache, et braqua sur moi son ongle sale, tout
en regardant soigneusement de côté.

— Apprenez cela, jeune homme, dès aujourd'hui :
dans la vie, il s'agit de ne pas être là au bon moment,
voilà tout. Il faut se faufiler adroitement entre les
années, le ventre rentré et sans faire de silhouette,
pour ne pas se faire pincer. Voilà ce que c'est, la vie.
Pour cela, naturellement, il faut être seul. Ab-so-lu-
ment ! La vie, c'est comme l'assassinat, il ne faut
pas avoir de complice. Ne jamais se laisser surpren-
dre en flagrant délit de vie. Vous ne le croirez peut-
être pas, jeune homme, mais il y a des millions de
gens qui y arrivent. Ils passent inaperçus, mais à un
point... ini-ma-gi-nable ! C'est simple : à eux, la
destinée ne s'applique pas. Ils passent au travers.
La condition humaine — vous connaissez cette expression ? — eh bien, elle coule sur eux, comme une
eau un peu tiède. Elle ne les mouille même pas. Ils
meurent de vieillesse, de décrépitude générale, dans
leur sommeil, triomphalement. Ils ont roulé tout le
monde. Ils ne se sont pas fait repérer. Pro-di-gieux !
C'est du grand art. Ne pas se faire repérer, jeune
homme, apprenez cela dès ce soir. Rentrer la tête
dans les épaules, écouter s'il pleut, avant de mettre
le nez dehors. Se retourner trois fois, écouter si l'on
ne marche pas derrière vous, se faire petit, petit,
mais petit ! Etre, dans le plein sens du terme, homme
et poussière. Jeune homme, je suis persuadé qu'en
faisant vraiment très attention, la mort elle-même

ne vous remarque pas. Elle passe à côté. Elle vous
loupe. C'est dur à repérer, un homme, lorsque ça se
planque bien. On peut vivre très vieux et jouir de
tout, naturellement, en cachette. La vie, jeune
homme, apprenez-le dès maintenant, c'est uniquement une question de camouflage. Réalisez bien ceci
et tous les espoirs vous sont permis. Pour commencer, tenez, un beau vieillard, c'est toujours quelqu'un
qui a su éviter la jeunesse. C'est très dangereux ça,
la jeunesse. Horriblement dangereux. Il est très difficile de l'éviter, mais on y arrive. Moi, par exemple,
tel que vous me voyez, j'y suis arrivé. Avez-vous
jamais réfléchi, jeune homme, au trésor de prudence
et de circonspection qu'il faut dépenser pour durer,
mettons, cinquante ans ? Moi, j'en ai soixante... Co-
los-sal ! Car la vie vous guette partout, elle vous
traque, vous tend des pièges, vous séduit, vous saute
dessus... boum ! boum ! ça y est, vous commencez
soudain à vivre, à respirer, ça a l'air bon, vous continuez — ça y est, vous êtes foutu !... Il y a des gens,
jeune homme, qui tombent tellement amoureux de
la vie qu'ils préfèrent mourir, plutôt que de renoncer
à vivre. Monsieur votre père... enfin, passons. Je ne
prétends pas, naturellement, qu'on doive rompre
tous les contacts — ce n'est pas possible, je vous
l'accorde — mais il faut les réduire au minimum. Ne
respirer que juste ce qu'il faut pour ne pas s'étrangler. L'air, l'air, voilà l'ennemi. C'est avec cela qu'elle
vous possède, la vie, c'est avec cela qu'elle vous
saoule, quand vous en avez plein les poumons, vous
vous jetez en avant — ça y est, vous êtes foutu !
Et le soleil, prenez le soleil, par exemple. C'est un
terrible truc, le soleil, jeune homme, ça vous ré-

chauffe les entrailles, ça vous éveille les appétits, ça
vous précipite le sang, vous vous ruez en avant, la
main tendue — boum, boum ! ça y est, vous êtes
foutu. Et le printemps ? Prenons le printemps. Vous
avez réfléchi au printemps, jeune homme ? C'est
inouï, ça, comme truc, le printemps ! Et naturellement, ce qu'il y a de plus diabolique là-dedans, c'est
que ça vient après l'hiver. D'un seul coup, ça vous
possède, le printemps ! Ça éveille en vous des sentiments funestes, vous avez envie de vous donner, de
vous ruer en avant, gambader, renifler les bourgeons,
les petites fleurs, nom de Dieu, jeune homme, vous
avez même envie d'aimer ! Aimer — vous m'avez
bien entendu, j'ai dit : aimer. Naturellement, vous
vous rendez compte de ce que c'est comme truc,
l'amour ? Boum, boum, ça y est : vous êtes foutu.
Méfiez-vous de l'amour, jeune homme, méfiez-vous
du printemps, ils sont de mèche, la vie est derrière,
en tapinois, attention ! Elle vous rattrapera. On ne
peut pas à la fois durer et vivre, jeune homme. Il
y a là, dans les termes, une contradiction absolue.
Regardez, par exemple, monsieur votre père...
passons. Pour en revenir au printemps, il est déjà
bien difficile d'être seul l'hiver. Mais au printemps,
c'est à peu près impossible, à moins d'avoir du principe, de la conviction. Il n'y a pas de doute, il se
passe alors quelque chose, on a envie de sortir de son
trou et de courir partout, comme un cafard. Mais
rappelez-vous bien ceci, jeune homme : le printemps,
c'est un coup monté. C'est un truc, c'est la saison
des aveux spontanés, le printemps... La police est
derrière, en tapinois... La meilleure chose à faire,
vers la fin mai, c'est de partir quelque part en pro-

vince, de prendre une chambre à l'hôtel et d'attendre
l'automne, sous un faux nom...

Il se tut. Il promena à la ronde ses petits yeux,
vagues et bleus, moites, tremblotants. Il ôta sa casquette et s'essuya le crâne de son grand mouchoir
à carreaux, longuement. Il avait des cheveux rares,
mais pommadés et une raie laborieuse qui allait en
s'élargissant vers l'estuaire et se jetait dans une cal-
vitie blanche et rose comme une tonsure.

— Hé — hum !

Il fit un effort pour me regarder bien en face,
mais ses yeux s'enfuirent immédiatement. Il entama
alors avec eux une sorte de lutte, en tirant sur la
laisse, en essayant de les ramener vers mon visage,
n'y arriva pas et, nous tournant le dos, les suivit
sans mot dire, jusqu'à la porte.

— Hé bien, dit la fille, vous pouvez dire qu'il se
met en frais pour vous. C'est la première fois que je
l'entends parler autant, depuis que je le connais.

Elle ôta son tablier.

— Je vous quitte, mes jolis. Je vais au cinéma.
On donne *le Grand Sommeil*, avec Humphrey Bogart.

Elle leva sa jupe, rattrapa le bas avec la jarretière,
me regarda avec indifférence en écarquillant les yeux
et s'en alla en laissant derrière elle un nouveau sillage
de parfum.

Je restai seul avec le jeune Vanderputte.

V

Je commençais à reprendre peu à peu mes esprits.
Le premier contact avec cette famille étrange m'avait

complètement désorienté. Je n'essayai plus de comprendre, mais seulement de ne pas montrer mon ahurissement. J'étais un rat des champs, c'était mon premier contact avec les rats des villes, je faisais de mon mieux pour imiter leurs gestes sans essayer de leur chercher une explication. Je continuai donc de faire passer d'une enveloppe dans une autre les petits objets ronds, mous, mais finalement ma curiosité l'emporta et je posai tout de même timidement une question à leur sujet.

— Nous avons acheté cette camelote aux amerlocks, m'expliqua Léonce. Seulement il est marqué « United States Army » dessus, alors, pour l'écouler, faut d'abord changer les enveloppes. Voilà.

Je l'aidai de mon mieux. Il me plaisait. Il y avait quelque chose dans ses cheveux rouquins, dans ce sourire plein de dents noires et les yeux marrons, minces et gais, qui m'attirait. Il ressemblait un peu à sa sœur, malgré sa laideur.

— Tu n'es pas du tout comme ton père, lui dis-je, dans un élan de sympathie.

Il se mit à rire.

— C'est pas mon père, dit-il, avec la mine de quelqu'un qui l'a échappé belle. Jamais eu de père, moi. Sais pas ce que c'est. M'en porte pas plus mal, d'ailleurs. A quoi ça sert ? D'abord, on vous donne un père, puis on vous le fait rembourser.

— C'est vrai, dis-je.

J'étais profondément frappé par la justesse de cette remarque.

— Moi, si j'étais le gouvernement, j'interdirais aux gens d'avoir des parents. On n'arrive jamais à les garder, par le temps qui court. La dernière fois,

ça été les Fritz, la prochaine, ce sera les Russes ou
les Amerlocks. Quand on est Français ou Allemand,
c'est pas la peine d'avoir des parents. C'est foutu
d'avance.

— C'est vrai, dis-je.

J'avais l'impression de me trouver devant une très
vieille personne très sage et très expérimentée. Je me
sentis plein de respect. Le rat des champs avait beaucoup de choses à apprendre du rat des villes. J'étais
anxieux de m'instruire.

— Vanderputte et moi, me déclara Léonce, on est
en relations d'affaires. Les G.I. américains travaillent
plus volontiers avec les jeunes; avec nous, ils se
sentent à égalité, les dudules, ils s'en méfient, ils
aiment pas ça.

— Les... dudules ?

— Les adultes, quoi. Tiens, ces trucs-là, j'en ai
eu cinq cents douzaines, d'un caporal infirmier. Il
me les a cédées, mais il ne les aurait pas cédées à
un dudule. Ça l'aurait gêné.

— Je vois.

— Et pour la police aussi, je suis tranquille, dit le
faux Vanderputte avec satisfaction. J'ai des faux
papiers en règle, comme quoi le vieux est mon père,
et tout. Une fois, les flics m'ont coiffé avec des cigarettes. Le vieux est allé faire un tel drame au com-
missariat, qu'on m'a relâché tout de suite. Tu verras, d'ailleurs, tous les copains qui font la vie ont
comme ça des pères adoptifs. Des kibitzers, qu'on
les appelle. C'est un mot américain. Ça veut dire
le type qui est assis derrière toi et qui regarde tes
cartes et te donne des conseils, mais qui ne joue
jamais lui-même et ne risque rien. Quand on est pas

un dudule, c'est dangereux de travailler seul, en
isolé. D'abord, il y a la police et, ensuite, tu peux
attraper une pneumonie, il faut avoir quelqu'un que
tu paies pour s'occuper de toi. C'est pas facile, être
seul, à notre âge.

— Non, c'est pas facile.

— C'est comme pour les putains, qu'est-ce que tu
veux, remarqua philosophiquement le faux Vanderputte. Il leur faut un homme pour s'occuper d'elles
et veiller au grain. Nous, à notre âge, on n'est pas
tout à fait des hommes. On a la société contre nous,
on peut pas se défendre seuls. Il faut des dudules,
pour vous aider. Le vieux Vanderputte n'est pas
mauvais pour ça, il prend seulement 50% des béné-
fices et il a souvent des idées... Il est régulier. Seulement, il est un peu dérangé. Il y a quelque chose qui
le ronge, mais c'est parce qu'il est tellement vieux,
il a soixante ans. Quand on a vécu si longtemps, on
a, naturellement, des tas de crimes à se reprocher,
ça ne peut pas être autrement. A notre âge, on a
pas encore eu le temps.

— C'est vrai, approuvai-je.

— Qu'est-ce que tu veux, c'est la vie, dit le faux
Vanderputte, avec un air profond. C'est la vie, tout
le monde ne peut pas être américain.

— Hé non, soupirai-je.

— Quand on a la poisse d'être né en Europe, il
faut se débrouiller comme on peut. Faut faire comme
tout le monde.

Il poussa un gros soupir.

— Et Josette ?

— Ma sœur, je la tiens à l'écart. Je ne laisse per-

sonne y toucher. La vie, c'est pas pour elle. Elle vaut
mieux que ça. C'est pas une grue.

Je crus plus prudent de changer de sujet.

— Pour ce que tu disais tout à l'heure...

— Quoi ?

— Que tout le monde ne peut pas être américain ?

— Hé bien ?

— Je ne suis pas d'accord. C'est-à-dire que, naturellement, tout le monde ne peut pas devenir américain, il y a trop d'hommes dans le monde. Mon
père m'a dit qu'il y en a près de deux milliards...

— Oh, deux milliards ! Le faux Vanderputte haussa les épaules et se mit à rire. Tu as dû lire cela
dans un journal. Deux milliards d'hommes ! Tu as
tort de croire les journaux, ils cherchent toujours à
vous faire peur.

— C'est mon père qui me l'a dit, coupai-je, vexé.
Il ne mentait jamais, mon père. Quand il n'était
pas avec le maquis, il venait à la ferme et me parlait.
Il m'a dit qu'il y avait près de deux milliards
d'hommes sur la terre.

— Bobards, dit Léonce, avec commisération.

— Il était instituteur, mon père. Il savait tout.
En tout cas, pour ce que je te disais, je peux te passer
un tuyau. Les soldats américains adoptent des orphelins de guerre. Ils les adoptent et les emmènent
avec eux en Amérique. Ils leur donnent leur nom.
J'ai eu un copain qui s'appelait Laboissière, au Véziers, il y a un officier américain qui l'a adopté,
après le débarquement. Il ne s'appelle plus Laboissière maintenant, il s'appelle Schultze. Il est à New-
York, il est Américain, il est heureux comme un roi.

— Formidable ! fit Léonce en frappant dans le

creux de sa main gauche avec son poing droit. Ça alors !

J'étais très fier de mon effet. Enfin, le rat des champs apprenait quelque chose au rat des villes.

— Je pourrais te citer des tas de cas de ce genre, continuai-je. Dans notre région, il y a eu une forte activité du maquis et des représailles, beaucoup de copains ont perdu leurs parents. Il y en a plusieurs qui ont été adoptés par les Américains. A la fin, les Français se sont même fâchés.

— Pourquoi ? s'étonna Léonce. Qu'est-ce que ça peut leur faire ?

— Oh, jalousie, expliquai-je. Tu sais comment ils sont, les gens. Il y avait des copains qui râlaient parce qu'ils n'étaient pas orphelins et qu'ils ne pouvaient pas aller en Amérique. Et les parents, naturellement, étaient furieux parce que leurs gosses les regardaient de travers. Je ne sais pas, moi. Tout ce que je sais, c'est qu'ils ont fini par faire des manifestations dans les rues et les autorités américaines se sont dégonflées. Mais il paraît qu'il y a des G. I. qui continuent à faire ça en cachette avec des faux papiers.

— Et tu es sûr qu'il suffit d'avoir pas de parents ? Il y a pas d'autres formalités ?

— Non, c'est suffisant.

— Et à qui il faut s'adresser pour ça ? Il faut faire une demande ou quoi ?

— Eh bien, au Véziers, il y avait un bureau spécial. Mais comme je t'ai dit, il a été fermé. La municipalité était communiste, les communistes ont protesté, parce que c'étaient des Américains.

— Si c'étaient des Russes, ils auraient rien dit,

remarqua Léonce. J'aime pas les communistes. Ils sont pas Français.

— Remarque, il ne faut pas croire qu'en Amérique tout est parfait, observai-je, par souci d'équité. Ils ont leurs emmerdements eux aussi. Par exemple, ils n'ont pas de communistes, mais ils ont des nègres. Il paraît même qu'il y a encore plus de nègres en Amérique qu'il y a de communistes en France.

— Oh, moi j'aime bien les nègres, dit Léonce.

— Les Américains ne les aiment pas, dis-je sévèrement. Mais peut-être tu es plus malin que les Américains ?

— Oh, j'ai pas dit ça. J'ai pas connu beaucoup de nègres, c'est peut-être pour ça.

— Ils en ont plein en Amérique. Des tas et des tas. Un sergent m'a dit que, dans certaines villes, on voit rien, tellement c'est noir. Le soir, l'air lui-même sent le nègre, on peut pas sortir dans la rue.

— Ben, heureusement que les communistes ne sentent pas, dit Léonce. Et les nègres, qu'est-ce qu'ils font ?

— Qu'est-ce que tu veux qu'ils fassent ? C'est pas leur faute. Ils peuvent pas changer, non ?

— Ils prennent pas le maquis ?

— Non. Enfin, je n'en sais rien. Le type ne m'en a pas parlé.

— Moi, si j'étais nègre, je prendrais le maquis tout de suite.

— Et tu y resterais combien de temps ? Jusqu'à ce que tu deviennes blanc ?

— Oh, j'ai dit ça comme ça. Après tout, je m'en fous : j'suis pas nègre.

Nous travaillâmes un long moment en silence. Je

me sentais fatigué, un peu effrayé. Le soir tombait,
j'avais envie de dormir. La journée avait été trop
remplie ; elle m'avait accablé de trop de visages
nouveaux, de trop d'événements inattendus ; la tête
me tournait un peu ; je ne savais plus très bien où
j'en étais. Comme un automate, je continuais à faire
passer les petits objets absurdes d'une enveloppe
dans une autre. De temps en temps, je regardais
Roxane : c'était tout ce que mon père m'avait laissé,
c'était à présent mon seul lien avec un passé déjà
lointain et qui commençait à disparaître dans le
brouillard. Je n'avais pas peur, mais je me sentais
oublié, abandonné, seul. Je pensais à M. Jean et un
vague regret me saisit ; je regrettai d'avoir jeté par
la fenêtre du train le petit carnet qu'il m'avait donné.
Je me serais volontiers accroché à lui, à présent. Je
l'aurais suivi volontiers, si c'était à recommencer.

— Et tu es sûr qu'il suffit d'être orphelin, demanda
Léonce. Il n'y a vraiment pas d'autres formalités ?

— Non, c'est suffisant.

Il réfléchit un instant puis se mit à rire.

— Quoi ? Qu'est-ce qu'il y a ?

— Oh, rien. C'est seulement cette idée que je suis
un orphelin. Je ne m'en suis jamais rendu compte
auparavant.

VI

Pendant les premiers jours de ma présence « sous
son aile », comme il le disait, le vieux Vanderputte
ne me parla presque plus et s'efforça même visible-

ment de m'éviter. Lorsqu'il me rencontrait dans le
grand appartement où chaque meuble était envahi
par des cartouches de Lucky Strike, des paquets de
café, de savon, des boîtes de conserve, de chocolat,
de lait en poudre, de lait condensé, — une véritable
épicerie — il m'adressait un de ses larges sourires
un peu tordus et disparaissait rapidement sur ses
jambes molles. Il passait le plus clair de son temps
dans sa chambre ; parfois, je le trouvais dans le
grand salon, en train de peser quelque chose sur sa
balance. Il me fallut plusieurs jours pour m'habituer
un peu à ma nouvelle demeure. Je n'avais jamais vu,
ni seulement imaginé, un appartement pareil. On
entrait d'abord dans l'antichambre, une grande pièce
que le vieux appelait « le petit salon » ; elle était
tapissée de bas en haut de brocart vert, un peu terni
par l'âge, mais où l'on voyait encore des bergers et
des bergères s'enlacer parmi leurs moutons ; le
plafond était peint et représentait le ciel ; des per-
sonnages augustes s'y mêlaient à des déesses en
tenue d'été. Les portes étaient peintes également ;
elles imitaient si bien le marbre rose, qu'en tirant
sur la poignée, on était tout surpris de ne pas rencontrer sous sa main la résistance lourde de la pierre ;
elles étaient gardées par de petites statues de gondoliers coiffés de bonnets rouges, dont la gaffe s'arrêtait au ras du parquet luisant, dans lequel elle
paraissait plonger. J'étais particulièrement impres-
sionné par les chaises et les fauteuils : ils avaient
des formes recherchées et aisées, une sorte d'élégance
qui m'impressionnait d'autant plus vivement qu'ils
étaient revêtus d'étoffes soyeuses, aux couleurs vives,
brodées d'or et de pourpre, que le temps avait à peine

touchées ; on les sentait encore vivants, bien que
conservant leurs distances : ils étaient mieux vêtus
que moi et me le faisaient sentir ; de vieux tableaux
étaient accrochés aux murs, je sus plus tard qu'ils
représentaient Venise ; je rêvais souvent devant ce
monde évanoui de palais, de canaux, de gondoliers ;
Léonce m'expliqua un jour que Venise avait vraiment existé, mais qu'une éruption du volcan Vésuve
l'avait réduite en cendres. L'appartement avait trois
salons, deux chambres à coucher, une salle à manger
et deux pièces plus petites et plus modestes que
Josette, Léonce et moi-même partagions entre nous.
Le vieux occupait la chambre à coucher principale
et dormait sous un baldaquin de pourpre tout cons-
tellé de couronnes et de blasons ; il était vraiment
curieux de voir le vieux Vanderputte vautré là-
dedans avec sa moustache jaune ; juste au-dessus
de sa tête, sur une tapisserie, des anges joufflus soufflaient dans les trompettes de la gloire. Dans le grand
salon, il y avait, sur le mur, quelques grandes pein-
tures religieuses : des papes, je crois, qui levaient
tous un doigt comme pour vous recommander la
prudence ; Vanderputte regardait souvent les papes
avec une complaisance particulière, les jambes écartées, son petit ventre rond bien en avant sous le gilet
aux oreilles retroussées, en roulant une cigarette. Les
coins du salon étaient occupés par quatre bustes de
pierre. « Nos grands classiques », m'avait expliqué
le vieux, respectueusement, mais sans préciser davantage ; il venait souvent s'appuyer contre l'un
ou l'autre des classiques et on sentait qu'il éprouvait
une certaine fierté à être ainsi familier avec eux. Il
y avait aussi une cheminée et, au-dessus, une im-

mense glace dans un cadre sculpté et doré où Vanderputte évitait soigneusement de se regarder, peut-
être par modestie, à cause du cadre. Sur la cheminée
elle-même, sous une cloche de verre, il y avait une
montre placée sur le dos d'un superbe taureau en
fer forgé ; le taureau était lancé au grand galop,
la montre retardait. Séparés de la cheminée par un
paravent, trois beaux vieillards de fauteuils dressaient leurs grands dos raides, tapissés de fleurs de
lys ; Vanderputte disait que c'étaient des fauteuils
Roi Soleil et aimait beaucoup s'asseoir dessus. Les
dessins du paravent représentaient des chars de
triomphe tirés par des lions, des guerriers tout nus,
mais casqués, l'épée à la main et soufflant dans une
trompette, ainsi que des femmes ailées aux grands
seins nus qui levaient une jambe et frappaient
dans des tambourins. Vanderputte disait que le mo-
tif représentait la gloire et que l'objet avait de la
valeur. Dans la salle à manger, la table, au lieu de
s'appuyer sur quatre pieds comme tout le monde,
reposait entièrement sur des têtes de créatures bizarres, assises sur leur derrière comme des chiens,
mais qui avaient des seins et des têtes de femmes ;
le vieux m'expliqua que c'étaient des sphinx ailés,
des cariatides, et il paraissait savoir ce que cela
voulait dire. Dans un coin, il y avait une harpe dorée
et Vanderputte venait parfois s'asseoir à côté d'elle
et donnait quelques coups distraits sur les cordes.
d'un air inspiré. Toutes les tables, les étagères, les
fauteuils et jusqu'au parquet étaient encombrés de
caisses, de boîtes, de paquets ; les produits pharmaceutiques se mêlaient aux boîtes de jus de fruit
Libbys, de porridge et de chewing gum. Les pièces

principales se suivaient et lorsqu'on ouvrait les
portes, cela faisait une très belle vue, toute de pourpre, d'or, de marbre rose et de brocart vert, avec
des lustres à tous les plafonds et le vieux défilait
alors triomphalement à travers les pièces, les mains
derrière le dos, le mégot pendant, jetant des coups
d'œil satisfaits à ses boîtes, ses cartouches, ses sacs,
ses cartons : le roi du marché noir passant ses
troupes en revue. Il m'expliqua que les meubles
et les bibelots qui se trouvaient dans l'appartement
avaient une grande valeur ; lorsque je lui demandai
pourquoi il ne les vendait pas, puisqu'il vendait tout,
le vieux parut scandalisé ; il m'expliqua que l'appartement et les meubles appartenaient à un pa-
triote, un authentique résistant ; il avait été déporté,
mais pouvait revenir d'un moment à l'autre « et
alors quelle tête que je ferai ? » Oui, c'était contre
ses principes, ajoutait-il, avec un soupir de regret ;
d'ailleurs, vendre des meubles pareils, ce n'était pas
facile, ça attirait l'attention. Josette s'occupait de
notre ménage ; une vieille bonne femme à moitié
aveugle venait l'aider tous les matins et préparait
les repas pour la journée. Josette se levait tard. Elle
était toujours plus ou moins déshabillée, et allait et
venait dans l'appartement en chantant quelque
chose de sa voix rauque ; elle faisait comme si je
n'existais pas et m'inondait au passage de son parfum, me frôlant, « me soufflant dessus », suivant sa
propre expression. J'essayais de ne pas la regarder,
mais chacune de ces rencontres affolait mon cœur
et serrait ma gorge ; j'étais d'autant plus furieux
contre moi-même que la garce se rendait compte de
mon émoi ; pour finir, je n'osais plus sortir de ma

chambre. Elle venait alors dans la mienne, outrageusement maquillée, enroulée dans un peignoir
étonnant, une sorte de kimono avec des dragons,
des pagodes et des rizières sur tout son corps. Elle
me demandait si je n'avais pas faim, si je n'avais
pas soif, si je n'étais pas triste ; elle voulait être,
m'assurait-elle, une petite mère pour moi, si jamais
j'avais la coqueluche, ou la rougeole, ou des tiques,
je devais appeler ma petite maman immédiatement...
Elle s'en allait avec des mouvements de hanches qui
n'avaient rien de maternel et je courais ouvrir la
fenêtre, mais c'était un parfum tenace dont je n'arrivais pas à me débarrasser et qui me tenait éveillé
toute la nuit. A table, elle s'inquiétait de mon appétit, m'encourageait à manger de la soupe et affectait
des attitudes maternelles qui me mettaient hors de
moi. Le frère et la sœur se passionnaient pour le
cinéma. Léonce avait tapissé les murs de notre
chambre de photos de ses vedettes préférées ; il connaissait par cœur la carrière, les débuts, les amours
de chacune d'elles ; il me racontait leur histoire,
avec toutes sortes de détails, comme s'il l'avait vécue
lui-même.

— Ça, c'est Betty Grable. Elle a assuré ses jambes
pour un million de dollars.

— Non ?

— Parole d'honneur. Il n'y a que les Américaines
qui ont des jambes qui valent si cher.

— Et chez les Françaises, ça vaut combien ?

— Je n'en sais rien, mais c'est calculé en francs :
ça peut pas valoir grand'chose.

Nous regardions les jambes de Betty Grable, calculées en dollars, avec admiration. Couché sur le lit,

les genoux en l'air, les talons de ses grosses chaussures militaires appuyées sur la couverture, Léonce
mâchait tristement son chewing gum.

— C'est pas pour moi, tout ça. A Hollywood, pour
réussir, il faut être beau gosse et moi, j'ai une sale
gueule.

Je le regardais. C'était vrai, il avait plutôt une
sale gueule.

— Oh, regarde Mickey Rooney, disais-je, il a une
aussi sale gueule que toi.

— Oui, peut-être dans le genre comique...

Il n'avait pas l'air emballé par le genre comique.

— Tu sais...

Il paraissait embarrassé.

— J'aimerais mieux être un jeune premier. J'aime
pas les films drôles. J'aime les histoires d'amour.
J'aimerais avoir des histoires d'amour, tiens.

— Tu en auras, lui promettais-je. Pas besoin d'être
beau gosse pour cela. Il suffit d'avoir du fric.

— C'est vrai, disait Léonce, visiblement réconfor-
té, et le fric, il y en a tant qu'on veut.

— Eh bien, tu auras autant d'histoires d'amour
que tu en voudras. Moi, je n'aime pas les femmes.
C'est-à-dire, moi aussi, j'aimerais bien avoir une
femme comme on en voit au cinéma, bien arrangée,
avec des bijoux et des fourrures, pour montrer aux
autres que j'ai de quoi. Mais, à part ça, les femmes
c'est de l'argent jeté par les fenêtres.

— Comment peux-tu dire cela ? s'indignait Léonce.
Si seulement je pouvais avoir une femme à moi et
qui m'aimerait d'amour... je me porterais tout de
suite mieux. Par exemple, je tousse tout le temps.
Josette aussi, cela doit être dans la famille. Mais je

suis sûr que si j'avais une femme qui m'aimerait d'amour, je ne tousserais plus. Tu peux dire que je suis piqué, mais si j'avais une femme à moi, qui m'aimerait, je crois que j'aurais tout de suite une moins sale gueule. Une vraie femme, ça peut changer tout.

— Tu exagères avec ta gueule, elle n'est pas si sale que ça, protestais-je poliment. Je dis pas que tu es beau, mais il y a pire. C'est seulement les dents qui font ça, elles sont toutes pourries.

— Le médecin a dit que c'est parce que j'étais mal nourri, quand j'étais jeune. Pas assez de lait. Il a dit qu'il y avait des milliers de gosses qui avaient des dents pareilles, à cause de la guerre.

— C'est seulement dans les villes, remarquais-je. A la campagne, il y a toujours assez à bouffer.

C'était encore le rat des champs qui parlait.

— Josette et moi, nous avons été élevés par un ivrogne, expliqua Léonce. Ma mère l'avait épousé en deuxièmes noces et puis elle est morte. Il était toujours saoul et il est parti faire la guerre et naturellement, dans l'état où il était, il s'est tout de suite fait tuer, on a eu de la chance.

— Comment, de la chance ?

— On était libre, quoi. Remarque bien, c'est toujours les parents qui vous nourrissent mal. Ils travaillent généralement, et ils ne gagnent rien, comme toujours lorsqu'on travaille et vous n'avez rien à bouffer et vos dents pourrissent, quand c'est pas vos poumons. Et ils vous surveillent, par-dessus le marché pour vous empêcher de vous débrouiller. Quand on a pas de parents, on se débrouille.

— Et tu t'es débrouillé?

— Oh ! très bien. C'était facile. La concierge, qui était une brave femme, nous a pris chez elle, pour ne pas nous donner à l'Assistance. C'était le marché noir qui commençait. D'abord, on l'a aidée et pour finir, c'est elle qui nous aidait.

— Vous l'avez quittée ?

— C'était une andouille. En 42, elle s'est mise en tête d'aider les alliés, comme elle le disait. Elle trouvait que le marché noir c'était patriotique, parce que ça embêtait les Allemands, mais que ce n'était pas assez. Alors, elle a commencé à cacher des aviateurs alliés. Je te dis, une andouille.

Je regardais distraitement Betty Grable, sur le mur.

— Bien entendu, elle s'est faite ramasser par la Gestapo, on l'a expédiée quelque part d'où elle n'est pas revenue. C'est dommage, parce qu'elle était plutôt brave.

Il alluma une cigarette.

— Et vous ?

— Nous, on a continué. Nous étions bien lancés dans le quartier. Tout le monde nous connaissait. D'abord, on est resté avec le nouveau concierge, pour le mettre au courant. Mais c'était un salaud, il prenait tout pour lui. Alors, on est parti.

— Où êtes-vous allés ?

— Moi, je me suis installé chez un copain, un barman. Josette, je l'ai envoyée au collège.

— Au collège ?

— Oui, elle était mordue pour le théâtre. Il y avait un collège d'art dramatique, ou une autre connerie, comme ça, à Meudon. C'est une espèce de vieil Anglais tordu qui dirigeait ça. Un Anglais, ou un

Russe blanc, je sais pas au juste... Il avait expliqué
à Josette qu'il était un grand tragédien et elle l'avait
cru. Elle est allée là-bas. Je lui envoyais l'argent
chaque mois. J'ai appris plus tard qu'elle était la
seule pensionnaire et que j'entretenais, à moi tout
seul, le vieux tragédien, sa femme, une domestique
et que je payais le loyer par-dessus le marché. Enfin,
je gagnais bien, je pouvais me le permettre.

— Qu'est-ce que tu vendais ?

— A l'époque, c'était surtout de l'or. Mon copain
le barman s'était spécialisé dans les lingots. Il faisait
venir ça de Suisse. La police fermait l'œil, c'était la
belle époque. C'était contre les Allemands, tu comprends...

Il sourit de toutes ses dents noires.

— Aujourd'hui, c'est plus difficile. La police est
obligée d'avoir de la morale, depuis que les Allemands sont partis. Enfin, tu verras. Je me suis mis
avec Vanderputte après la libération, parce que ça
devenait dangereux, de trafiquer, à mon âge, il valait
mieux avoir un père adoptif.

Il paraissait bien disposé envers moi. Je décidai
de lui poser la question qui me préoccupait.

— Dis-moi, pourquoi vous m'avez ramassé ?

Il haussa les épaules.

— Je te dis franchement : je n'y suis pour rien.
Je t'aime bien, mais auparavant, j'étais contre. C'est
une idée du vieux.

— Mais pourquoi ? Je ne connais rien au boulot.

— Ne t'en fais pas pour ça. On t'apprendra tout
ce qu'on sait. Je ne peux pas te dire pourquoi il t'a
ramassé, le vieux, peut-être qu'il a vraiment la tripe
patriotique, je n'en sais rien. Il est cinglé. Et puis

tu verras, il ramasse tout ce qui traîne... Les bouts
de ficelle, les vieux clous... Tout, quoi. C'est une
manie.

Il se tut et me regarda pensivement.

— Tu aurais mieux fait de rester à la campagne.
On est bien, dans la forêt ?

Je me sentis un peu vexé. Il avait l'air de s'imaginer que je vivais sur un arbre.

— On est bien, dis-je.

— On respire, hein ?

— On respire.

Il fouilla sous son oreiller et sortit une grande
photo froissée, qu'il déroula.

— Regarde, c'est beau, hein ?

C'était une énorme montagne qui crevait le ciel.
Il y avait des nuages, qui ne lui arrivaient pas au
sommet et qui ressemblaient à des brebis assoupies
autour d'un arbre ; ses flancs et son sommet étaient
couverts de neige.

— Ça s'appelle le Kilimandjaro. C'est en Afrique.

— Ça ne peut pas être en Afrique, voyons, il y a
de la neige.

— Il y a partout de la neige en montagne. On
appelle ça des neiges éternelles. Même en Afrique,
il y en a... Si j'étais millionnaire, j'irais vivre dans
les neiges éternelles, avec ma femme. On doit respirer.

De nouveau, il frappa du poing dans le creux de
sa main.

— Nom de Dieu, ce serait formidable. Il faudrait
naturellement que la femme m'aime bien, qu'elle
soit fidèle.

— Dans les neiges éternelles, tu ne risques rien.

Il ne m'écoutait pas, il regardait la montagne.

— Tu sais, c'est marrant, mais j'ai l'impression que je pourrais être plus heureux que les autres hommes. Je sens que j'ai des dispositions. Il y a des types doués pour le sport, ou pour la banque, ou pour la musique, moi, je sens que je suis doué pour le bonheur. J'ai le chic pour ça.

— T'as de la veine.

— Oui. Tu ne sens pas ça en toi ?

— Non.

— Ça viendra peut-être.

— Peut-être. Mais je crois qu'il y a très peu de gens qui sont heureux. Je crois qu'il ne suffit pas d'être doué. Il faut être vraiment un as.

— Moi, j'ai le chic pour ça, dit Léonce. Naturellement, on ne peut pas être heureux seul. On ne peut être vraiment heureux qu'avec une femme entre les mains. Sans ça, c'est pas la peine d'essayer.

Il regardait la grande montagne appuyée contre ses genoux.

— Le Kilimandjaro, dit-il. Ça s'appelle le Kilimandjaro. Ça te change de la rue Madame, hein ?

— Je ne savais pas qu'il y a de la neige en Afrique, répétai-je.

Il fallait bien lui dire quelque chose.

VII

Je m'aperçus très vite en quoi consistait « le travail » des Vanderputte et je fis, pour ainsi dire, mes premiers pas dans la vie. Ainsi que Léonce me l'avait annoncé, ce n'était pas bien compliqué. Des soldats

américains, qui ne touchaient qu'une partie de leur
solde en France, vendaient tout ce qu'ils pouvaient
pour se procurer du « bon temps ». La marchandise
était abondante. Nous arrêtions les G. I. dans les
couloirs du métro, dans les bistros et comme les Américains ne refusaient jamais de parler avec des enfants, nous arrivions toujours à leur extorquer quelque chose. Je me souviens qu'à cette époque les
Lucky Strike étaient à cent francs le paquet, à la
vente, et que je raflais le premier jour cinquante
paquets que je ramenais triomphalement à la maison, où Léonce m'expliqua avec indulgence que
c'était du « petit boulot », mais qu'il était bon, en
effet, que je me fisse ainsi la main. Le vieux Vanderputte fut plus encourageant.

— Très bien, jeune homme, très bien, me dit-il en
me serrant chaleureusement la main et en me regardant presque dans les yeux. Continuez !

Il était en effet sorti de son trou et rôdait à présent
dans l'appartement sur ses jambes rondes, sans regarder personne, déplaçant continuellement, et sans
nécessité aucune, les boîtes de savon et les flacons de
médicaments qui traînaient partout, histoire de prouver, sans doute, qu'il était là. Il quittait la maison
rarement et lorsqu'il rentrait, il haletait, son visage
était couvert de sueur et tout pâle, il pressait la main
contre son cœur et disait : « c'est l'escalier qui me
fait cet effet-là » mais on avait toujours l'impression
qu'il avait couru, qu'il avait été poursuivi, qu'il
venait d'échapper de justesse à la foule. La plupart
des visiteurs qu'il recevait étaient des garçons de
notre âge qu'il appelait ses « prospecteurs ». Le seul
ami que je lui connaissais était un Alsacien, un

certain Kuhl, que le vieux recevait toujours comme
un être très cher, bien qu'il ne se départît jamais
en sa présence d'un curieux mélange de peur et d'affection obséquieuse qui me laissait perplexe sur la
nature réelle des liens qui les unissaient. Pour Léonce,
il est vrai, tout cela était fort simple : le vieux et
Kuhl avaient trempé tous les deux dans une sale
affaire, ils se méfiaient l'un de l'autre et se fréquen-
taient uniquement pour mieux se surveiller. C'était
plausible, mais cela n'expliquait pas l'air de supé-
riorité que se donnait l'Alsacien aux dépens de Vanderputte, ni l'empressement servile de ce dernier.
Mon père m'avait lu les contes de Grimm et je trouvais que Vanderputte et Kuhl paraissaient sortir du
livre, chassés par quelque bonne fée d'un conte particulièrement sinistre et condamnés à vivre éternel-
lement dans un monde dénué de magie. Il est vrai
que c'est là le sort de tous les hommes. Kuhl était
employé à la préfecture de police ; c'était un énorme
bonhomme qui se tenait sur de tout petits pieds
élégamment chaussés, son pantalon étroit mettait
en relief une obésité excessive et ses petits yeux
myopes et méchants exagéraient encore, je ne sais
trop pourquoi, son allure de pachyderme. Il était
blondasse, cultivait quelques poils au-dessus d'une
bouche gourmande et fine, aux lèvres curieusement
roses et lorsqu'il vous regardait, il plaçait toujours
sur son nez qui, sans être rouge, était plus sanguin
que le reste du visage, un lorgnon, attaché à son
gilet par un mince ruban noir. Ce geste, net et précis,
exécuté avec lenteur, ainsi que la minutie de l'examen, vous donnaient toujours l'impression d'être
un spécimen étrange, imperceptible à l'œil nu et

augmentaient encore votre sensation de ne pas appartenir tout à fait à l'espèce où régnait Kuhl, qui
avait l'air de se placer ainsi sur un échelon supérieur
du règne animal. Il était extrêmement propre, très
méticuleux, toujours attentif à la poussière, à la pelli-
cule, au duvet sur sa manche ou sur son épaule, au
pli du pantalon, au bouton qui pend un peu et risque
de se détacher. Il portait des faux-cols durs, d'une
blancheur éclatante et qui donnaient un peu à sa
tête l'air d'être servie dans un plat propre ; il portait toujours sur lui une peau de chamois, avec
laquelle, très attentivement, il époussetait de temps
en temps ses souliers. Ses manchettes étaient bien
empesées et il prenait toujours soin de les tirer un
peu, pour qu'elles fussent bien visibles : il était évident qu'il aimait à se détacher sur un fond impec-
cable. En somme, il faisait honneur à l'administra-
tion qui l'employait. Il était un de ces fonctionnaires
dont la mise toujours correcte et soignée rend bien
délicate toute tentative de corruption, il était difficile de glisser un billet à quelqu'un qui paraissait
tellement propre. On n'eut pu imaginer deux êtres
d'aspect plus différent que Kuhl et Vanderputte :
l'un, avec ses petits yeux lourds et fixes, qui affleu-
raient aux lorgnons comme des poissons dans un
bocal, l'autre, avec son regard jamais là ; l'un, énorme, obèse, avec ses faux-cols méticuleux, son complet
bien repassé qu'il frottait parfois délicatement, du
bout des doigts, aux épaules, pour chasser une pelli-
cule, un grain de poussière, un duvet, l'autre, ratatiné,
avec son petit ventre rond sous le gilet aux pointes
dressées comme des oreilles, et ses taches de graisse;
l'un, avec ses gestes lents et sûrs de quelqu'un qui

se connaît et se respecte, l'autre, toujours agile, courant en rond, ne tenant pas en place, comme s'il cherchait à fuir. Et pourtant, je trouvais qu'ils avaient quelque chose de commun. Je ne savais pas ce que c'était. Ils appartenaient indiscutablement à la même faune, à la même espèce, ce n'était pas simplement l'espèce humaine, parce que je sentais déjà que pour en être, il ne suffisait pas de correspondre à la définition que j'avais cherchée un jour dans le grand Larousse illustré sous la rubrique « Homme ». J'avais trouvé le gros volume dans le salon et, chose curieuse, la page où ce mot figurait avait été cornée et le mot lui-même avait été souligné trois fois à l'encre rouge, ainsi que sa définition. Le vieux Vanderputte avait dû, lui aussi, chercher le sens du mot et peut-être, la définition qu'il en avait trouvée : « mammifère bimane à station verticale doué de langage et de raison » l'avait-elle rassuré et il avait, sans doute, cru bon de la souligner et de marquer la page, pour le cas où de nouveaux doutes lui viendraient. Mais il y avait entre les deux hommes une sorte de compréhension profonde et sous-entendue qui leur donnait un air de famille, de complicité ; peut-être, après tout, était-ce simplement parce qu'ils étaient souvent ensemble ou qu'ils avaient la conscience aiguë de figurer sous la même rubrique dans le grand Larousse illustré, je ne sais pas. Je rencontrai Kuhl pour la première fois quelques jours après mon entrée chez Vanderputte. Je sus plus tard qu'il venait tous les samedis chercher une enveloppe que Vanderputte lui remettait. Il était arrivé vers sept heures du soir, après le bureau, soufflant un peu, il avait de l'asthme et quelque chose au cœur.

— Ah, fit-il en me voyant, un nouveau pensionnaire.

— C'est un pupille de la nation, me présenta Vanderputte.

— Non ?

— Je l'ai recueilli, dit le vieux, et je remarquai que Kuhl me regardait en souriant comme s'il se fût agi d'une excellente plaisanterie, un peu fine, que seuls les initiés étaient admis à goûter. Kuhl, je me souviens, avait tout de suite mis son pince-nez, il me saisit brusquement par le bras, me fit asseoir et s'assit en face de moi. J'eus l'impression qu'il allait me regarder dans la gorge pour voir si je n'avais pas une angine. Il sortit de sa poche un carnet, l'ouvrit, souffla dessus pour chasser une poussière qui n'y était pas et après avoir décapuchonné son stylo et vérifié qu'il n'y avait pas, au bout, une goutte susceptible de faire un pâté, il inscrivit sur une page mon nom, le lieu et la date de naissance et se mit à me poser sur mon père et moi-même des questions, qu'il notait au fur et à mesure, avec les réponses. L'idée que mon histoire et la mort de mon père avaient été notées dans son carnet en peau de porc, qu'il allait les porter sur lui, dans la poche intérieure de son veston, contre son cœur trop gras, m'avait indigné. J'avais l'impression que je trahissais, que je dénonçais mon père, que j'étais un mouchard. De temps en temps, en notant une réponse, Kuhl gloussait et ces gloussements aigus, venant de ce corps éléphantin, avaient quelque chose d'absurde. Il gloussait d'ailleurs hors de propos — ainsi lorsque je lui dis que je comptais aller en Amérique, il avait gloussé trois ou quatre fois de suite, ce qui m'avait vexé ;

moins pour moi, du reste, que pour l'Amérique. Je
sus, d'ailleurs, depuis, que c'était chez lui une manie, qu'il gloussait nerveusement et non par malice ;
il restait quelquefois seul et silencieux pendant des
heures, à fixer ses petits pieds ou le plafond et à
glousser toutes les quelques secondes, comme un dindon. Je sus, aussi, qu'il avait l'habitude de tout noter
dans son petit carnet en peau de porc, c'était encore
une manie, un vice, un goût de l'interrogatoire policier jamais satisfait. Kuhl était d'un tempérament
pessimiste ; il passait des heures à nous regarder
d'un air sombre, Léonce et moi, à travers son pince-
nez, puis il disait :

— Ce n'est pas avec votre génération, allez, qu'on
refera la France. Tout fout le camp, tout se corrompt,
bientôt, il n'y aura plus que mes faux-cols de propres
dans ce pays.

Il soutenait avec Vanderputte de longues discus-
sions politiques : Vanderputte était un chaud défen-
seur de l'entreprise privée ; Kuhl votait communiste : c'était pour lui une grande source de satisfaction et Vanderputte, lorsqu'il se référait à ce vote,
prenait un air désemparé, courait plus vite que jamais
autour du salon, levait les bras au ciel :

— Mais enfin, René, comment avez-vous pu ?...

J'étais toujours surpris de l'entendre appeler quelqu'un par son petit nom ; c'était une familiarité
qu'il se permettait seulement à des moments de
grande émotion. Kuhl prenait une mine particulièrement sombre, gonflant un peu ses lèvres roses, pour
montrer qu'il se rendait compte de l'importance de
son geste, qu'il l'avait longuement mûri.

— Il nous faut de l'ordre, disait-il. Le Français

n'est pas discipliné. Le communisme nous donnera
une certaine rigidité nécessaire.

— Saperlipopette, disait Vanderputte, tout cons-
terné. Et moi, qu'est-ce que je vais devenir là-dedans ? Vous avez réfléchi à ma position ?

Kuhl disait qu'il y avait réfléchi, que cela l'avait
même fait hésiter, mais qu'il fallait savoir consentir
certains sacrifices. Cela jetait Vanderputte dans une
agitation extrême, il courait partout comme un rat
affolé, prenait une cigarette qu'il oubliait d'allumer,
frottait une allumette qu'il oubliait d'éteindre et qui
lui brûlait les doigts, ses yeux se mouillaient — ils
avaient l'air de suer — il lui était extrêmement pénible, disait-il, de se voir rangé parmi les « certains
sacrifices » que son ami acceptait si légèrement. Kuhl
paraissait ému, lui aussi ; ses bajoues tremblaient
un peu ; il gloussait nerveusement ; il disait cependant qu'il lui était impossible d'hésiter entre l'intérêt
de la France et celui d'un simple particulier. Les
mots « simple particulier » précipitaient Vanderputte
dans un abattement complet, il se laissait tomber sur
une chaise et levait vers Kuhl un regard plein de
reproches. Même lorsque ce simple particulier est un
ami de vingt ans ? demandait-il tristement. Kuhl
gonflait un peu les lèvres et croisait les bras sur sa
poitrine ; son silence était sans appel, il n'avait rien
à ajouter à ce qu'il avait dit, il s'agissait du pays,
c'était tout. Vanderputte bondissait alors avec une
sorte de miaulement plaintif et commençait à courir
en tous sens, les bras levés au ciel ; Kuhl demeurait
imperturbable dans son fauteuil, les sourcils froncés,
les bras croisés ; le verdict rendu, il avait l'air de
poser pour la postérité.

— En somme, vous travaillez pour les Russes,
criait Vanderputte. J'ose croire qu'il ne s'agit pas là
d'une trahison délibérée. Kuhl, je vous accuse formellement d'être au service de l'étranger ; consciem-
ment ou non, vous êtes en train de livrer au moujik
la plus belle civilisation que la terre ait jamais portée!

Kuhl rougissait légèrement et mettait son pince-
nez d'une main tremblante ; il tournait son regard
vers Vanderputte et soumettait ce dernier à un long
examen scientifique : le vieux se mettait immédiatement à geindre et à courir, essayant en vain de fuir
ce regard qui s'adressait à un Vanderputte insecte,
à un Vanderputte moucheron, à un Vanderputte
phylloxera. Vanderputte voulait-il avoir l'extrême
obligeance de répéter sa dernière phrase ? Non, Vanderputte n'allait rien répéter du tout, il voulait qu'on
lui fichât la paix, c'était tout ce qu'il désirait à son
âge. Il avait d'ailleurs des ulcères à l'estomac et le
diabète. Vanderputte voulait-il alors se donner la
peine de préciser ce qu'il entendait par l'expression
« la plus belle civilisation que la terre ait jamais portée » ? Vanderputte se considérait-il en droit de parler en tant que représentant qualifié de cette belle
civilisation, ou bien, parlait-il simplement par ouï-
dire ? Dans ce cas lui, Kuhl, bachelier ès lettres —
il disait bien : bachelier ès lettres — aurait un certain nombre de choses à lui répondre : première-
ment, si Vanderputte représentait effectivement cette civilisation — et c'était là un point que Kuhl était
prêt à lui accorder — dans ce cas, il y avait définitivement quelque chose de pourri au royaume du
Danemark et ce n'étaient pas les petites pommes.
Deuxièmement, ce que Vanderputte qualifiait de

« moujik » était une des plus belles machines administratives du monde — ici, les yeux de Kuhl se
mettaient à brûler d'un feu étonnant derrière son
lorgnon et sa voix, ses bajoues et ses mains tremblaient violemment — un système admirable de
rouages administratifs, basé sur une méthode rigou-
reuse et scientifique — qui était certainement la plus
noble conquête de l'homme — lui, Kuhl, bachelier
ès lettres, était prêt à donner sa vie pour une bonne
machine administrative bien huilée. Troisièmement,
en ce qui concerne cette accusation de travailler pour
l'étranger, Kuhl devait-il prendre la peine de rappeler à Vanderputte que pendant l'occupation, lui,
Kuhl, avait relevé de sa propre main les numéros de
plus de cinq mille trois cent quatre-vingts véhicules
allemands, y compris les motocyclettes, et qu'il les
avait communiqués de la main à la main, dans un
petit carnet en peau de porc, à un employé de la
préfecture, dont les rapports avec la Résistance
étaient de notoriété publique ?

— Je vous l'accorde ! Je vous l'accorde ! gémissait
Vanderputte.

Quatrièmement... Cela continuait ainsi pendant
une demi-heure et, à la fin, Vanderputte était écroulé
dans un coin, la cravate défaite, le col arraché, les
yeux fermés ; il semblait sortir d'un passage à
tabac ; Kuhl était toujours confortablement installé
dans son fauteuil, pas un cheveu n'avait bougé dans
sa mise ; il avait simplement ôté son pince-nez,
placé ce dernier dans son étui et l'étui dans la poche
de son gilet, au bout du ruban noir. Je prenais un
grand plaisir à ces joutes oratoires ; je me sentais
confusément du côté de Vanderputte, du côté de la

victime, mais je ne pouvais m'empêcher d'admirer
Kuhl, sa logique implacable, il ressemblait lui-même
à une de ces machines administratives, parfaitement
huilées, qui lui étaient si chères. Un jour, je me rappelle, à bout d'arguments, Vanderputte s'était ré-
volté ; il était venu se planter résolument devant
son ami, sur ses jambes écartées, les mains dans les
poches et après avoir soufflé quatre ou cinq fois dans
sa moustache, dans le vain effort de sortir quelque
chose de définitif et d'écrasant qui oppressait sa poitrine, il avait positivement regardé Kuhl dans les
yeux, pendant au moins une seconde, et il avait
clamé :

— Vychinski, voilà ce que vous êtes ! Kuhl, je
vous accuse formellement de vouloir devenir un
Vychinski français !

Cette interpellation avait eu sur Kuhl un effet
extraordinaire. Ses yeux brillèrent un moment, il se
dressa sur son fauteuil, respira profondément : il
parut soudain plus gros encore, énorme, il avait réellement enflé, gonflé sous mes yeux ; puis sa tête se
baissa, le feu mourut dans son regard, il reprit ses
proportions considérables mais qui me paraissaient
à présent, par contraste, plus petites que nature, et
il dit d'une drôle de voix cassée que j'eus de la peine
à reconnaître :

— Mon cœur ne tiendra pas jusque-là. Il est déjà
trop tard. Ma vie est ratée, je le sais. Bien sûr, ma
logique est encore aussi claire que celle du grand
homme dont vous venez de prononcer le nom, mais
je n'ai plus sa santé. Je vous remercie, Gustave,
d'avoir su sentir ainsi et oser me dire ce que je sens
moi-même depuis si longtemps, toute vanité mise à

part. Mais il est trop tard, trop tard, et si le grand jour venait vraiment, je ne pourrais accepter, je ne serais pas à la hauteur de la tâche.

Il avait laissé tomber la tête sur sa poitrine et il demeurait dans son fauteuil, dans une attitude que l'on voit sur tous les tableaux historiques et que j'ai, depuis, souvent vu adopter au Châtelet par des acteurs qui jouaient les royautés. Je me sentais pris de pitié et si j'avais pu, à ce moment-là, faire une révolution, j'aurais tiré le cordon sans hésiter. Vanderputte devait partager ces sentiments parce qu'il saisit la main de Kuhl et la pressa entre les siennes, en lui prodiguant des paroles de réconfort :

— Cher ami, mais vous voulez rire ! Mais avec votre cœur, vous enterrerez encore trois fois le régime, je vous assure ! Vous n'avez que soixante ans, après tout ! Allons, cher ami, allons, il ne faut pas perdre courage !

— Vous croyez vraiment ? murmurait Kuhl, en levant les yeux.

— Mais c'est absolument évident, voyons ! s'exclamait joyeusement Vanderputte, avec un sourire radieux. Tout ce que je vous demande, si jamais j'ai la chance de passer devant un tribunal présidé par vous...

— Je ne jugerai pas le menu fretin, déclarait Kuhl brièvement.

— Une simple supposition ! s'empressait Vanderputte. Si vous êtes appelé à faire un réquisitoire contre moi, tout ce que je vous demande, c'est de tenir compte de notre amitié de vingt ans... Hein ?

Kuhl ne disait rien, sa main frappait contre le

bras du fauteuil, il avait gonflé un peu les lèvres et
froncé les sourcils.

— Hein, faisait Vanderputte, avec inquiétude, naturellement, j'évoque là une simple hypothèse... Mais
si j'apparaissais devant votre tribunal, vous me feriez
acquitter, n'est-ce pas ?

Kuhl leva brusquement les yeux ; il avait une
mine particulièrement féroce.

— Non, fit-il.

— Comment, comment, non, cher ami, permettez,
permettez, tout de même, comment cela, non ? s'exclama Vanderputte. Vous ne m'acquitterez pas ?

— Non, répéta Kuhl.

Vanderputte fit un bon en arrière.

— Kuhl, hurla-t-il, vous êtes un invraisemblable
gredin !

— Non, répéta Kuhl obstinément, non, je ne vous
acquitterai pas, je ne peux pas, il faut une discipline,
ne me demandez pas une chose pareille. Tout ce que
vous voulez, mais pas ça.

— Mais enfin, saperlipopette, larmoya Vanderputte, je suis votre seul ami au monde, Kuhl ? Qui
est-ce qui vous fournit le porridge, pour votre régime ? Qui est-ce qui vous fournit le cacao ? Qui est-ce
qui vous procure les aliments américains spéciaux,
réservés seulement aux bébés et aux femmes encein-
tes ? Qui est-ce qui vous procure tous les médicaments introuvables dont vous avez besoin ?

— Je ne peux pas entrer dans ces considérations-
là, dit Kuhl. Il faut que la machine tourne ronde-
ment.

Vanderputte paraissait anéanti. Il courait dans le

salon la tête entre les mains ; de temps en temps, il
s'arrêtait devant Kuhl, ouvrait la bouche, puis faisait
de la main un geste de désespoir et recommençait à
courir en rond, en se heurtant aux meubles.

— Saperlipopette ! répétait-il. Saperlipopette !

A un moment, il crut même bon de me prendre à
partie.

— Qu'est-ce que vous en dites, jeune homme ?
Quand je pense que lorsqu'il était malade, le mois
dernier — il est toujours malade, il va bientôt crever !
— je lui portais moi-même du porridge deux fois
par jour, que je faisais moi-même chauffer sur le gaz,
parce qu'il n'avait personne pour s'occuper de lui !

— Je ne savais pas là que c'était une tentative de
corruption, haleta Kuhl.

Vanderputte ouvrit la bouche, mais ne dit rien,
et ce fut Kuhl qui reprit :

— Je me suis préparé à ce rôle depuis 1935. Vous
ne pouvez pas me demander de tout sacrifier pour
des considérations personnelles.

C'en était trop pour Vanderputte. Il revint se
placer devant Kuhl, les mains dans les poches et, à
ma surprise, se mit à l'insulter d'une voix plaintive,
presque suppliante :

— Procureur de mes deux ! Ventouse, sangsue !
Un de ces quatre matins je vais te secouer jusqu'à
ce que tu lâches prise. J'en ai marre, marre, tu
m'entends !

Kuhl était devenu extrêmement pâle, sauf son nez,
qui avait conservé la même teinte légèrement sau-
monnée, c'était là l'effet d'une mauvaise circulation.
Il gloussait nerveusement, comme une mangouste,

à chaque insulte que Vanderputte lui lançait. Il était
vraiment curieux de voir cette grosse montagne de
Kuhl accoucher ainsi d'un petit son aigu ; il avait
fixé ses petits yeux de pachyderme sur les lèvres de
Vanderputte, les regardant méchamment, avec in-
tensité, comme s'il essayait, par la seule force de
son regard, de lui faire rentrer les injures dans la
gorge, et le plus fort c'est qu'il y réussit. J'ignore ce
que Vanderputte avait bien pu lire dans le regard
de son ami, mais sa colère tomba d'un seul coup.

— Oh, mon Dieu, et son cœur ! se rappela-t-il
brusquement et il courut chercher un verre d'eau à
la cuisine. Kuhl vida le verre, qu'il tenait d'une
main tremblante, gardant l'autre sur son cœur.

— Vous ne m'en voulez pas, René ? bredouillait
Vanderputte, d'une voix coupable. Il se tourna vers
moi, très effrayé :

— Il ne supporte pas du tout les émotions ! me
confia-t-il craintivement.

Je les regardais, tapi dans mon coin, mâchant mon
chewing gum, comme au cinéma. Ils m'amusaient,
ils ne me faisaient pas encore peur et je ne comprenais rien à leur souffrance, à leur solitude, au destin
qui les avait détournés du chemin des hommes et les
avait transformés peu à peu en monstres curieux.
Leurs gestes, leurs paroles, me paraissaient simplement absurdes et drôles : je ne savais pas qu'ils libé-
raient une angoisse profonde, un désarroi douloureux,
qui se manifestaient ainsi par des voies détournées ;
je ne le savais pas encore, mais déjà l'envie me venait
de leur demander qui ils étaient au juste, d'où ils
venaient, pourquoi ils étaient là.

VIII

Lorsque j'essaie de me rappeler aujourd'hui les mois qui suivirent, l'impression qui se dégage est celle d'un immense désarroi. Le sens de la plupart des gestes que j'accomplissais m'échappait entièrement, je vivais d'une vie de jouet mécanique que des mains d'adultes avaient réglée une fois pour toutes et qu'il suffisait seulement de remonter parfois. Je me souviens en particulier, avec une grande précision de détails, un de mes tout premiers « placements ». Je me vois entrant, un paquet volumineux sous le bras, dans une petite pharmacie marquée « Jour et Nuit » derrière l'Opéra. La pharmacie était vide. Il se dégageait des médicaments entassés sur les comptoirs ou qui grimpaient le long des murs, jusqu'au plafond, de tous ces tubes, bouteilles, pots, capsules multicolores et bols d'une couleur iodée, l'impression d'un monde malade à crever. Derrière un comptoir, au fond du magasin, j'entendis le bruit d'une discussion menée sur un ton assez vif.

— Les hommes, disait une voix lugubre et qui allait fort bien avec tous ces tubes de médecine patentée dont elle paraissait émaner, les hommes sont ce qu'ils admirent et les civilisations, ce qu'elles donnent à admirer. La nôtre...

— Je vous défends de me mêler à cette affaire. Parlez pour vous-même !

— Permettez, permettez cher ami, disait la première voix, avec mauvaise humeur. Entre la bombe atomique et le génial père des peuples, il est tout de même permis de ne pas choisir !

La deuxième voix, très aiguë, mais toute enflée d'indignation, cria :

— Pardon, pardon, pas de dérobade ! Je vous somme de choisir !

— Mon cher ami, vous me voyez bien embarrassé... Je crois, d'ailleurs, avoir entendu la clochette de la porte. Il doit y avoir un client qui vous attend.

— Il attendra. Il peut crever, d'ailleurs. Dutillon, si vous refusez de choisir, je vous renie ! Je refuse d'entretenir des relations amicales avec un tiède, un neutre, un indifférent. Un crétin, un raté, un pauvre type, soit... mais, de plus, un indifférent, ah ça, jamais ! Prenez parti. Agissez. Choisissez. Tout de suite.

Il y eut un silence. La voix mince s'enfla alors au point que les pots et les tubes tremblèrent et que j'eus l'impression que quelqu'un allait éclater, derrière le comptoir, dans un grand bruit de verre cassé.

— Dutillon, je vous vomis ! Quant à moi, mon choix est fait. Je choisis la bombe atomique. Silence, pas un mot. Je me range du côté du progrès, du côté de l'Occident. Je vais même plus loin, tenez. Je vous prends la bombe atomique, je vous la fous sur Moscou, je vous la fous sur New-York, je vous la fous sur Calcutta, je vous la fous sur Nankin...

Chaque nom était ponctué d'un coup de poing terrible et les pots de médicaments tremblaient de plus en plus fort.

— Attila, dit la première voix, avec douceur, il y a là un client qui vous demande pour cent sous de vaseline.

— Je choisis la bombe atomique, parfaitement ! Car enfin, soyons raisonnables. Je n'ai pas de que-

relle avec les Russes et les Américains me sortent
par les narines. Mais je suis pour l'individu. Je ne
veux pas être étouffé par la masse. En tant qu'individu, en tant qu'héritier des quarante rois qui, en
mille ans, ont fait la France, en tant que Pinette,
enfin, Roland Pinette, je suis pour le délicat, pour le
soigné, pour le fini, pour le fait à la main : en un
mot, Dutillon, je suis pour l'individu, pour l'individu,
homo sapiens, nom de Dieu ! Or, et pour la première
fois dans son histoire, l'individu tient enfin dans sa
main une chance fantastique. Au moment même
où les masses étaient sur le point de le submerger, le
détruire, l'effacer de cette terre comme un coup de
crayon malheureux, l'individu fait une découverte
miraculeuse et va pouvoir enfin se défendre, détruire, à son tour, les masses, les raser, les effacer, se
débarrasser d'elles d'un seul coup de baguette ma-
gique. Car vous saisissez, naturellement, l'aspect
démographique de la question ?

— Je le saisis.

— Le déferlement des facteurs démographiques va
enfin être arrêté. Le règne des lapins reproducteurs
sera terminé. L'esprit triomphe de la brute, les élites
sont enfin hors du danger et vont pouvoir se donner
librement, il n'y a pas de doute, Dutillon, la bombe
atomique restitue à l'individu sa fertilité !

Il sortit brusquement du grand tas de médicaments
patentés. C'était un petit chauve, soixante ans environ, qui trottait avec la rapidité furtive d'une souris.
Il portait une cravate lavallière et une blouse blanche, il avait une petite moustache noire, visiblement
teinte, au-dessus d'un mégot crevé. Il répéta encore
en me regardant avec défi :

— Je choisis la bombe atomique, parfaitement. Que désirez-vous, jeune homme ?

— Vous n'auriez pas besoin de cinq cents préservatifs américains garantis d'origine ? récitai-je, d'une traite, suivant fidèlement les instructions que Vanderputte m'avait données.

— Eh bien, je veux être pendu ! dit le pharmacien.

Il se tourna vers le comptoir. Il croisa les bras sur sa poitrine. Il parvint même à ranimer son mégot et en sortit deux ou trois bouffées encore belles.

— Observez, Dutillon, dit-il avec satisfaction, la pourriture absolue dans laquelle nous sommes plongés jusqu'au cou. Observez, je vous prie, la décomposition morale de notre jeunesse, de nos mœurs, de notre société.

Il se frotta joyeusement les mains.

— Car, enfin, quel âge avez-vous, jeune homme ?

— Ça ne vous regarde pas.

— Il y là un enfant de douze ans qui essaie de me refiler cinq cents préservatifs qu'il a volés aux Américains.

— Je ne les ai pas volés.

— O temps, ô siècle, ô mœurs ! dit le pharmacien, visiblement ragaillardi. Quand je pense que vingt siècles d'histoire glorieuse entre toutes viennent expirer ainsi à mes pieds, je veux émigrer, je veux m'en aller, je veux être détruit avec la civilisation qui m'entoure. Un enfant de douze ans, qui...

Il se frottait les mains et paraissait au comble de la joie.

— Si le maréchal Pétain le savait, il en mourrait de chagrin. Je veux aller vivre au Brésil. Combien les vends-tu ? me demanda-t-il brusquement.

— Quatre mille la boîte de cent.

— Tu es fou ? Je veux être exterminé ! J'ai honte pour mon pays. Je veux être liquéfié. Je te donne deux mille par boîte.

— Trois mille, insistai-je. C'est du nylon.

— Du nylon ?

— Du nylon.

— Fais voir.

Il examina soigneusement la marchandise et parut convaincu. Il me paya en grognant et en comptant les billets à haute voix en remuant, à chaque mot, son mégot éteint.

— Deux mille neuf cents... trois mille. Quelle époque !

Il prit la boîte dans ses mains et se dirigea vers le comptoir, en reprenant immédiatement la discussion là où il l'avait laissée :

— Parfaitement, mon cher, je choisis la bombe atomique !

Il disparut, emportant triomphalement la boîte avec lui. Par la suite, je fis d'excellentes affaires avec lui. Je lui vendis notamment pour près de cent mille francs de sulfamides à une époque où il n'y en avait nulle part. Il m'accueillait dans sa pharmacie comme un vieil ami.

— Qu'est-ce que vous m'apportez aujourd'hui, jeune homme ?

— De la pénicilline.

— Tiens, tiens, tiens... elle est bien fraîche au moins ?

Je lui montrais les flacons. Il les tâtait avec inquiétude.

— Petit malheureux ! Vous ne savez donc pas que

la pénicilline doit être conservée à une certaine tem-
pérature, sans quoi elle ne vaut rien ? Enfin, vous
me ferez un prix spécial... Les hommes sont complètement pourris.

Il n'avait pas de famille, pas d'enfants et je crois
qu'il se vengeait ainsi de son isolement, de sa boutique, de la vie qu'il aurait pu avoir et qu'il n'avait
pas su choisir... Tels furent mes premiers pas, mes
premiers contacts avec les rats des villes. J'étais trop
jeune pour pouvoir distinguer le bien du mal lorsque
leurs manifestations prenaient des formes aussi dia-
boliques, aussi compliquées. Mais je n'étais pas heureux. La nuit, avant de m'endormir, je réfléchissais
longuement sur ce qui m'arrivait, je cherchais une
raison, un sens, une explication... Je caressais Roxane, qui partageait mon lit : devant elle, je retrouvais
mon visage d'enfant. Roxane était à présent mon
seul lien avec le passé et parfois j'avais envie de lui
demander ce qu'elle pensait de tout cela, si elle
approuvait ma conduite. Je me sentais coupable,
mais je ne savais pas de quoi, je ne savais pas quelles
étaient les lois des hommes que j'enfreignais. Je me
laissais aller au monde qui m'entourait, parce que
je n'en voyais pas d'autre. Je faisais simplement
comme les rats des villes, je suivais leur chemin, je
prenais leurs habitudes. Sans doute n'étais-je pas
heureux ainsi, mais je me disais que je ne devais pas
être le seul, que la grande loi des rats des villes était
peut-être que personne ne fût heureux...

— C'est pas normal, comme on vit, dis-je une fois,
timidement, à Léonce.

— Sûr que c'est pas normal. Il y a que les animaux
qui vivent normalement.

Il cracha avec mépris.

— Les dudules, tu sais... c'est une sale race.

Les dudules, c'était un mot qui revenait constamment dans notre conversation. « J'ai vu un dudule qui m'a promis douze pneus tout neufs, contre de la drogue. » « Ne va pas au Clamsy's, le patron est un sale dudule, il travaille pour les flics. » « Je me suis fait accoster hier par un sale dudule, Rond Point des Champs-Élysées, il m'a fait des propositions. » Je n'ai jamais su ce que cela voulait dire exactement, un dudule : je crois que c'était une déformation du mot « adulte » et par extension, il servait à désigner les hommes en général, toute l'humanité. Ce mot revenait constamment dans notre conversation, chargé d'une incroyable rancune. Il existait pour nous, autour de nous, un univers hostile, celui des « dudules », tout tendu à nous détruire. Les dudules étaient infiniment plus puissants que nous et cependant, ils nous redoutaient et nous le savions. Cette certitude était pour nous une source de constante fierté, elle éveillait notre esprit de compétition. Nous étions une minorité redoutée. Il s'agissait pour nous, avant tout, de durer, de doubler un cap dangereux : nous avions quinze, seize, dix-sept ans, il nous fallait nous faufiler jusqu'à l'âge de vingt et un ans pour être acceptés enfin au sein d'une communauté complice. Nous étions une avant-garde. Il nous fallait attendre le gros des troupes pour être en sécurité. Il nous fallait nous camoufler, nous glisser inaperçus jusqu'à l'âge d'homme : c'était une règle du jeu et nous comprenions parfaitement ce genre de règles. Pour mieux nous cacher, nous imitions les gestes et les vêtements des adultes, leur

langage, leurs silhouettes, seuls nos visages nous trahissaient. Léonce m'avait procuré de faux papiers
au nom d'Étienne Roger, employé de commerce,
vingt et un ans ; ils étaient admirablement imités
par un vieux marchand de timbres-poste qui s'était
spécialisé dans ce travail pendant l'occupation, qui
avait sauvé ainsi la vie à des centaines d'hommes, et
qui ne pouvait s'empêcher à présent de continuer.
Il pouvait imiter à la perfection n'importe quel do-
cument, depuis les cartes d'alimentation jusqu'aux
actes de décès. Il arrivait ainsi à ce miracle : fausser
un monde déjà complètement faux, comme disait
Vanderputte, « c'était, au fond, un homme qui avait
une grande soif d'authenticité... » Mais, de plus en
plus souvent, je me réveillais la nuit, étreint par une
angoisse profonde, un remords terrible bien qu'infor-
mulé. Lorsque j'essayais alors, assis sur mon lit, de
me rappeler ce qui m'avait tiré de mon repos, je
m'apercevais que c'était mon père ; il était venu
dans ma chambre, s'était penché sur moi et m'avait
regardé dans les yeux, comme pour me forcer à me
réveiller. Pourquoi était-il parti, pourquoi m'avait-il
laissé les mains vides ? Mais parfois il me semblait
que mon père ne m'avait pas abandonné, qu'il était
toujours là et qu'il venait ainsi la nuit pour me
donner la clef qui m'ouvrirait enfin le monde. J'en
vins alors à souhaiter son retour, j'espérais qu'une
nuit, il allait franchir la frontière interdite et qu'il
me répéterait le mot de passe à haute et claire voix.
Mais il ne disait jamais rien. Il demeurait immobile,
comme une statue, debout, les jambes écartées, appuyé sur son fusil, le visage tranquille. C'était un
visage jeune, mais je ne savais pas l'âge qu'il avait,

je n'avais jamais pensé à le lui demander et maintenant, il était trop tard. J'essayais de fixer à tout jamais dans ma mémoire chaque détail de sa figure, la forme de ses épaules, la force de ses bras et de ses mains, mais lorsque je le regardais avec trop d'attention, je me réveillais. J'essayais aussi de me rappeler sa voix, dans l'espoir de retrouver ainsi les mots qu'elle avait prononcés. Car il devait avoir une raison à me donner, une excuse : il était sûrement mort pour quelque chose et peut-être n'était-ce pas lui qui s'était trompé, mais les gens qui lui avaient succédé. Il n'était sûrement pas mort pour Vanderputte, ni pour ce monde incompréhensible qui m'entourait. C'était un instituteur, pensais-je, il devait savoir ce qu'il faisait ; je refusais de me résigner et d'admettre qu'il était parti sans rien dire, en emportant la clef du monde et en me laissant seul dans le pétrin. J'essayais alors, de toutes mes forces, de me rappeler le mot de l'énigme, de le tirer de l'oubli dans lequel j'avais dû le jeter sans y prendre garde, et quelquefois, il me semblait que je l'avais sur le bout de la langue, un effort, un effort encore... Mais non, ce n'était pas ça. Parfois, j'ouvrais ma valise et je regardais attentivement les quelques objets personnels que mon père avait laissés : des pipes, un portefeuille avec de faux papiers, un petit volume relié des « Pensées » de Pascal. Sur la page de garde du volume, mon père avait commencé à écrire quelque chose : « Ce que je défends... » y lisait-on, et plus bas : « Maquis du Véziers, novembre 1943. » Malheureusement, il n'avait pas fini sa phrase ; telle quelle, elle ne me paraissait pas avoir de sens. Il y avait d'autres phrases encore, des paragraphes en-

tiers, griffonnés en marge du texte. « Il est impossible
de changer seul. Nous ne pouvons changer notre visage qu'en réfléchissant le visage changé des autres...»
Et sur une autre page : « Il faut d'abord beaucoup
d'amour donné, pour faire un traître, beaucoup de
mains tendues, pour faire une trahison. » Tout cela
ne voulait rien dire. J'examinais attentivement le
petit volume pour voir s'il n'y avait pas une poche
secrète, une cachette où mon père avait peut-être
glissé un message, un testament, une liste complète
de ces choses mystérieuses qu'il défendait. Mais je
ne trouvais rien. C'était un livre ordinaire, un bou-
quin comme les autres, sans aucune cachette possible, sans secret. Je le tournais et retournais mille
fois en tous sens et j'essayais même de le lire, mais
c'était trop compliqué, ce n'était pas intéressant.
Cependant, je ne me séparais plus de ce livre que les
mains de mon père avaient dû tant de fois feuilleter ;
je le portais toujours sur moi et avant d'entreprendre
une « affaire » particulièrement délicate ou dange-
reuse, je glissais une main dans ma poche et je tou-
chais le livre, comme un porte-bonheur. Je continuais à me sentir perdu à chercher un chemin, une
trace de pas que je pourrais suivre. Je continuais
à fouiller dans ma mémoire, à évoquer mon passé, la
ferme du Véziers, l'odeur du bois coupé, le passage
des cailles, l'eau glacée du matin, les visites de mon
père, dans un camion qu'il m'apprenait à conduire
et j'espérais confusément qu'une de ces scènes re-
trouvées me livrerait un jour un détail oublié, un
indice, une trace, quelques mots prononcés peut-être
au hasard et dont je n'avais pas alors saisi l'importance, ni la signification. Je me penchais sur mon

passé comme dans les films que je voyais, le policier
Dick Marlow se penchait sur la victime expirante
dans l'espoir que dans son dernier souffle, elle allait
lui livrer le nom de l'assassin ; pourtant, dans son
dernier souffle, on ne doit avoir envie d'accuser personne. On doit simplement essayer de respirer encore un peu, de porter sa vie encore un peu plus loin,
de regarder encore une fois la forêt, le ciel, un oiseau
qui vole, un visage, c'est sûrement ainsi que l'on
meurt, c'est sûrement ainsi que mon père était mort.
Parfois, cependant, de mes plongeons dans le passé,
j'arrivais à ramener à la surface, quelque parole perdue. Je me rappelais ainsi une journée d'automne
1942, mon père était venu me voir à la ferme et
quelques heures plus tard, on était venu l'avertir :
une patrouille allemande était dans le village et se
dirigeait vers notre maison. Il était midi, la femme
faisait la cuisine et le paysan avait dit, — je me souviens encore de sa voix et de la colère qui la gonflait :
« On fait la soupe, mais on ne sait pas du tout qui va
la bouffer. » Plus tard, j'avais demandé à mon père,
devant la soupe sauvée et Roxane qui fumait près
du feu de tout son poil boueux : « Qu'est-ce que je
vais devenir, si tu es tué ? » et mon père m'avait
répondu tranquillement : « Il te restera tous les
autres hommes. » Tous les autres hommes. Pendant
des jours et des jours, je traînais cette phrase avec
moi partout où j'allais, je la répétais dans ma tête,
en regardant chaque visage que je rencontrais avec
une curiosité nouvelle, comme si je n'avais jamais
vu auparavant un visage humain. Tous les autres
hommes. Ne fallait-il vraiment exclure personne de
cette fraternité étonnante à laquelle mon père pa-

raissait avoir cru et qui, pourtant, ne l'avait pas empêché de mourir? Aujourd'hui, je sais que la fraternité ne s'exerce que dans un seul sens et que la communion est un don et non un échange. Je le sais aujourd'hui, mais je ne le savais pas alors. Je croyais à cette suprême impossibilité qui est de vouloir vivre pour soi-même, pour son propre plaisir, comme on dit. Je continuais à errer dans le labyrinthe et n'arrivais pas à saisir le bout du fil blanc que mon père y avait jeté pour guider mes pas. Mais la question que je m'étais ainsi posée pour la première fois de savoir quel était le sens, quel était le but, quelle était la clef qui ouvrait ce monde hostile, cette interpellation muette, cette angoisse ne devaient plus me laisser tranquille. Une petite bête insidieuse, un rongeur, un insecte grignotant avait grimpé des ténèbres et ne voulait plus rentrer sous terre. Il continuait à gratter, à gratter, à gratter...

IX

Heureusement, pour m'aider un peu à oublier, il y avait le cinéma. Nous passions au cinéma toutes nos soirées. Josette y allait souvent à deux heures de l'après-midi et revenait à onze heures. Nous en sortions enivrés, avec des voix un peu rauques, cherchant à prolonger pour quelques secondes encore, par nos attitudes, par nos gestes, par notre langage, la vie étonnante à laquelle nous avions été mêlés. La beauté des femmes, la force des hommes, la violence de l'action, tout cela donnait à la réalité qui nous reprenait à la sortie des salles, un caractère d'insupportable banalité. Cette réalité nous paraissait un décor, une mauvaise toile peinte qu'il suffit de crever courageusement pour trouver, derrière, la vraie vie, celle des films. Nous faisions collection d'affiches de cinéma et je me souviens encore de l'une d'elles, ma favorite, qui représentait Butch Robinson dans le *Tueur.* Je me souviens très bien de ma première rencontre avec cette affiche. C'était boulevard Montmartre, vers sept heures du soir. Je m'étais arrêté devant un kiosque et je regardais l'affiche, avec une humble admiration. Le revolver au poing, les yeux perdus dans l'ombre, les mâchoires serrées, le célèbre gangster avait l'air désespéré, certes, mais sûr de lui. Regardant furtivement autour de moi, pour voir si personne ne m'observait, je serrais les mâchoires, mordais ma cigarette, plissais méchamment les yeux, j'essayais d'imiter autant que possible le masque viril que j'avais devant moi. Il n'y avait qu'à voir cet homme pour comprendre que rien ne pouvait l'arrêter. Il passait à travers le monde comme une tornade, laissant derrière lui un trou béant où les ennemis se tordaient en grappe, les mains au ventre, où des agents de police ridicules portaient leur sifflet aux lèvres avant de mourir recroquevillés ; d'ailleurs, qu'y a-t-il de plus ridicule qu'un homme qui siffle dans son dernier soupir ? Un jour, je serai comme lui, pensais-je et je me laissais aller au rêve. Je m'imaginais au volant d'une puissante Buick et Butch Robinson était derrière moi, une mitraillette sur l'avant-bras, les yeux plissés, en train de tirer par la portière sur la voiture de la police fédérale qui nous poursuivait.

— Butch...

— Yeah ?

— Une cigarette...

Malgré la situation tout à fait tragique, Butch Robinson ne put s'empêcher de montrer dans un sourire ses dents en or. C'était bien là son fidèle second, Lucky Martin, demander une cigarette à un moment pareil ! Il avait raison, ce jeune Français, fraîchement débarqué d'Europe, mais déjà très fort : il valait bien mieux mourir avec du panache et à 120 à l'heure que de vivre dans le panier commun une vie d'écrevisse. Il s'arrêta de tirer et me colla une cigarette entre les dents.

— Yep.

Un virage faillit nous envoyer dans les broussailles.

— Du feu, grinçai-je.

Une rafale de mitraillette m'arracha la cigarette des lèvres et fit voler le pare-brise en morceaux. Butch tira pendant quelques secondes, puis revint et me colla une autre cigarette au bec. Je l'entendis jurer soudain, à voix basse.

— Touché ? criai-je.

— Arrête-toi, Lucky, mon briquet est tombé dehors !

— Tu es fou !

— Arrête-toi ! Ce briquet, c'est tout ce qui me reste d'elle...

Je serrai les dents et j'arrêtai la voiture dans un coup de frein prodigieux. Nous sautâmes sur la route.

— Voilà, je l'ai trouvé...

Un coup de feu, un seul... Butch vacilla, demeura un instant comme suspendu en l'air, pareil à une araignée au bout du fil... Je le traînai derrière le talus. Le grand gangster avait déjà les yeux mourants, mais un sourire brillait encore sur ses dents en or.

— Une cigarette ?

Je lui collai une cigarette entre les lèvres.

— Le briquet.

Je fis jaillir la flamme et l'approchai des lèvres blanches. Butch sourit, faiblement, à la petite lueur tremblante. Il aspira la fumée, une fois, une autre... il était à bout de force.

— Prends le mégot.

Je l'ai pris.

— Porte-le à Josette... Dis-lui que cette cigarette a recueilli mon dernier soupir... le dernier soupir de l'ennemi public numéro 1. Qu'elle achève de la fumer et puis, qu'elle la jette, qu'elle m'oublie... Épouse-là. Adieu.

Oh, j'avais des larmes aux yeux, c'était à peine supportable. Je prenais Josette dans mes bras et je l'embrassais longuement pendant que la musique jouait quelque chose, que le public se levait déjà et que le rideau descendait sur nous... Je me réveillais alors devant l'affiche, je me secouais, relevais le col de mon manteau et m'éloignais lentement, avec Roxane qui se traînait tristement derrière moi. Je ne savais pas encore très bien si j'allais être un grand acteur ou un célèbre gangster, mais il était évident que la première chose à faire était d'aller en Amérique. Il y avait d'ailleurs d'autres films, tout aussi merveilleux.

— Tu as vu le *Grand Sommeil* ? demandai-je à Léonce.

— Naturellement, qu'est-ce que tu penses ? C'est

un film formidable. Il y a une scène, faut vraiment voir ça... Humphrey Bogart se bagarre avec un type, mais le type est désarmé et Humphrey a un Colt dans le poing. Alors, qu'est-ce que tu crois qu'il fait ?

— Il le lui laisse avoir ça dans le ventre, décidai-je[1].

— Pas du tout, triompha Léonce. Il jette son revolver chargé juste entre lui et le type. Le type, tu penses bien, saute dessus et se penche pour le saisir et Humphrey, qu'est-ce que tu crois qu'il fait ?

Je me taisais, les yeux ronds. Je ne savais pas du tout ce qu'il faisait, Humphrey. J'étais nettement dépassé.

— Il ramasse le type d'un coup de pied formidable dans la bouche. Mais quelque chose de maison, je te jure, il faut voir ça ! En plein dans les dents, comme de juste, sur le dos, le type, les lèvres en bouillie, il n'y a même plus besoin de le tuer, il n'y a qu'à lui cracher dessus. Ça, mon vieux, c'est de l'art ! Non, je te jure, il faut voir ça, c'est vraiment marrant...

Je voyais ça. Je restais deux ou trois séances et j'étudiais dans ses moindres détails le coup de pied du grand artiste ; je sortais de là les yeux mauvais, et je marchais comme un halluciné, en m'arrêtant de temps en temps pour décrocher des coups de pied formidables dans des bouches imaginaires. Roxane me regardait avec inquiétude, je baissais le nez, rentrais dans mon imperméable comme dans une coquille et continuais à me traîner dans les rues, le mégot triste et pendant au bout des lèvres... Je cherchais alors à bâtir toute ma personnalité autour

---

[1] Sous-titre français de *he lets him have it in the stomach.*

d'une cigarette bien serrée entre les lèvres, ce qui me
permettait de fermer à demi un œil et d'avancer un
peu la lèvre inférieure dans une moue qui était sensée
donner à mon visage une expression extrêmement
virile, derrière laquelle pouvait se cacher et passer
inaperçue la petite bête inquiète et traquée que
j'étais. La cigarette avait fini par devenir ainsi une
partie de mon visage, comme le nez, la bouche et les
yeux. Sans elle, je me sentais défiguré et presque nu,
réduit à mes véritables proportions ; c'est ainsi qu'un
mégot finissait par réfléchir mes sentiments et mes
états d'âme, par exprimer ma joie, ma tristesse ou
ma colère. Je m'occupais très sérieusement de mon
apparence physique. Je m'achetai un superbe poil de
chameau, un feutre beige et une écharpe de soie.
J'empruntai à Léonce son gros Mauser et me promenais à l'intérieur du Crédit Lyonnais, boulevard
des Italiens, le chapeau sur les yeux, serrant de ma
main moite l'arme sous mon bras ; mes jambes
étaient molles, mes genoux tremblaient, ma gorge
essayait en vain d'avaler quelque chose, qui refusait
de passer. « Humphrey Bogart, sauve-moi ! priais-je
avec ferveur. Humphrey Bogart, sauve-moi ! Ne
m'abandonne pas, c'est pas le moment. » Je tournais
en rond, les yeux fixes et légèrement exorbités, dans
la grande salle, parmi les centaines de personnes qui
se trouvaient là et qui ne savaient pas du tout ce qui
les menaçait. Je me demande encore aujourd'hui
comment mes allures bizarres et mon regard de somnambule ne me firent pas remarquer du personnel
de la banque : heureusement pour moi, ils ne devaient pas aller souvent au cinéma. Il me semblait
maintenant que j'étais prêt à aller en Amérique et

à y jouer les tout premiers rôles. Je commençai par
y envoyer Roxane. A plusieurs reprises, les G. I. qui
ne pouvaient pas voir un enfant ou un chien sans
entamer une conversation, m'avaient proposé de
l'acheter. Je refusais toujours. Je savais bien qu'elle
serait plus heureuse en Amérique, mais tout de même, leur disais-je, on ne vend pas un copain. Ils
comprenaient cela très bien. Leur passion pour les
chiens allait si loin que, parce qu'on leur interdisait
d'embarquer leurs bêtes avec eux sur les transports
de troupes qui les ramenaient en Amérique, ils
avaient organisé près du Havre un véritable camp de
transit pour tous les chiens d'Europe avec lesquels
ils s'étaient liés ; ils les embarquaient ensuite clan-
destinement avec la complicité de tout le monde.
Mais un G. I. particulièrement malin me donna ce
qui me parut alors être une véritable idée de génie.
Il s'agissait d'un moyen très simple, pour moi, d'aller
en Amérique. Il suffisait d'envoyer Roxane avec les
G. I. et d'écrire ensuite une lettre au président des
États-Unis, ou à la revue *Life* ou *Time*, ce qui revenait au même, et leur raconter mon histoire, leur ex-
pliquant en termes émouvants mon désir d'être
réuni à nouveau avec mon chien. Ils feraient autour
de mon histoire une grande publicité, comme ils le
font d'habitude dans tous les cas de ce genre ; c'était
une routine journalistique, m'expliqua-t-il ; on pu-
bliera deux grandes photos, une de moi à Paris et
une autre de Roxane en Amérique, sous le titre
Unite them again[1]. Ça ne pouvait pas rater, m'assu-
rait-il, c'était dans les mœurs, ce genre d'histoires là,
une affaire en or pour tous les intéressés, il s'offrit

[1] Réunissez-les à nouveau.

de me faire la lettre tout de suite... La première
partie de l'opération s'effectua dans un bistro, boulevard des Italiens. Les Américains étaient deux. Je
les avais choisis avec un soin particulier parmi de
nombreux candidats. Ils venaient de Hollywood et
faisaient des films de propagande pour l'armée. L'un
était colonel, l'autre était encore caporal.

— Tu vas voir, Lucky, elle va devenir une grande
vedette à Hollywood, dit le colonel, en prenant la
laisse.

— Elle est trop vieille pour faire une vamp, remarqua le caporal Lustgerbirge. Il est vrai que les
chiennes tiennent remarquablement le coup, à Hollywood.

Roxane me regarda, puis se mit à tirer sur la
laisse de toutes ses forces.

— *Come on*, Roxy, *come on*, dit le colonel.

— Je serais sûrement ému, si je n'avais pas tourné
au moins vingt-cinq scènes comme celle-là, dit le
caporal Lustgerbirge.

— La seule chienne de Hollywood qui aura fait
du maquis ! dit le colonel. Ça va me rendre célèbre.
Je vais d'ailleurs changer son nom, je vais l'appeler
Macky. *Come on*, Macky !

Mais la deuxième partie de l'opération ne put jamais avoir lieu. Je n'ai jamais pu écrire ni au *Life*,
ni au *Time*. Vanderputte, consulté, avait poussé de
hauts cris et me demanda si je n'avais rien fait d'ir-
réparable ; à ma réponse négative, il leva les yeux
au ciel avec reconnaissance et s'écroula dans un
fauteuil, la main sur le cœur ; s'étant calmé quelque
peu, il me rappela que les journaux avaient parlé
de ma disparition et que la police me cherchait,

l'Assistance publique était à mes trousses ; j'étais
un clandestin, un illégal, je devais éviter toute publicité et me consacrer entièrement à mon travail,
essayer de devenir quelqu'un. Le cœur lourd et me
sentant roulé, j'essayai donc de devenir quelqu'un.
Les affaires étaient bonnes, malgré le départ des
Américains et les bruits de lutte contre le marché
noir. Mais ces bruits défaitistes ne nous troublaient
pas. Le moment venu, « on fera face », comme disait
le vieux Vanderputte, pour le moment les choses ne
marchaient pas si mal que ça. Le pays manquait de
tout. Les gens achetaient n'importe quoi, à n'importe
quel prix. Vanderputte, qui était un grand expert
en produits pharmaceutiques — il avait été caporal
infirmier pendant l'autre guerre — nous annonça
avec fierté l'invention d'un médicament miraculeux,
la streptomycine, qui guérissait la tuberculose « en
deux coups de cuillère à pot », comme disait le vieux.
Cette invention, nous disait-il, faisait honneur au
génie humain, il se frottait les mains, « on est tout
fier d'être un homme ». Le produit miraculeux n'était
pas sur le marché, mais Vanderputte, par hasard,
avait entendu un soir à radio-Andorre des offres de
vente faites par le pharmacien du cru. Il passa une
nuit d'insomnie à courir dans l'appartement, médi-
tant sur la meilleure façon de « décrocher la timbale »
et se rendit le lendemain dans la région d'Aix-les-
Thermes où il put trouver un contrebandier sérieux.
L'homme lui ramena d'Andorre cinq kilos de streptomycine, que le vieux revendit à cinq mille francs le
gramme : à la taxe, le prix du produit était de cinq
cent soixante-quatorze francs le gramme. « C'est la
plus belle idée de ma vie », disait le vieux en s'es-

suyant les yeux, tellement il était ému. D'ordinaire,
nos affaires étaient plus modestes. Le vieux avait
plusieurs prospecteurs qui lui ramenaient de la ville
toutes sortes de camelote, depuis les diamants et les
pierres à briquet jusqu'aux produits à base d'iode
encore difficiles à trouver sur le marché officiel, en
passant par des objets volés et des louis d'or dont les
clients étaient particulièrement friands. Parmi ces
prospecteurs, il y avait un garçon que nous appelions
Fritz, parce que son père était en prison pour collaboration avec les Allemands. Il y avait aussi Johnny,
un jeune homme de seize ans aux cheveux blonds et
ondulés, dont le vieux disait qu'il avait de « mauvaises mœurs ». Il venait souvent en voiture, avec
des hommes pommadés et voyants au volant, et
Vanderputte se mettait alors en colère, s'agitait comme un vieux rat parmi ses boîtes et gémissait « qu'on
allait se faire repérer ». En général, il avait des
« prospecteurs » dans toutes les classes de la société
et dans tous les milieux. Quelques-uns vivaient avec
leurs parents et allaient au lycée ; je me souviens
d'un certain Georges, dont je ne dirai pas le nom
parce qu'il a aujourd'hui terminé ses études et lorsqu'il me rencontre dans la rue il regarde du côté
opposé ; son père était employé au Ravitaillement,
ce qui lui permettait d'avoir des tuyaux ; le malheureux père devait ignorer tout des activités de son
fils, parce que je me rappelle qu'un jour, Georges
était arrivé chez nous très fier et nous annonça que
son père venait d'être fait chevalier de la Légion
d'honneur, au titre du ministère du Commerce.
Nous servions d'intermédiaires au vieux et la plupart du temps, mon travail se limitait à faire des

courses. Vanderputte me confiait un petit paquet, en me disant de le porter à telle ou telle adresse. « Attention, ajoutait-il, c'est pour un malade, ce sont des médicaments rares. » Par souci de la morale, je crois, et par égard pour mon jeune âge, il ne me disait pas que les « médicaments » en question étaient de la drogue, mais Léonce m'éclaira là-dessus, en me conseillant d'ailleurs de n'y toucher jamais : « Mon vieux, ça rend fou. » En 1945 et 1946, la brigade des stupéfiants faisait des ravages parmi les trafiquants et les journaux menaient une campagne violente contre les « empoisonneurs », au point que Vanderputte lui-même finit par s'émouvoir de ce scandale et nous recommanda de faire très attention. Généralement, je ne voyais jamais les « malades » moi-même, je remettais simplement le paquet de « médicaments » à la personne qui m'ouvrait la porte. « Il y a une réponse », disais-je, le domestique disparaissait et revenait avec une enveloppe. Mais Léonce me proposa un jour de l'accompagner chez un de ses clients personnels, « histoire de rire, ajouta-t-il, tu verras, c'est un rigolo ».

— C'est le type dont je t'ai parlé à propos de Josette, m'expliqua-t-il. Tu te souviens, le grand tragédien qui dirigeait une école d'art dramatique à Meudon ? un Anglais ?

Je me souvenais, en effet.

— Dès que j'ai cessé de payer la pension pour Josette, ils n'ont tout de suite plus eu de quoi vivre. Sa femme est venue me supplier de ne pas briser la carrière de la petite, mais tu parles, je n'ai pas marché. Le vieux avait essayé d'abord de transformer son école d'art dramatique en un bordel, mais il n'a

pas eu l'autorisation de la police, parce qu'il n'était
pas Français. Ils sont à Paris, maintenant, sa femme
a trouvé du travail rue de la Huchette, comme sous-
maîtresse et le vieux vit sur son dos. Il ne peut pas
se passer de drogue, alors, ça leur revient cher. Mais
je leur fais des prix spéciaux parce qu'il me fait parler
anglais et c'est bon, pour mon avenir, de connaître
l'anglais à fond. Il est vraiment marrant, c'est le
plus vieux maquereau que j'ai vu jusqu'à présent.
Et il est vraiment resté très précoce. Si tu veux venir
avec moi un jour...

X

L'établissement « Au Bijou » avait une porte vitrée, avec un judas grillagé ; il était bâti tout en
hauteur, avec une fenêtre aux volets clos par étage ;
la maison était coincée dans la rue sombre, entre une
boucherie chevaline et une épicerie ; il y avait des
siècles qu'elle n'avait vu le soleil, depuis qu'on l'avait
séparée de la Seine par une rangée de maisons serrées
qui s'interrompait seulement un instant pour laisser
passer vers le fleuve la furtive rue du Chat-qui-Pèche.
En face, il y avait l'établissement du coiffeur « Au
Palais des Indéfrisables » et le coiffeur était presque
toujours assis devant son palais, à cheval sur une
chaise, le peigne derrière l'oreille, regardant rêveusement les volets fermés de la maison. Toute la ruelle
sentait l'humidité et toutes les épiceries — il y avait
quatre maisons closes et six épiceries sur une distance
de cent pas — avaient toutes du persil à la devanture

et une inscription nostalgique à la craie sur des ar-
doises : « Aujourd'hui pas de distribution ».

— C'est ici, dit Léonce.

Derrière la porte, il y avait un minuscule couloir
qui donnait sur un escalier vertical en colimaçon. A
gauche, il y avait une porte vitrée derrière laquelle
quelqu'un disait : « A votre santé ! » La porte
s'ouvrit et une femme sortit et nous regarda à travers
son face-à-main. C'était la première fois que je met-
tais le pied dans une maison de ce genre, mais ce
n'était pas du tout le genre de femme que je m'attendais à trouver là. Elle était vieille et avait un ruban
noir autour du cou, et cependant, je me souviens
qu'elle me fit l'effet d'une frêle jeune fille déguisée en
vieille dame, ou prématurément vieillie. Elle avait
des yeux de myope, un sourire figé aux lèvres, qui
ne bougeait jamais : on avait l'impression que ce
sourire était venu il y avait très longtemps sur ses
lèvres, qu'il était mort, et que personne ne s'en était
aperçu, on avait oublié de l'enlever. Elle portait une
robe noire, avec des paillettes et avait un mouchoir
de baptiste à la main ; ses cheveux étaient blancs,
avec des reflets bleus assez étonnants. Elle nous regardait à travers son face-à-main, qui tremblait légèrement devant ses yeux.

— Ne vous dérangez pas, dit Léonce. On vient
seulement pour Monsieur Sacha.

Le face-à-main trembla davantage encore, ainsi
que les cheveux.

— Je vous ai pourtant demandé...

— On apporte des médicaments.

— Je vous ai pourtant demandé de ne plus venir
ici. Vous êtes mineur et je ne peux pas me permettre

d'avoir des ennuis avec la police. S'il y a une ins-
pection et qu'on vous trouve dans sa chambre... Je
ne suis pas Française, je n'ai pas le droit d'occuper
un emploi. Je perdrai mon gagne-pain et que va-t-il
devenir, alors ? Je connais la police, ce sont des gens
qui voient le mal partout. Ils accusent Sacha de je
ne sais quelles mœurs absurdes, qu'il n'a naturellement pas. Je serais tout de même la première à
savoir si... Il aime les jeunes gens, voilà tout, cela
lui rappelle sa propre jeunesse. Mais les gens sont
si mal intentionnés... Ils voient le mal partout. Personnellement, je ne vois jamais le mal. Je crois que
les hommes sont très bons et que le mal, c'est surtout
un effet de l'imagination.

Elle s'affola soudain, agita son mouchoir de baptiste.

— Mais je parle, je parle et il y a des clients qui
m'attendent. Tout ce que je vous demande, c'est de
ne plus venir ici. Je sais bien que ces médicaments
lui sont indispensables, je vous suis très reconnais-
sante, je paierai ce qu'il faudra. Mais si vous voulez,
je pourrai envoyer quelqu'un ou venir les chercher
moi-même. Nous avons d'ailleurs un petit appartement en ville, j'ai voulu lui arranger une maison, un
chez-soi... mais il insiste pour habiter ici, ce qui est
déjà absolument contraire aux règlements de police.
Je sais bien que c'est un artiste, qu'il ne peut être
question pour lui de s'embourgeoiser. Mais, je crains
tout de même que cette atmosphère... il est tellement
sensible, d'une telle délicatesse d'âme...

Elle fut interrompue brutalement par une voix
aiguë, enrouée, qui lança, du haut de l'escalier :

— Nina Ivanovna, où sont mes médicaments ?

Qu'est-ce qu'on attend pour aller chercher mes médicaments ? Je vous préviens, je vais me jeter par
la fenêtre !

Elle leva son face-à-main et regarda vers le haut
de l'escalier. Sa tête, ses cheveux se mirent à trembler.

— Voilà, Sacha, voilà... on vous les monte.

Elle nous adressa un sourire furtif.

— Ses nerfs, ses pauvres nerfs ! Ne restez pas trop
longtemps... je vous réglerai cela la prochaine fois.

Léonce mit dans sa bouche un bâton de chewing-
gum.

— Vous me devez déjà deux livraisons, vous savez.

— La prochaine fois, la prochaine fois, je vous le
promets. Donnez-moi encore quelques jours... le
temps de me retourner. Je vais emprunter chez des
amis...

Elle disparut derrière la porte vitrée et j'entendis
une voix qui disait : « Il y a laissé une jambe et un
bras, c'était une véritable épopée ».

— Faut pas t'étonner, me dit Léonce, en montant
l'escalier. C'est des Russes blancs. Chez les Russes
blancs, c'est toujours comme ça, des drames. Autrement, ils s'emmerdent.

— Je croyais que c'était un Anglais ?

— C'est pas possible de savoir exactement ce qu'il
est, tu verras, dit Léonce.

L'escalier se glissait presque verticalement entre
les portes numérotées, dans une intimité douteuse
de vespasienne, accentuée encore par le bruit d'eau
des robinets.

— Bonjour, bonjour ! Je suis content de vous voir.
J'allais justement me jeter par la fenêtre... Là, elle

est fermée. N'en parlons plus. N'est-ce pas qu'il est
dur, cet escalier ? C'est pourquoi je ne sors jamais.
Jamais ! Je reste ici... Roi de ma douleur ! Vous
savez, la reine mère, je lui fais faire cet escalier au
moins trente fois par jour, sous différents prétextes...
Vaseux, d'ailleurs. Avec son cœur, elle ne tiendra pas
le coup, c'est évident... Je suis un salaud. Vous
voyez, j'ai le courage de mes opinions, je dis aux
gens en face ce que je pense d'eux. Excusez ma tenue... je me suis toujours senti l'âme d'une pros-
tituée !

Il portait un peignoir de femme en crêpe de chine,
qui lui arrivait aux genoux. Les manches s'arrêtaient
aux coudes : les bras osseux, veinés de bleu, faisaient
voler la dentelle. Il portait autour du cou une mince
écharpe vert bouteille. Il avait un visage osseux, ma-
quillé, sous des cheveux gris, soigneusement collés.
Un nez en bec d'aigle, aux narines palpitantes et
avides, des sourcils épilés de pierrot, qu'il levait très
haut, plissant le front, ce qui donnait à son visage
de vieux gigolo un air vexé, indigné.

— Je vous apporte vos médicaments, monsieur
Sacha, dit Léonce.

La vieille créature saisit le petit paquet : sa main
tremblait, les doigts n'arrivaient pas à défaire le fil.

— Enfin ! dit-il, de sa belle voix de soprano. Ce
n'est pas trop tôt : l'inspiration allait me manquer.
Il faut de l'inspiration pour vivre, messieurs. Pour
supporter tout cela...

Il fit un geste large de son bras nu. Dans la chambre voisine, quelqu'un se gargarisait, un lit craquait.
Des robinets râlaient.

— ...Il faut, de temps en temps, un petit fortifiant.

Sans cela, on se noie dans cet océan de laideur. Je
vous en prie : entrez.

Il ferma la porte derrière nous. Il parvint enfin à
défaire le paquet, prit une pincée de poudre blanche
et prisa, l'aspirant profondément dans ses narines
palpitantes.

— Ah ! fit-il avec soulagement.

Il se jeta sur le divan et se tut. Il paraissait attendre quelque chose, regardant d'un œil morne le pompon blanc de sa pantoufle, qu'il remuait du bout du
pied.

— Voilà... dit-il. Je suis un pompon. Hein ? D'ailleurs, je m'en contrefous.

Il parut nous oublier et tomba dans un silence
morose. Il ressemblait, sur son divan, avec ce peignoir et ces pantoufles frivoles, à une caricature, à
une injure. Sa présence était une moquerie, une
insulte. Je ne sais pourquoi, je pensais à mon père
et je me sentais humilié, calomnié. J'avais envie de
m'en aller, de sortir de ce trou, de cette atmosphère
doucereuse et parfumée, pleine de sous-entendus cra-
puleux.

— Vide, dit-il, d'une voix éteinte. Je suis, messieurs, absolument vide. J'en ai même le vertige. Je
n'aperçois pas la moindre fissure... Il n'y a pas moyen
de s'évader. La drogue ? Oui... Évidemment, évidemment.

La chambre était toute petite, mais bourrée de
meubles et d'objets. Il y avait, en plus du divan, un
piano droit, une table de toilette surmontée d'une
grande glace ovale, penchée en avant, un fauteuil
en peluche, rapé et pelé comme un vieux chien ; près
de la fenêtre aux volets fermés, un paravent devait

cacher des installations sanitaires, parce qu'il en venait les râles d'un robinet qui ne ferme plus très bien. Dans le fauteuil traînait du linge de femme, des dessous, un soutien-gorge. Par terre, il y avait une carpette sale, une paire de bas de soie ; au-dessus du divan, un miroir, qui réfléchissait fidèlement tout ce qui se passait sur le lit et qui avait fini par se fendre en deux. Au mur, un portrait en pastel de Mme de Pompadour. Sur la table de toilette, un petit miroir à main, dans un cadre d'argent massif, des perruques, des fausses barbes, de faux-cils et des crayons de maquillage. Une ampoule nue au-dessus de la table de toilette éclairait la pièce. Sacha était à présent étendu sur le dos ; je voyais seulement ses narines béantes et les pompons de ses pantoufles. Brusquement, il se dressa un peu et se regarda dans la glace :

— Coincé, mon bon ? Définitivement coincé, hein, salaud ? Fait comme un rat ! Je crois, messieurs, que le roi de l'évasion, le grand Darlington est cette fois... définitivement coincé.

Il se tapotait les narines, aspirait profondément.

— Que voulez-vous, chaque homme est une Bastille. Ce n'est pas avec une fausse barbe que l'on peut se glisser hors de soi-même sans être reconnu. Au fond, ce qu'il nous faudrait, c'est un grand Quatorze Juillet...

— Et notre leçon, monsieur Sacha ? dit doucement Léonce.

Monsieur Sacha s'anima un peu.

— C'est vrai, dit-il. Voyons un peu notre leçon. Ça me changera les idées, peut-être. Je dis bien : peut-être. Vous êtes prêt ? Répétons, alors, répétons.

Il ferma les yeux et déclama :

> *O Romeo, Romeo ! Wherefore*
> *Art thou, Romeo ?...*

— Debout, voyons. Pas comme ça, redressez-vous. Respirez d'abord profondément, comme ça... laissez aller maintenant, les deux vers dans un seul soupir, mais que ce soit, messieurs, un soupir sans précédent dans l'histoire étoilée de l'humanité. Je sais bien, un beau soupir, c'est extrêmement difficile. Il faut qu'il s'entende, il faut qu'il se voie, il faut qu'il se laisse toucher... Allons, essayez !

Nous soupirâmes.

— Encore !

Nous soupirâmes encore.

— Vous ne savez même pas soupirer. Et vous voulez dire du Shakespeare !

— Mais puisque c'est seulement pour apprendre l'anglais, protesta faiblement Léonce. On vient pas du tout pour apprendre à soupirer : on se débrouille assez bien sans vous. Ce qu'on veut, c'est apprendre l'anglais. On entend l'anglais toute la journée au cinéma, mais on comprend rien du tout. Apprenez-nous d'abord des mots simples : une table, une chaise...

Monsieur Sacha poussa deux ou trois soupirs exemplaires.

— Voilà bien la jeunesse d'aujourd'hui. Une table, une chaise... quelle platitude ! quelle bassesse du sentiment ! Moi, à votre âge, messieurs, il me fallait des étoiles qui chavirent, la terre qui tremble, des volcans qui éruptent, et vous... une chaise, une table !

Il fit un geste large, destiné à balayer de la surface du globe toutes les chaises et toutes les tables présentes, passées et à venir.

— Non, messieurs. Vous ne pouvez pas demander cela à un artiste !

Il accepta tout de même, pour payer ses dettes, précisa-t-il, d'échanger avec nous quelques phrases en anglais et nous restâmes un bon moment à perfectionner notre prononciation en sa compagnie. « A man », disait-il, en appuyant un doigt contre sa poitrine, « a woman », il désignait le mur, derrière lequel on entendait un lit qui craquait, « a leg », il soulevait son peignoir et regardait sa jambe avec complaisance. Nous répétions.

— Vous avez de la veine, mes enfants : j'ai le meilleur accent de Stradford-on-Avon, il n'y a pas de doute. Vous savez, naturellement, que je suis un spécialiste de Shakespeare ? Un jour, je vous montrerai mes coupures de presse : rappelez-le-moi, je ne les ai pas sous la main. Inouï ! Si la reine mère ne m'avait pas arraché à mon art, je serais à présent... inouï ! absolument inouï !

Il paraissait maintenant d'excellente humeur. Ses yeux brillaient un peu.

— Remarquez, je ne lui en veux pas : elle m'aime. Eh oui, c'est comme ça. Je suis comme vous : je trouve cela absolument étonnant.

Il saisit une bonbonnière sur la table de chevet et nous la tendit.

— Prenez un marron glacé. J'ai reçu cela d'un admirateur inconnu. Je reçois souvent des fleurs, des chocolats... la reine mère me les monte elle-même. On ne m'oublie pas. Il suffirait d'un peu de publicité... Une bénédictine ?

Il se servit, dans un verre à dents.

— Oui, parfaitement, elle a pour moi une véritable vénération. Pendant longtemps, je n'y ai pas cru ; mais il n'y a pas de doute, il n'y a pas de doute : elle m'aime. Ça fait vingt-cinq ans que ça dure. Cela me gêne beaucoup. Penser qu'il existe au monde un sentiment véritable, souvent décrit, durable, réel, vous comprenez, réel, sur lequel on peut bâtir... affreux, intolérable, un désastre. Cela vous fout tout votre système par terre. Cela vous confronte avec quelque chose de solide, avec quelque chose de vrai... Naturellement, je me suis défendu. J'ai tout essayé pour me prouver qu'elle ne m'aimait pas vraiment, que c'était un sentiment faux comme le reste, une fausse barbe, une illusion. Je l'ai ruinée trois fois, dont au moins deux fois moralement. La première fois à Saint-Pétersbourg, en 1908, elle avait seize ans, lorsque je lui ai fait quitter sa famille, les Mourachkine, très grande noblesse, les Bolcheviks ont tout pris. Personnellement, je dansais alors dans un café concert, il n'y a aucune honte à l'avouer, j'ai eu des débuts artistiques très difficiles. Je suis venu en Russie en 1905, avec Lord Balmouth, qui m'a abandonné, parti avec un cosaque, mais ceci est une autre histoire. Triste, d'ailleurs. Je l'ai ruinée une deuxième fois, à Shanghaï, après la Révolution. Je n'entre pas dans les détails, affreux, tout le monde connaît ça, les Bolcheviks, les boîtes à matelots, il fallait bien vivre, elle était fort jolie. Ah, l'émigration, quelle tristesse...

Il but encore un peu de bénédictine dans son verre à dents.

— Prenez encore un marron. Je me demande ce

que je ferais sans elle, je crèverais de faim, c'est évident. La maison de retraite pour vieux tragédiens, quelle horreur. N'empêche que je l'aurai avec cet escalier. Qu'est-ce que vous voulez, je tiens à ma liberté, il n'y a pas de grand art sans liberté. J'ai des principes. Oui, j'ai des principes, vous ne trouvez pas cela absolument prodigieux ? Entre hommes ?

Il vint se poster devant la table de toilette, prit le miroir à main, tira d'une main la peau de son cou flasque et ridée comme une crête de dindon et admira son profil.

— J'ai un profil pour jouer l'*Aiglon*, remarqua-t-il. Vous ne trouvez pas ? Oui, j'ai eu des débuts difficiles, Mais ensuite, quel triomphe !

Il se tourna vers moi, me saisit le bras.

— Venez me voir un jour quand je serai seul, petit, je vous ferai voir mes coupures de presse... John Barrymore me dit en 1923, après la projection des *Derniers jours de Pompéi*, je jouais Pompéi, naturellement, une toge, une lyre, beaucoup d'allure, pendant que Rome brûlait...

Il tira le rideau et nous désigna d'un geste dramatique la rue de la Huchette, où les gens faisaient la queue pour avoir du maquereau.

— Barrymore me dit : génial ! Vous êtes une nouvelle Sarah Bernhardt !

Il conclut tristement, de sa belle voix de soprano :

— C'est l'avènement du film parlant qui m'a tué.

Il ferma le rideau, d'un nouveau geste théâtral comme s'il cherchait ainsi à dérober à nos yeux le triste spectacle que fut sa vie, après l'avènement du film parlant. Il se tapota délicatement les narines et renifla bruyamment.

— Naturellement, il me reste des relations. J'ai
conservé mes contacts. Il me reste à Hollywood quelques amitiés solides, sur lesquelles je peux compter
jusqu'au bout. Jusqu'au bout ! Un de ces jours, je
vais m'évader, parole d'honneur. Ni vu, ni connu,
je vais sortir de tout ça, prendre la fuite...

Le doigt sur les lèvres, un œil fermé, complice :

— Naturellement, pas un mot à la reine mère !
Elle ferait tout pour m'empêcher. Mais j'ai pris mes
dispositions, je suis prêt !

Il balaya les airs de son bras osseux.

— Je vous emmène, voulez-vous ? A Hollywood,
il faut des jeunes talents... Nous prendrons le bateau
à Southampton, j'irai fleurir en passant la tombe de
mes parents...

Il s'interrompit, un instant, battit ses paupières
rouges, étonné sans doute d'avoir enterré ainsi en
passant ses parents à Southampton. Où diable
avaient-ils déjà été enterrés ? Avait-il jamais eu de
parents ? Il se rappelait vaguement de quelque chose
de ce genre. Enfin, me confia-t-il plus tard, il avait
gardé le souvenir d'un taudis du East End et d'un
sergent-major des Royal Fusiliers en train de rouer
de coups une femme nue. Mais enfin, rien ne prouvait
que ce fût son père, c'était peut-être un client.

— J'irai fleurir la tombe de mes parents à Southampton — de glaïeuls, — ma pauvre mère adorait
les glaïeuls. Nous prenons le bateau — le *Queen-
Elisabeth*, naturellement, on se fait des relations, un
petit poker de temps en temps, je ne dis pas non —
tout le meilleur monde est là, les Gould, les Goldwin,
les... Warner Bros, parfaitement. Huit jours après,
nous sommes à Hollywood. Je vais trouver Siodmak

avec mes coupures : « Mais comment donc, mon
vieux, un rôle, mais tout de suite ! » Pas grand'chose
pour commencer, bien sûr, une silhouette, une simple
silhouette, le temps de m'adapter...

Il tournait dans le vide, la petite boîte de poudre
à la main ; le roi de l'évasion grimpait hors de lui-
même, se glissait entre les barreaux, cherchait où
poser son pied...

— Mais il y a des frais, il faut de l'argent.

Il dit brusquement, avec une timidité inattendue :

— Vous ne pourriez pas me prêter mille francs ?

Léonce sourit et tira le portefeuille de sa poche.

— Voilà. Amusez-vous.

— Une silhouette, mais bien campée, quelquefois,
il ne faut pas autre chose pour vous lancer définitivement !

Dans l'escalier, je demandai à Léonce :

— Pourquoi qu'il s'habille comme ça ?

Léonce haussa les épaules, avec indulgence.

— C'est une tante, m'expliqua-t-il, il est toujours
habillé comme ça. Il sort jamais, il reste toujours
dans son trou. Des fois, seulement le soir, il descend
dans la salle, avec les autres grues. Il y a toujours
des soldats ivres, des bicots ou des Sénégalais. Il
espère toujours qu'il y en aura un, bien saoul, qui
va se tromper...

Il cracha.

— Moi, j'aime bien Sacha. C'est un pauvre type.

Nous suivîmes la rue de la Huchette jusqu'aux
Quais. Nous nous trouvâmes devant Notre-Dame.
Je m'arrêtai pour allumer une cigarette. La voix
aiguë du vieux tragédien sonnait toujours dans mes
oreilles et malgré l'air pur, le ciel radieux, je voyais

toujours son corps atroce, son peignoir, les pompons blancs... Comment pouvait-il exister de tels hommes dans le monde pour lequel mon père était mort ? J'aspirai la fumée, profondément. Notre-Dame se dressait devant nous de toute sa masse et paraissait dériver dans les nuages. Je n'avais jamais été dans une église. Mon père ne devait pas être croyant, du moins, je le supposais : il n'avait jamais parlé devant moi de Dieu ou de religion.

— Je me demande de quoi ça a l'air à l'intérieur, une église ?

— Tu n'as jamais visité une église ?

— Oh, j'en ai vu des tas, bien sûr, mais seulement de l'extérieur.

— Viens, dit Léonce, d'un ton protecteur, je te ferai voir ça.

Nous entrâmes ; il y faisait froid et noir, quelques personnes étaient plantées à genoux devant l'autel. Ça sent le passé, cet endroit-là, décidai-je, ce n'est pas moderne, j'avais l'impression de fouiller dans de vieux tiroirs. Les gens avaient des airs absents et ne bougeaient pas, comme s'ils avaient peur de faire fuir quelque chose.

— Ils prient, expliqua Léonce. Tu es catholique ?

— J'en sais rien. J'ai jamais demandé à mon père ce que j'étais.

— Il ne te l'a jamais dit ?

— Non.

— Dis donc, il t'a pas laissé grand'chose, ton père, dit Léonce.

— Pas grand'chose, avouai-je. Mais qu'est-ce que tu veux, c'est pas de sa faute, il a pas eu le temps. On l'a tué trop tôt. Au fond, il a été couillonné.

— Et comment, dit Léonce.

— Mais il n'avait pas l'air de se douter, soupirai-je.
Il avait l'air content, quand il venait me voir. Il avait
l'air de savoir ce qu'il faisait. C'était pas un corniau,
tu sais. Il était instituteur. Seulement, il a reçu cette
balle dans l'œil et il n'a pas eu le temps de se retourner. Sans ça, il m'aurait sûrement appris des tas de
choses.

Nous nous tûmes.

— C'est égal, il t'a pas beaucoup laissé, répéta
Léonce.

Il hésita.

— Tu crois vraiment que c'est fini après ? demanda-t-il tout à coup.

— Et, pardi. J'ai vu son corps.

— C'est pas ça que je veux dire...

— Explique-toi, alors.

— Enfin, tu trouves pas ça rigolo que ça s'arrête un
jour d'un seul coup — patatrac ! — et que tout ce
que tu as bavé avant, c'est pour rien ?

— C'est pas pour rien, m'entendis-je dire.

— Comment, c'est pas pour rien ? Et pourquoi
c'est, alors ?

J'hésitai un moment. Quelque chose se réveillait
en moi, lentement, un souvenir remuait, et je dis
comme on récite une phrase dont on se souvient
brusquement et dont on n'a pas encore saisi le sens :

— C'est pour les autres.

— Comment, pour les autres ? s'indigna Léonce.
Qu'est-ce que ça veut dire ? Tu te fous de moi ? Pour
les autres !

Il se ramassa pour cracher, mais s'arrêta au dernier
moment, par respect de l'endroit.

— Oh, moi je n'en sais rien, me défendis-je molle-
ment. C'est une idée de mon père.

— Je crois que ton père était encore plus tordu
que je ne le pensais, dit Léonce.

Il continua à râler pendant quelque temps encore,
en mâchant son chewing gum. Puis il se tut et se mit
à réfléchir.

— Il ne t'a jamais expliqué ce qu'il voulait dire
par là ?

— Non.

— Quel corniau, tout de même !

— C'est pas de sa faute...

— Comment, c'est pas de sa faute ? C'est peut-
être la tienne ?

— Ne gueule pas.

— Nom de Dieu, il doit y avoir tout de même
autre chose quelque part que le marché noir et le cinéma, hein ? Autre chose que... J'en sais rien, moi.
Ça doit exister quelque part.

— Quoi ?

— Autre chose ! Autre chose, tu comprends. Autre
chose !

— Je te dis de ne pas gueuler.

— Il aurait peut-être pu te l'expliquer, ton père.
Au lieu de ça, il va se faire tuer, au revoir et merci,
vas-y petit, débrouille-toi... il avait besoin de faire
ça ? Dis-moi, il avait besoin ?

— Je sais pas, moi. Peut-être qu'il avait besoin.

— C'est ça, défends-le, râlait Léonce.

Je le regardais avec étonnement : il tremblait de
rage. Nous sortîmes de la cathédrale, dans le soleil,
dans la lumière. Mais Léonce n'arrivait pas à se
calmer.

— C'est pour les autres ! grommelait-il, les mains dans les poches, haussant les épaules. Je te parie tout ce que tu veux qu'il ne savait pas lui-même ce qu'il voulait dire...

Nous suivîmes les quais vers la Concorde. Il faisait chaud. Mon poil de chameau était trop grand pour moi et me gênait. Je n'avais pas l'habitude de porter un chapeau, j'étais mal à l'aise. Mon pantalon était trop long et trop large, il balayait le trottoir. J'avais l'impression que les gens me regardaient en souriant ; entre mon écharpe jaune, bouffante, qui m'arrivait aux lèvres et mon chapeau qui me tombait sur les yeux, j'avais à peine un visage. En passant devant l'Institut, j'entendis un monsieur décoré dire à sa femme, après m'avoir croisé, le mot « zazou » et quelque chose d'autre, que je n'entendis pas. Je me sentais très malheureux.

— Moi, je voudrais être médecin, déclara à l'improviste Léonce. J'ai vu un film, avec Gary Cooper... On peut sauver la vie à des tas de gens. On est quelqu'un.

— Moi, je voudrais plutôt faire l'instituteur, comme mon père, déclarai-je. Seulement, je n'irai pas me faire tuer dans le maquis, quand les Fritz reviendront.

— Tu crois qu'ils vont revenir encore ? s'étonna Léonce.

— Oh, ils reviennent toujours.

Léonce hocha la tête.

— Drôle de pays, dit-il.

Nous méditâmes là-dessus un moment, en regardant couler la Seine.

— Tu sais, j'ai des idées, dit Léonce. Je voudrais

t'en parler sérieusement. On est mal parti tous les
deux. Faudra que ça change. C'est pas en faisant
du trafic qu'on va devenir quelqu'un. C'est pas sérieux. Ça va bien pour vivre, mais ça vous donne
pas une... une personnalité, enfin, tu vois ce que je
veux dire.

— Yep.

Je disais maintenant toujours « Yeah » ou « Yep »
comme dans les films.

— Alors, voilà. J'ai beaucoup réfléchi à la question, je vais te donner mon avis là-dessus. Au lieu
de faire ça par petits paquets, on a intérêt à faire
un grand coup, un vrai, et se retirer ensuite. On
pourrait filer en Amérique et repartir à zéro, c'est
une question de fric. Ils ont de fameuses universités
en Amérique, bien connues. T'as vu « College Girl » ?
Formidable ! On pourra se donner une éducation,
devenir quelqu'un. C'est pas trop tard. Ça te paraît
idiot, ce que je raconte ?

— Non, pourquoi...

— J'ai presque seize ans, je sais que c'est quelque
chose, mais enfin, il y a encore moyen de rattraper
ça. Non ?

— Sûr, sûr...

— On peut encore apprendre des tas de choses.
Je te dis, ils ont des universités spéciales pour les
« vétérans ». Il suffit de payer, ils s'occupent de toi.

— Yep.

— Je paierai ce qu'il faudra, je m'en fous. Surtout,
je voudrais savoir écrire comme il faut. Savoir tourner une belle lettre à une fille. Ensuite, je ferai peut-
être le médecin ou l'ingénieur en chef. Ça dépend
comment je me sentirai.

— Yep.

— Tu vas peut-être rigoler, mais je voudrais devenir un type bien, un bienfaiteur public. Tu sais, comme ce gars en Amérique qui fait du bien tout le temps, sans s'arrêter, des hôpitaux, des machins comme ça...

— Rockfeller.

— Enfin, tu vois ce que je veux dire. Tu penses comme moi ?

— Yep.

— Alors voilà, je te propose de faire un grand coup. Naturellement, pas tout de suite. On a pas le physique. On fait trop jeune. On fait peur à personne. Mais quoi, encore un an, on finira bien par vieillir. On aura pas toujours seize ans.

— Une veine, lui dis-je. Une veine.

XI

Mais à quinze ans, on ne vieillit pas vite. J'avais beau m'acheter des vestons qui me descendaient jusqu'aux genoux, cacher mon menton imberbe dans des foulards flamboyants, composer autour de ma cigarette une moue virile et pour plus de sûreté encore, dissimuler mon visage derrière un rideau de fumée, je ne trompais personne. Je ne me sentais bien qu'au fond d'une salle obscure. Tapi dans le noir, je poussais un soupir de soulagement, m'oubliais et suivais d'un regard éperdu d'admiration, sur l'écran, les aventures des vrais hommes. Le soir, Josette m'entraînait presque toujours dans un bal.

Elle adorait danser et me forçait à lui servir de partenaire ; très effrayé, je plongeais courageusement avec elle sur la piste, tournais en rond, autour d'elle, autour de moi-même, vite, vite, je perdais complètement la tête, la musique s'arrêtait, mais je continuais à tourner encore comme un chien après sa queue, c'était le jitteburg, il ne fallait surtout pas s'arrêter, ne pas voir les visages autour de soi, encore un petit bond, un rond de jambe, je me prenais les pieds dans mon pantalon bouffant, je me raccrochais avec affolement à mon énorme nœud papillon qui m'étranglait et ne voulait jamais tenir droit, complètement abruti par la fumée et les pirouettes, me demandant parfois dans un bref moment de lucidité ce que je faisais là, pourquoi je tournais ainsi au milieu de la piste, comme une toupie, quel était le jeu. Il suffisait d'ailleurs qu'un garçon plus agile que moi apparût sur la piste pour que Josette me quittât et se mît immédiatement à tourner avec lui ; je revenais alors tristement dans mon coin, dévoilé, vaincu, là encore, je n'étais pas à la hauteur, je buvais tristement mon gin qui me levait le cœur, en arrangeant d'une main tremblante le maudit nœud papillon qui ne tenait pas. Cet amour muet et suppliant que je traînais partout derrière elle, n'inspirait d'ailleurs à Josette qu'une curiosité amusée et vaguement compatissante. Malgré mes épaules rembourrées, mes allures de dur, mes silences virils interrompus seulement, de temps en temps, par un « Yep » bien placé, le regard de chien fidèle que je levais vers elle dès qu'elle paraissait me trahissait immédiatement. Sa santé n'était pas fameuse. Elle avait souvent la « grippe » et toussait beaucoup. C'était quelque chose

dans sa gorge, expliquait-elle entre deux cigarettes,
elle s'était cassé la voix en essayant d'imiter Laureen
Bacall. Ce n'était pas grave. Mais je me sentais pris,
en la voyant, d'une pitié étrange, d'un grand besoin
de la défendre, de la protéger et je ne savais même
pas que cette tendresse me rapprochait plus de l'âge
d'homme et de la vraie virilité que tous les airs de
dur que j'essayais en vain de me donner. Je ne
savais d'ailleurs pas exprimer cette tendresse en mots
d'homme. Les films que je voyais ne m'aidaient
guère, je ne savais pas du tout comment traduire
« honey » ou « sugar » ou « sweethart », en français,
ça devenait idiot, ça devenait moche, ça ne moussait
plus. Je ne pouvais tout de même pas lui dire
« chérie » comme à une grue. C'est marrant, pensais-
je alors, le français, c'est pourtant pas mal, comme
langue, c'est plutôt joli, seulement, ça manque de
mots d'amour... Parfois, cette espèce d'affection de
limace que je lui vouais mettait Josette en colère.

— Écoute, Lucky, j'aime pas les films muets, me
disait-elle. J'aime que ça chante ! Tu sais pas dire :
je t'aime ?

— Je t'aime, bégayais-je, dans ma cigarette. Tu
es contente, maintenant ?

Elle attendait, m'observant d'un œil critique.

— Alors, c'est tout ? Il y a pas de suite ? C'est
déjà fini ?

— Je t'aime, quoi.

— Non, mais regardez-moi ce paysan ! C'est tout
ce que tu arrives à donner ?

Je me rappelais vaguement la fermière du Véziers
qui engueulait toujours sa vache Fernande parce
qu'elle ne donnait pas assez de lait. Oh, comme

j'étais humilié ! J'avais beau cacher mon visage derrière un rideau de fumée, cela se voyait.

— Mon pauvre vieux, disait Josette, c'est pas ta
faute. T'as rien dans le ventre.

— Comment, j'ai rien dans le ventre ? m'indignais-
je faiblement.

— T'es pas fait pour le sentiment, voilà. T'as pas
la glande.

— La quoi ?

— La glande. C'est là que se trouvent les hor-
mones qui te donnent du sentiment. Un type comme
Humphrey Bogart, il a la glande, un type comme
Cary Grant, aussi. Toi, t'en as pas. Pas de ta faute.
T'es né comme ça. Pauvre chou, s'apitoyait-elle.

Elle me caressait les cheveux, d'un geste maternel.

— Oh, ça va, faisais-je.

Mais j'étais complètement pétrifié, écrasé d'horreur. Oh, là, là, pensais-je, peut-être que c'est vrai,
peut-être que j'ai pas la glande. Et pourtant...

— Quelquefois, ça se guérit, me consolait-elle. Il
y a des médecins qui font ça, en Amérique. On te
colle la glande d'un singe et du coup, tu deviens
sentimental.

Un soir, j'étais entré dans sa chambre pour chercher une revue de cinéma. Elle était couchée et
buvait du rhum chaud avec de l'aspirine, pour soigner « sa voix ». Ses yeux brillaient un peu. La che-
velure rousse avait l'air d'un écureil affectueux, assoupi contre sa joue, sur l'oreiller.

— Lucky...

— Yep ?

— Je te plais ?

— Yep.

— Regarde...

Elle avait déboutonné son pyjama et me montrait ses seins blancs, palpitants : elle paraissait tenir dans ses mains deux colombes captives.

— Ils sont beaux ?

J'avais la gorge serrée et pas même la force de dire « Yep ».

— On dirait qu'ils vont s'envoler. Lucky...

J'essayais d'avaler quelque chose qui ne voulait pas descendre.

— Viens ici...

Je m'approchai d'elle, je m'assis sur le lit, la cigarette stupidement plantée dans la bouche et qui me faisait pleurer d'un œil. Je les regardais. Je n'osais pas les toucher. Mais je ne sais pourquoi, j'avais envie de les défendre...

— Lucky...

— Yep.

Elle sourit, tourna la tête de côté, traînant ses cheveux et bougea un peu, dans le lit. Ils bougèrent aussi. Elle soupira tristement. Ils soupirèrent.

— Rien. Tu es bête...

Elle me saisit par les cheveux. Je sentais la chaleur qui montait d'eux et je les voyais si près, si près de moi que je pouvais presque les toucher de mes lèvres.

— Ote ta cigarette... Oh que tu es bête !

Elle me repoussa.

— Tu es bête, répéta-t-elle. Mais je t'aime bien.

Je n'osais pas bouger, j'avais peur de les faire fuir. J'attendais qu'elle me dise ce qu'il fallait faire.

— Va-t'en, maintenant. Allez, va-t'en.

Je m'en allai. Je rentrai dans ma chambre et me jetai sur le lit.

— Qu'est-ce que tu as ? demanda Léonce.

— Rien.

— Ça va pas ?

— Ça va.

— T'en fais une tête ! dit Léonce.

De nouveau, elle affectait avec moi des attitudes maternelles, me passant la main dans les cheveux et m'appelant son « pauvre chéri ».

— Et la glande ? me demandait-elle parfois. Elle pousse ?

Un soir, je n'y tins plus. Je la saisis par le bras.

— Viens, lui dis-je.

Elle essaya de libérer sa main. Mais je tenais ferme.

— Où veux-tu aller, à cette heure ?

— Au cinéma, lui dis-je.

— Lâche-moi, Lucky, tu es fou ?

Je la traînai dans la rue. Elle essaya de résister, d'abord, puis se laissa faire, tout de même impressionnée. Je la tenais fermement sous le bras et la poussais devant moi. Mon visage était couvert de sueur et mon cœur faisait un tel bruit dans ma poitrine que j'étais étonné de voir que les passants ne se retournaient pas.

— Mais enfin, tu es piqué ? Où c'est qu'on va ?

— T'occupe pas, lui dis-je.

Je sentais mes genoux mollir, trembler. Je mis une cigarette dans ma bouche. Elle se mit à trembler, elle aussi.

— Lucky, tu me fais mal !

Je m'agrippais à son bras, mais c'était pour ne

pas tomber. Ma gorge était sèche et je faisais des
efforts spasmodiques pour avaler mon cœur, qui
essayait constamment de me remonter dans la
gorge. J'eus tout de même la présence d'esprit de
ne pas choisir un endroit trop fréquenté, ni trop
proche de la rue où nous habitions. Je m'arrêtai
finalement devant un petit bar-tabac de la rue de
Niort où il n'y avait personne. Un instant, j'eus envie
d'abandonner Josette là et de fuir, mais je me do-
minai à temps.

— Allez, viens... bredouillai-je.

Le débit était vide et mal éclairé. La patronne se
tenait derrière le comptoir et rangeait des timbres-
poste. Je poussai Josette vers la caisse et m'avançai.

— Des Baltos, dis-je.

Je ne me souviens pas d'avoir entendu ma voix,
mais Josette me regarda avec inquiétude. Je sentis
une goutte de sueur glisser de mon chapeau et se
perdre dans mon cou.

— Voilà, dit la bonne femme.

Elle plaça les cigarettes devant moi. Je pensai
qu'il fallait regarder derrière mon dos pour m'assurer que personne n'entrait, mais je n'avais pas la
force de tourner la tête. Je sortis, dans ma main
tremblante et mouillée, le Mauser de la poche droite
de mon pardessus. Ma main tremblait trop, je dus
l'appuyer contre le comptoir. La bonne femme était
en train de coller un timbre-poste. Elle avait ouvert
la bouche, tiré la langue, et l'approchait du timbre.
Elle demeura ainsi la langue tirée, le timbre levé,
les yeux agrandis, fixés stupidement au canon de
l'arme. Le brouillard se fit dans mon esprit, je ne
savais plus ce que je voulais, je voulais seulement

sortir de là, fuir, ne plus m'arrêter et je m'entendis
crier soudain :

— Des allumettes, et vite !

La bonne femme posa une boîte d'allumettes devant moi, sur les cigarettes. Je tenais toujours Josette sous le bras, je m'accrochais à elle pour ne pas
tomber. Je lâchai son bras, je saisis les deux paquets
et les plaçai dans ma poche. Je saisis de nouveau
Josette par le bras et la traînai vers la porte, à reculons. Dans la rue, je retrouvai mes esprits, assez
pour ne pas courir. Nous descendîmes dans une station de métro et ce fut seulement là, au milieu de la
foule, que je me calmai un peu. J'ôtai mon poil de
chameau, mon chapeau, mon écharpe de soie mouillée de sueur. J'allumai ma cigarette. Je soupirai profondément. Je regardai Josette, triomphalement.

— Alors ? Tu es contente ?

Elle était un peu pâle.

— Chéri, me dit-elle, chéri...

C'était elle, maintenant, qui me tenait le bras.
Nous nous appuyâmes contre un mur, complètement
épuisés, l'un et l'autre.

— Et la caisse ? me demanda-t-elle. Pourquoi tu
as pas pris l'argent ?

Oh ! mon Dieu, me rappelai-je, c'est vrai, j'avais
oublié le principal. Je me redressai un peu. Je remuai
ma cigarette, au bout de la langue. J'arrangeai mon
nœud papillon. Je haussai les épaules.

— Oh, tu sais, c'était seulement pour le principe,
lui dis-je.

Mon exploit me tourna la tête. Je me promenais
dans l'appartement avec des airs de matamore et fis
tellement peur au vieux, en lui fourrant à l'impro-

viste mon Mauser sous le nez, qu'il courut s'enfermer dans sa chambre, d'où il m'insulta longuement, d'une voix plaintive. Léonce, un peu jaloux de mes progrès, fit lui-même quelques coups de mains éclairs sur les restaurants des Champs-Élysées : il s'agissait de se glisser dans un vestiaire, de décrocher un manteau ou une fourrure et de filer rapidement, sans se faire remarquer. C'était un jeu, un exercice de souplesse et de style, de l'art pour l'art. Je l'accompagnai une ou deux fois. Ces jeux aimables mettaient Vanderputte hors de lui et chaque fois que l'un de nous ramenait triomphalement à la maison un pardessus distingué ou un manteau parfumé, il levait les bras au ciel, nous traitait de tous les noms, puis nous arrachait la défroque des mains et courait l'enfermer dans sa chambre. Josette, elle-même, parut touchée de mes efforts et me manifesta un peu plus de tendresse. Au cinéma, lorsque les coups de feu claquaient, elle se serrait contre moi et se laissait embrasser sans protester ; je passais mon bras autour de ses épaules et regardais les plus grandes vedettes d'égal à égal. Souvent, au milieu d'un jitteburg frénétique, dans quelque cave du quartier où elle m'entraînait tous les soirs, elle ralentissait la cadence, mettait sa joue dans mon cou et s'appuyait contre moi de tout son corps.

— Ça tourne, murmurait-elle, ça tourne...

Je la ramenais à la table, chancelante, dans une atmosphère lourde de fumée, qui la faisait tousser.

— Faut que je fasse attention à ma voix, s'inquiétait-elle.

Elle prenait maintenant des leçons de chant. Parfois, en entrant dans sa chambre, je la trouvais assise

sur le lit, tenant sur ses genoux le fétiche sans mains,
au visage noir, au corps bariolé ; elle chantait, de sa
voix lointaine :

> *J'étais au Grand Bar du Centre*
> *Lorsque mon amour est entré.*
> *Il avait une balle dans le ventre*
> *Et son joli costume d'été.*
> *Sur une table de café,*
> *Mon amour est couché...*

Elle s'essuyait doucement les yeux.

— Comme c'est beau, disait-elle. J'aime bien la
poésie.

XII

L'UNRRA avait loué le garage qui se trouvait
dans la cour de notre immeuble et y avait installé
un dépôt de médicaments. Bien entendu, comme
toujours dans ces cas-là, nous fûmes les derniers à
nous en apercevoir. Une après-midi, Vanderputte
était assis dans le grand salon, face au pape qui le
regardait de son cadre, le doigt levé comme pour
donner sa bénédiction ; le vieux s'asseyait toujours
ainsi, le dos tourné à la grande glace dorée de la
cheminée : il ne supportait pas la vue d'un miroir.
Le plaid sur le dos, il était en train de faire une
réussite.

— Je sens quelque chose, déclara-t-il, tout à coup.

Il s'immobilisa, la carte à la main et remua ses
moustaches en regardant le pape, fixement.

— Ah, ah, c'est très bon, dit-il.

Il se leva, courut jusqu'à la fenêtre et l'ouvrit.

— De l'éther ? Tiens, tiens, tiens ! Léonce, va voir.

Léonce alla voir, et revint avec des nouvelles sensationnelles. On était en train de bourrer le garage de médicaments, il y en avait pour des millions et des millions — rien qu'en passant, il avait vu des milliers d'ampoules d'insuline. Une caisse d'éther était tombée du camion, le liquide s'était répandu dans la cour, cela expliquait l'odeur.

— Jeunes gens, dit Vanderputte, c'est un signe du ciel à notre intention !

Il s'agita immédiatement, tourna en rond dans la chambre, puis s'élança dans l'escalier, courut lui-même dans la cour, remonta, descendit encore, il paraissait avoir rajeuni de cinquante ans.

— C'est plein de bonnes choses, nous annonçait-il, en se pourléchant les babines, il y a de l'iode, il y a de l'huile camphrée, il y a de bonnes sulfamides... il faut faire quelque chose ! On ne peut pas laisser ça là, c'est du gaspillage !

Chaque fois qu'un camion entrait dans la cour, le vieux dégringolait l'escalier, la boîte à ordures dans les bras, sous prétexte de la vider.

— Des arsenicaux ! gémissait-il presque, en revenant. Du concentré d'opium... une fortune !

L'émotion, l'envie, donnaient à sa voix un accent plaintif. Le verrou du garage était fort simple et une fausse clé fut vite faite, mais il y avait un gardien de nuit, ce qui compliquait les choses. Vanderputte étudia ses mœurs et découvrit qu'il s'absentait généralement entre onze heures et minuit, pour aller boire un petit rhum avant de se coucher. Tous les

soirs à onze heures, Vanderputte, Léonce et moi-
même, nous descendions l'escalier à pas de loup sans
faire de lumière ; je montais la garde devant la porte
cochère, Vanderputte et Léonce s'introduisaient dans
le garage et ressortaient cinq minutes après, la boîte
à ordures pleine de flacons, de tubes, d'ampoules :
Vanderputte préférait « grignoter les stocks petit à
petit », plutôt que de faire une grande rafle qui eût
été immédiatement remarquée. Les médicaments
s'entassaient dans notre appartement, encombraient
nos lits, grimpaient sur les armoires. Le gardien du
garage finit du reste par se faire arrêter, mais on ne
put rien prouver contre lui, ce qui soulagea beaucoup
la conscience de Vanderputte. Après son arrestation,
cependant, nous dûmes arrêter nos expéditions lu-
cratives, mais nous avions déjà à ce moment-là plus
de cinq mille flacons de vitamines, des milliers d'ampoules d'insuline et de morphine, pour ne parler que
des produits les plus demandés sur le marché. Nous
ne les placions d'ailleurs que par petites doses,
pour ne pas attirer l'attention et ne pas faire baisser
les prix. Nos affaires prospérèrent. Léonce acheta
une traction avant au nom de Vanderputte, dans
laquelle le vieux refusa d'ailleurs énergiquement de
monter. C'était l'époque du « gang des tractions
avant » et Léonce se passionnait pour leurs exploits,
à côté desquels notre petit commerce était, disait-il,
« de la camomille ». Chaque fois qu'il lisait dans
les journaux la description d'une attaque, il montrait
ses dents noires dans un large sourire et disait, avec
une fierté patriotique :

— Il y a tout de même des types formidables,
chez nous aussi !

Je savais déjà conduire, — c'était une des rares
choses que mon père m'avait apprises, lorsqu'il venait me voir en camion, peu de temps avant la libération. Mais je manquais de pratique et Léonce me
prêtait volontiers le volant.

— Vas-y, amuse-toi. Ça te servira toujours.

Il sortait souvent avec moi pour voir si « ça marchait ». La cigarette au bec, je m'installais au volant,
je traversais Paris, quittais la ville et faisais de la
vitesse sur les routes. Je souriais, je serrais le volant
d'une main négligente et pendant que l'asphalte dé-
roulait sous mes roues sa grisaille, j'entendais de tous
côtés des coups de feu, je doublais des voitures de
police bondées d'agents qui essayaient de me barrer
la route et que je poussais, d'un coup d'aile bien
calculé, dans le fossé ; j'enfonçais des barrages sous
le feu des mitraillettes. La frontière était proche,
encore quelques secondes et nous serions à l'abri. Ce
n'était pas Léonce qui était à côté de moi, mais
Josette. Nous allions acheter un ranch et faire de
l'élevage ; je tiendrais en échec tous les voleurs de
troupeaux qui essaieraient de s'aventurer de ce
côté du Rio de la Plata. Je portais un large chapeau
et un pantalon de cuir, la poignée de mes pistolets
était incrustée de perles. Parfois, cependant, pour
plus d'émotion, je me laissais toucher d'une balle
en plein cœur et je mourais dans les bras de Josette,
pendant qu'elle portait tout doucement le poignard
à son cœur. Parfois, c'était elle qui mourait, mortel-
lement tuée et je me faisais sauter à la dynamite
avec le sheriff et tout le gang rival qui avait fait le
coup. Ou bien encore, nous avions un accident affreux
et elle était défigurée pour la vie, mais je continuais

à l'aimer, je l'épousais quand même, parce que c'était
pas seulement son physique que j'aimais, mais tout.
Ou bien encore, elle n'était pas défigurée, mais
perdait seulement la vue à la suite de l'émotion, mais
je restais auprès d'elle, naturellement, et je lisais
pour elle à haute voix le livre spécial pour aveugles
en écriture de Braille.

— Allons, allons, p'tite tête, ralentis un peu, disait alors Léonce.

Je ralentissais à regret et revenais vers la ville.

Je me procurai une carte grise et de faux papiers
en règle. Parfois, j'essayais de réaliser mon rêve et
je demandais à Josette de venir faire un tour en
voiture avec moi.

— J'aime pas la nature, disait-elle, on se salit.

Je finissais cependant par la convaincre, malgré
sa répugnance pour le plein air.

— Tu vas vite, répétait-elle avec admiration.
Comme tu vas vite !

J'appuyais à fond sur l'accélérateur. Elle se serrait un peu contre moi. Je plongeais dans la forêt
de Fontainebleau.

— Tu n'as pas peur ?

— J'ai peur de rien, l'assurais-je.

— De rien ? Et si j'attrapais quelque chose aux
poumons et que je mourais, comme dans *la Dame
aux Camélias* ?

— Tu sais, dans la vie, ça finit toujours bien,
disais-je. C'est pas comme dans les films.

— Réponds-moi, Lucky. Si j'attrapais quelque
chose aux poumons ?

Je savais exactement ce qu'il fallait lui dire. Je
jouais le jeu.

— Je te soignerai, je ferai un grand coup et avec de l'argent, tu sais... on peut tout. Je te ferai soigner par un grand spécialiste. Je ferai venir par avion le plus grand spécialiste d'Amérique et il te sauvera, à la fin. On est toujours sauvé à la fin, dans ces cas-là.

— Et s'il tombe amoureux de moi, ton spécialiste ?

— Je permettrai pas.

Elle réfléchissait, les sourcils froncés. Le vent faisait voler ses cheveux roux, seule tache d'automne dans toute cette verdure.

— Et s'il te dit : je vais la sauver, c'est O. K., mais après, elle est à moi ?

— Je laisserai pas.

— Alors quoi, tu me laisseras crever ?

— Je ne te laisserai pas crever, que tu es bête. Je lui dirai que c'est O. K. pour moi. Et après, quand il t'aura sauvée, on le foutra dehors.

— Et s'il est plus malin que ça et s'il veut que je l'épouse avant ? faisait-elle triomphalement. Avant de me soigner ! C'est un malin, tu sais.

Je ralentissais un peu. Il était impossible de résoudre un problème aussi délicat à cette vitesse. Naturellement, je savais très bien, où elle voulait en venir. Le dernier film qu'elle avait vu était « Assurance sur la mort ».

— O. K., disais-je. Il t'épouse, puis je le descends. C'est simple. On trouvera bien un truc pour le liquider sans faire de tache. Comme dans « Assurance sur la mort ».

Elle me regardait avec suspicion.

— Dans « Assurance sur la mort », c'est moi, au

fond, qui fais le coup. Et puis Fred Mac Murray est
pris à la fin. Il avoue tout.

— C'est un con, l'assurais-je. Moi, je dirai rien.
Tu peux dormir sur tes deux oreilles.

Elle m'entoura le cou des bras et m'embrassa. Je
faillis emboutir un arbre. Ce n'était pas souvent
qu'elle me prodiguait des marques d'affection. Je
soupirai. C'était simplement, pensai-je, parce que je
venais de tuer pour elle et que j'avais disposé du
cadavre sans laisser de trace...

Elle avait soif d'héroïsme.

XIII

Je venais voir souvent le grand tragédien de la
rue de la Huchette. Il exerçait sur moi une fascination étrange, me faisait un peu peur, m'attirait et
me repoussait en même temps ; en regardant en
arrière, je retrouve dans tout cela aujourd'hui, une
bonne part de superstition. Il y avait, en face de
notre maison, rue Madame, une librairie et dans la
vitrine, un horrible pantin se balançait au bout du
fil, parmi les ouvrages d'art et d'archéologie. Une
étiquette collée sur le monstre disait : « Porte-
bonheur. Fétiche des Nouvelles-Hébrides. » Souvent,
je traversais la rue exprès pour le regarder. Il avait
un visage noir, entouré de bandelettes et tout criblé
de points rouges, verts et bleus, son corps de pierre
était peint aux couleurs tendres, pâles ; ses bras,
raides et invisibles, sous des chiffons multicolores,
n'avaient pas de mains et se terminaient par des

bouts de bois pointus, ressemblant ainsi à des manches à balai brisés. Ce fétiche était tellement laid, tellement absurde, que je sentis immédiatement et avant d'avoir lu l'étiquette, qu'il devait y avoir, entre lui et la vie, une complicité profonde, cachée et que celui qui tenait l'un, tenait l'autre. Je l'achetai donc un jour et l'offris à Josette, qui le regarda d'abord longuement, sans mot dire.

— Ça porte bonheur ? demanda-t-elle enfin.

— Tu vois bien, c'est marqué dessus.

Elle n'osa pas discuter une preuve aussi décisive et conserva le fétiche sur son lit, comme une poupée... Et je crois que Sacha Darlington m'apparaissait également comme une espèce de fétiche, un fétiche vivant, qui se terre dans une petite chambre de la rue de la Huchette et cache soigneusement son jeu, et ce jeu est de tirer les ficelles qui commandent le destin des hommes. Je ne pouvais l'expliquer autrement : il était trop laid et trop repoussant... J'avais quinze ans et un grand besoin de croire à quelque chose ; pendant de nombreux mois, je crus ainsi à Sacha Darlington. Je ne venais jamais le voir les mains vides et lui faisais toujours de petits cadeaux, des offrandes : des cigarettes américaines, du chocolat, dont il était très friand, ou même un louis d'or et parfois, la nuit, lorsque le petit insecte grignotant m'empêchait de dormir et que j'essayais de trouver une explication au chaos qui m'entourait, j'invoquais le pauvre Sacha, je lui adressais des prières et lui demandais de m'accorder sa protection. Le vieux Pompon ne dut jamais se douter de l'impression profonde qu'il me faisait, mais il acceptait mes offrandes comme tout à fait naturelles, avec la dignité d'une

grande dame et finit même par devenir très exigeant
et par me coûter assez cher. Sans doute était-il convaincu que j'admirais en lui le « grand acteur du
muet » ; il me parlait d'ailleurs constamment de
Hollywood et de ses amis « Euphrate Cohen, le grand
Grec Papadopoulos et ce cher Mackintosh Fine »
avec une conviction telle que je les voyais constamment apparaître dans mes rêves, tous trois petits,
chauves, obèses et fumant des cigares ; je parlais de
ce rêve à Sacha, qui s'écria, levant très haut l'index
et les sourcils épilés :

— C'est ça, c'est bien ça, ils n'ont pas changé une
goutte. Vous n'avez pas remarqué si Euphrate
Cohen a toujours son chien avec lui, un beau berger
danois, très méchant d'aspect, au fond un cœur d'or ?

Non, je n'avais pas remarqué si Euphrate Cohen
avait son chien avec lui, mais, la nuit suivante, je
rêvai de lui encore et cette fois, il avait bien amené
son chien et c'était bien un berger danois, ce qui
prouvait, s'il fallût des preuves, que le grand tragédien ne mentait jamais. Je parlai à Sacha le lendemain de cette nouvelle apparition, mais il parut très
étonné et demanda « quel chien ? » en levant les
sourcils, très haut. Je crois que je commençais à
l'aimer vraiment. Il me suffisait, en montant l'escalier, d'entendre au n° 16 du troisième étage, une belle
voix de femme déclamer :

*Ce n'est pas d'un vulgaire poison de mélodrame
Que le duc de Reichstadt se meurt : c'est de son âme !*

pour que je me sentisse moins seul. Sacha avait la
manie du déguisement et se composait des têtes

effrayantes qu'il faisait admirer par les filles de la maison. Il appelait cela « jouer à la poudre d'escampette » et paraissait goûter beaucoup ces innocentes tentatives d'évasion. Naturellement, les clients de la maison qui croisaient dans l'escalier, alors qu'ils se rendaient à leur modeste plaisir, un corsaire borgne ou une atroce Mme de Pompadour, n'étaient que modérément rassurés par l'explication des filles que « c'est rien, c'est un vicieux ». Un jour, en arrivant à l'heure du déjeuner, j'entendis derrière la porte du 16, la voix de la reine mère qui disait :

— Mais enfin, Sacha, vous pourriez au moins ne pas lire à table. C'est le seul moment de la journée où je vous vois.

Je frappai à la porte et ne recevant, comme d'habitude, aucune réponse, j'entrai. Raspoutine était assis devant son potage et lisait Labiche.

— Bonjour, bonjour, fit-il amicalement. Très grand auteur, Labiche, ajouta-t-il. A part : qui l'eût cru !

Il se signa et aspira bruyamment une cuillerée de potage dont la moitié se répandit dans sa fausse barbe.

— Vous disiez quelque chose, Ninotchka. A part : elle m'emmerde !

Ninotchka grimaça un de ses sourires furtifs dont elle avait le secret, un sourire tremblant et humble de jeune fille. Elle se tenait assise toute droite sur sa chaise, les mains jointes devant elle sur le mouchoir de baptiste ; seule sa tête tremblait légèrement.

— Je vous demanderai aussi, Sacha, de ne plus vous montrer à l'avenir aux clients dans cette tenue. Je perdrai ma place.

— Du chantage ? A part : je vais lui foutre du cyanure dans le potage.

— Sacha, je vous en prie...

— Fichez-moi la paix. Si vous ne m'aviez pas arraché à mon art, il y a trente ans, je ne serais pas réduit à vivre à vos crochets. Vous m'avez fait rater ma vie. Parfaitement, cela explique tout. Pas besoin de chercher plus loin. Je tiens enfin quelqu'un de responsable, de directement responsable de mon échec. Car enfin, c'est tout de même un échec, non ? A part : je ne sais vraiment pas ce qui me retient.

Elle se leva sans mot dire et se dirigea vers la porte en pressant nerveusement le mouchoir contre ses lèvres ; elle pleurait.

— Voilà, déclara Raspoutine. Je me suis vengé. Ça fait trente ans que je me venge. C'est très commode, d'avoir ainsi quelqu'un, sous la main... A part : je ne suis pas heureux.

Il se leva, alla se jeter sur le divan. Nous ne parlions pas. Je savais qu'il était retourné derrière ses barreaux, dans son petit réduit obscur.

— Vous avez lu les journaux ?

— Non.

Il s'assit brusquement.

— Je suis inquiet. Les nouvelles sont mauvaises. Je me demande vraiment si l'Occident... Voyez-vous, avant tout, je suis un occidental. J'ai conscience d'appartenir à une certaine culture, à une certaine tradition. C'est pourquoi, bien que profondément libéral, j'ai toujours considéré l'écroulement de l'Allemagne comme un désastre. Ce n'est pas seulement de moi qu'il s'agit, mais de tout l'Occident. Les Bolcheviks seront là d'un moment à l'autre, il n'y a rien

pour les arrêter. La bombe atomique ? Ha, ha, ha,
laissez-moi rire. Vous méconnaissez entièrement
l'élément individu. Je vous dis : ils seront là. Naturellement, je pourrai m'adapter... Bien que, vous
connaissez les directives de Jdanov sur l'activité
artistique ? Inouï !

Il se leva, se promena rapidement entre le bidet et
le sofa.

— Il y a tout de même certaines disciplines que je
ne pourrai pas accepter. Je ne peux tout de même pas
trahir mon art... Tout ce qu'on veut, oui, mais pas
mon art. D'autre part, mes attaches avec l'aristo-
cratie russe... enfin, elles sont connues.

Il s'arrêta devant la table de toilette, saisit les ci-
seaux et se coupa rapidement les poils du nez.

— D'un autre côté... un grand écrivain français l'a
dit : le marxisme restitue à l'individu sa fertilité. Ce
serait merveilleux, merveilleux ! A soixante-trois ans,
je me mettrais brusquement à porter des fruits comme un jeune pommier...

Il se regarda dans la glace avec attention comme
pour voir s'il n'était pas déjà en train de fleurir.

— Le marxisme, au fond, hein ? une espèce de
grand printemps sur la terre. C'est très tentant... La
fonte des neiges. De toutes les neiges, remarquez-le
bien : y compris les neiges éternelles...

Se désignant :

— Je parle de moi.

Sacha ruminait de nombreuses théories vaguement
philosophiques. Je me souviens en particulier de l'une
d'entre elles, qu'il appelait « la théorie de symétrie ».
« Formidable, mon cher, une véritable révolution, je
n'emploie ce mot que sciemment, car Dieu sait qu'il

me dégoûte ! » Cela consistait à dire que chacun de nous vit dans deux mondes à la fois et que chaque fois qu'il accomplit une action dans ce monde, il accomplit, dans un autre monde, une action exactement opposée. Ainsi, tout ce qui était blanc dans ce monde, devenait noir dans l'autre « et réciproquement », disait Sacha en me clignant de l'œil d'un air complice. Je l'avais entendu exposer à plusieurs reprises sa théorie au bar, parmi les filles auxquelles il aimait à se mêler le soir, « après le spectacle ». Le principal avantage de sa théorie était apparemment qu'il suffisait d'être un assassin, ou un raté « ici », pour devenir automatiquement « en face », un ange de pureté et de sainteté. C'était vraiment très commode. Comme avait dit une fille fort justement, « ça poussait à la consommation ».

— Supposons, criait le vieux Sacha, en levant l'index, supposons que je me conduise dans cette vie que vous avez sous les yeux comme un être humain — une simple hypothèse ! — que je mène une vie normale calme, je dirais même : heureuse !... affreux ! vous vous rendez compte du résultat ? automatiquement, en face, je deviens une loque humaine, une ordure, une épave, que sais-je, moi ? un homosexuel ! hein ? affreux ! vous me suivez n'est-ce pas, je me brise mon autre vie, ma vie en face. Tandis que si, prudemment, je me vautre ici dans la bassesse et gâche ma vie avec pré-mé-di-ta-tion, en face, je fais une réussite colossale sans précédent. Vous me suivez ? Si je suis ici un pauvre acteur raté, en face, je suis peut-être en train de jouer « Hamlet » devant le président de la République, des fleurs partout, et quelles acclamations, écoutez-moi ça !

Le président sort de sa loge et dit : « Je m'incline ! » et il me colle sur la poitrine sa plaque de Grand'-Croix de la Légion d'honneur ! « A tout seigneur, tout honneur », dit-il et puis nous allons dîner ensemble à l'Élysée en cabinet particulier. Fumant ! Ça, c'était une minute ! « Fais-moi Hamlet, Sacha », m'ordonne-t-il et je lui fais Hamlet ! à lui seul ! Ça, c'était une minute ! Des écrevisses partout, du caviar, de la peluche rouge, des maîtres d'hôtel en perruque blanche et moi là, au milieu, sur le divan, un verre de champagne dans une main, un crâne dans l'autre, faisant Hamlet au président de la République ! Inouï ! Une telle minute compte dans la vie d'un grand tragédien. Et on voudrait que je me prive de ça, et pourquoi ? Au nom de quelques vagues questions de décence, de dignité humaine — vous connaissez ça, vous ? — de moralité, que je sacrifierai avec plaisir, ne serait-ce que pour un vague succès de province !

Il avait essayé de convertir à sa théorie les filles de la maison et y réussit assez bien. Je me souviens d'une soupe à l'oignon mangée très tard dans la nuit avec les filles et le vieux Pompon, qui pérorait.

— En somme, avait résumé une fille qui s'appelait Jenny, lorsque je fais un client ici, je me marie en face ?

— Parfaitement, jubila Sacha, un morceau de pain à la main, la cuiller dans l'autre. A l'église, toute en blanc ! De la fleur d'oranger partout !

— Bon, dit posément la fille. Et qu'est ce qui se passe en face lorsque je fais ici quarante clients dans une journée ?

Le grand tragédien ouvrit la bouche pour répondre

mais ne trouva rien et se fourra le morceau de pain entre les dents. Puis il bredouilla qu'il allait « travailler la question ». Il mangea sa soupe très rapidement et s'esquiva, sans nous souhaiter bonne nuit et en jetant à Jenny un regard venimeux.

XIV

Cette fille, Jenny, sortait de l'ordinaire. C'était une petite femme ronde, forte, très brune, avec un visage usé et bouffi où la tristesse, assez curieusement, avait choisi de se réfugier dans le sourire. Rue de la Huchette, les filles se tenaient généralement presque nues au bar, portant seulement des bas ou une culotte, ou un soutien-gorge, suivant ce qu'elles tenaient à cacher au client. Jenny portait un soutien-gorge et des bas noirs : elle avait des varices, ce détail ne l'empêchait du reste nullement d'être aimée et je me souviens, une après-midi, alors que Jenny était prise, un porteur des halles l'avait réclamée et comme il n'arrivait pas à se rappeler son nom, il avait dit :

— Vous savez, celle qui a des varices.

Dans cet attirail, Jenny se tenait généralement assise près de la vitre dépolie du bar et lisait. Lorsqu'un client venait, elle cachait rapidement son livre « pour ne pas rebuter les timides, qui n'aiment pas, expliquait-elle, les femmes intelligentes ». La maison était fréquentée par des étudiants de la Sorbonne, et Jenny était arrivée à leur soutirer quelques classiques, mais le plus souvent les livres qu'elle lisait étaient des ouvrages de vulgarisation scientifique, notamment ceux de Jean Rostand, qu'elle considérait comme « très instruit » ; elle attendait beaucoup, disait-elle, de la biologie. J'avais remarqué d'ailleurs que la plupart des filles, rue de la Huchette, attendaient toutes quelque chose ou quelqu'un, elles ne savaient trop quoi : des lettres, le vrai amour, la biologie, mais il n'y avait que les clients qui venaient toujours. Je discutais souvent avec Jenny et elle me parlait de la biologie et de la science en général, « qui allait tout changer ». Elle était d'avis qu'on ne pouvait rien changer dans la société avant d'avoir changé l'homme lui-même et qu'on avait déjà obtenu dans la culture de certains légumes, et en particulier des tomates, des résultats encourageants dans ce sens et que si on pouvait détourner les tomates de leur chemin, c'est qu'on pouvait le faire avec les hommes aussi, il y avait donc de l'espoir. On arrive bien à avoir des tomates sans pépins, disait-elle. L'homme sans pépins était apparemment ce qu'elle attendait. Ses camarades la considéraient comme un peu piquée et peut-être l'était-elle vraiment ; elles lui disaient aussi que toute cette biologie qu'elle emmagasinait à longueur de journée allait lui « dessécher le sentiment ». Telle était Jenny, avec ses idées peu répandues dans les maisons de troisième ordre comme celle de la rue de la Huchette, où les filles se recrutaient généralement dans les milieux peu éduqués. Elle lisait, elle lisait et lorsqu'un client entrait, elle le regardait avec espoir, comme une de ces tomates dont une méthode de culture nouvelle allait peut-être tirer, un jour, un miracle d'amour et d'abnégation. Elle aimait aussi beaucoup la

poésie, je l'ai trouvée une fois avec un recueil de
Jacques Prévert sur ses genoux nus.

— Si j'étais poète, dit-elle avec un soupir, j'écri-
rais comme ça.

J'avais remarqué depuis quelque temps déjà que
les visites de Léonce à la rue de la Huchette n'étaient
pas uniquement motivées par son amitié pour Sacha
Darlington. Je savais aussi que ses préférences
allaient à Jenny. Il y avait entre eux une différence
de près de vingt ans et Jenny manifestait pour
Léonce des sentiments maternels ; elle ne se déran-
geait pour personne, lorsqu'il était auprès d'elle.
Une ou deux fois, le dimanche, nous allâmes aux
Buttes Chaumont ensemble ; ils marchaient sans se
parler, se tenant par la main ; je pensais à Josette et
me sentais bien seul. Jenny venait de découvrir les
fables de La Fontaine et nous en lut une bonne vingtaine cette après-midi-là, sur le gazon. A la fin, elle
demanda à Léonce :

— Dis chéri, tu apprendrais une fable par cœur,
pour moi ?

— Non, mais, t'es folle ! s'indigna Léonce.

— Tu ferais pas ça pour moi ? En voilà une justement qui est bien jolie...

Elle lut :

Deux pigeons s'aimaient d'amour tendre...

Lorsqu'elle eut fini, elle soupira, ferma le livre et
dit :

— C'est tout de même beau l'amour, quelquefois,
il y a pas de doute...

Je ne pensais plus à cet incident lorsque, quelques

jours après, en entrant inopinément dans le salon
avec le vieux Vanderputte pour y prendre de l'insuline, je trouvai Léonce assis sur la bergère, un livre
à la main, en train de répéter, les yeux fermés :

> *Deux pigeons s'aimaient d'amour tendre.*
> *L'un d'eux s'ennuyant au logis*
> *Fut assez fou pour entreprendre*
> *Un voyage au lointain pays...*

Naturellement, je savais fort bien quel était l'autre
pigeon, mais le vieux Vanderputte le comprit diffé-
remment. Il s'assit dans un fauteuil, sortit son mouchoir, se moucha et dit plaintivement :

— Tu vas pas me faire ça, Léonce ? Tu vas pas
me quitter ? Cette petite poésie, c'est seulement pour
me faire peur ?

L'idée que le vieux Vanderputte se prenait pour
un des deux gentils pigeons de La Fontaine nous
parut tellement énorme, que nous fûmes pris de fou
rire et ce rire provoqua chez le vieux une réaction
inattendue. Il nous regarda : sa bouche s'ouvrit, une
lueur d'incompréhension, de doute, passa dans ses
yeux. Il demeura un instant figé, nous dévisageant,
tournant la tête de l'un à l'autre, avec stupeur, écou-
tant notre rire moqueur, puis, lentement, sa main se
leva, se ferma — il brandit le poing silencieusement,
le corps raide, incapable encore de trouver des mots
à sa rage, puis, d'un bond, il fut hors du fauteuil,
il se pencha en avant et brandissant toujours le
poing, il se mit à hurler d'une voix tremblante, furieuse, où passaient de temps en temps des accents
plaintifs, larmoyants :

— Alors, je ne compte pas ? Une fable, je ne peux pas comprendre ça, c'est pas pour moi, je suis trop moche ? Tas de petits chenapans !

Nous n'étions que deux, mais dans sa rage, il devait voir vraiment autour de lui des millions d'ennemis et tous, ils le méprisaient et se moquaient de lui et le montraient du doigt...

— Voyous, bandits ! La Fontaine, c'est pour tout le monde ! Imbéciles ! Ça s'applique à moi aussi, je ne suis pas exclu, je suis un homme comme les autres... je suis comme tout le monde et c'est bien ça qui est dégueulasse ! Et s'il n'y avait pas eu moi, il n'y aurait pas eu La Fontaine non plus, il n'y aurait pas eu de fables rien, rien, il n'y aurait eu ! Le loup, hein, le loup ça n'existe peut-être pas chez La Fontaine ? Et le renard, il n'existe peut-être pas non plus ? Et le rat, tenez, le rat ? qu'est-ce qu'il aurait fait, La Fontaine sans le loup, sans le renard et sans... sans moi ? Tas de petits mal éduqués ! Si La Fontaine était là, il viendrait me dire merci, il me baiserait les pieds ! sans moi, il n'aurait rien écrit du tout, il m'aimait, tenez parfaitement, il m'aimait, comme il aimait tous les autres... animaux ! C'est dans la nature ! Tas de petits albigeois égoïstes, tas de petits mort-nés !

De grosses larmes coulaient dans ses rides mais son désespoir lui-même était drôle et sa colère, les bouts de phrases sans queue ni tête qui lui échappaient, ne faisaient qu'augmenter notre fou rire.

— Je ne peux pas être aimé, peut-être ? Eh bien en 1912, j'ai été aimé comme vous ne le serez jamais, je peux vous montrer les photos... tas de petits sénégalais ! Et qu'est-ce que vous y connaissez, d'ailleurs ? Je ne vois pas du tout pourquoi je perds mon temps à discuter avec vous. Vous n'êtes que de petits trafiquants, sans éducation, l'écume du marché noir ! Moi, j'ai mon certificat d'études, j'ai été à l'école jusqu'à quatorze ans, je les ai apprises par cœur, ces fables, et si vous ne me croyez pas, je peux vous les réciter encore, tenez !

Il chercha, dans sa mémoire, regarda désespérément autour de lui et murmura :

> *Un corbeau sur un arbre perché*
> *Tenait dans son bec un fromage.*
> *Un renard... un renard...*

Il s'arrêta net. Nous n'en pouvions plus. Le spectacle du vieux Vanderputte, en gilet, son plaid écossais jeté sur les épaules, nous menaçant du poing et essayant en vain de se rappeler une fable de La Fontaine comme s'il se fût agi pour lui d'une question de vie ou de mort, nous avait achevés. Léonce se tordait sur le divan, j'étais écroulé dans un fauteuil...

— Je ne me rappelle pas celle-là, hurla Vanderputte, fou furieux. Mais j'en connais une autre... vous serez confondus. J'ai été au collège, chez les Pères, même que j'ai eu un accessit de botanique ! Attendez, attendez un peu, tenez !

Il se pencha vers nous triomphalement :

> *Perrette sur sa tête ayant un pot au lait*
> *Bien posé sur un coussinet,*
> *Pensait arriver sans encombre à la ville.*

Il la savait vraiment, celle-là. Et lorsqu'il en fut
à « Adieu, veaux, vaches, cochons, couvées » il
baissa la voix, ses épaules se voûtèrent, il se tut, nous
tourna le dos et s'en alla sur ses jambes rondes. Pendant plusieurs jours, il ne quitta pas sa chambre. Il
était tombé malade. Il fallut lui placer son porridge
devant la porte, il le prenait quand nous étions partis.
Puis il réapparut et se déplaça furtivement dans
l'appartement sans nous parler. Je l'observais en
cachette. Il sentait d'ailleurs immédiatement un regard se poser sur lui. Un jour, j'avais laissé mes
yeux une seconde de trop sur son visage — il était
en train de manger sa bouillie — lorsqu'il leva brusquement la tête et saisit mon regard au vol. Il s'arrêta de manger, demeura sans bouger, la bouche
pleine, puis avala, et se mit dans une de ses rares
colères violentes qui lui venaient lorsqu'il avait peur
ou qu'il était humilié.

— Je vous défends de me regarder comme ça !
cria-t-il. Je ne veux pas être espionné dans ma propre maison, c'est bien compris ? Je suis chez moi ici,
j'ai le droit qu'on me fiche la paix !

Il saisit l'assiette et courut s'enfermer dans sa
chambre. Je dissimulai donc de mon mieux ma curiosité, mais ne cessai pas de l'observer. Il avait des
manies étranges. Par exemple : il ramassait toujours
tout ce qui traînait. Lorsqu'il marchait dans la rue,
il gardait toujours les yeux rivés au sol et ne regardait jamais le ciel, où, disait-il, il était rare de trouver
quelque chose. Sa chambre était envahie par des
objets biscornus et rigoureusement sans valeur, des
choses dépareillées et perdues comme lui-même. Elle
était pleine de breloques rouillées, de bouts de ficelle,

de petits rubans sales, de boutons, de capsules, de
bouteilles de médicaments vides, de broches cassées,
de tout un invraisemblable bric-à-brac qu'il gardait
précieusement, comme des fétiches, comme s'il adorait et cherchait l'humanité jusque dans ses traces
les plus humbles, jusque dans ces débris dont elle
jonchait son chemin. Je le voyais passer des heures
à rêver devant une clef à laquelle il tenait simplement parce qu'elle était rouillée et n'ouvrait plus
aucune porte. Il avait décoré les murs de vieilles
cartes postales qui dataient souvent d'avant l'autre
guerre. Tout était vieux, dans sa chambre, le seul
objet d'art contemporain qu'il y avait accueilli était
une photographie en couleurs du maréchal Pétain,
moins pour des raisons patriotiques, sans doute, que
pour faire comme tout le monde. Un jour, alors que
j'admirais au-dessus de son lit, une carte postale
représentant un superbe artilleur à côté de sa pièce,
Vanderputte déclara :

— C'est moi.

— Comment, c'est vous ?

— C'est moi, l'artilleur. J'ai un peu changé depuis,
hein ?

Je lui dis qu'il avait bien changé en effet.

— Oui, dit le vieux, en regardant la carte, les
couleurs sont parties, naturellement.

Il soupira.

— Je posais pour un fabricant de cartes postales.
Sujets de famille, uniquement. J'ai jamais voulu me
faire photographier pour des cochonneries. On pouvait me mettre dans toutes les mains.

Il s'agenouilla, tira en soufflant une grosse valise
de sous le lit et en sortit un énorme tas de cartes

postales, qu'il jeta sur le lit. On y voyait un Vanderputte de vingt ans danser la valse, Vanderputte sur
une balançoire, Vanderputte écrivant un poème sous
un abat-jour rose, Vanderputte en vélocipède, toujours accompagné d'une sorte de muse, vêtue de
voiles nuageux. Chaque carte s'ornait de quelques
vers noblement sentis et le vieux me les lisait à
haute voix, en remuant les moustaches et me tendant
les cartes une à une, comme s'il commentait un album
de famille :

— Un seul être vous manque et tout est dépeuplé,
disait-il, comme on dit :

— Ça c'est papa et maman à Châtelguyon.

Il fouilla encore dans sa valise, qui me lança au
nez une vague de poussière et une forte odeur de
naphtaline.

— Regardez, jeune homme, dit-il triomphalement.
Ça aussi, c'est moi... Vous voyez bien que j'ai été
jeune, moi aussi.

C'était une photographie. Elle représentait un
bébé entièrement nu, couché sur le ventre et qui
regardait l'objectif avec étonnement.

— C'est moi, dit fièrement le vieux Vanderputte.

Je regardai le bébé et puis je regardai ce qui en
restait. Le vieux était assis sur une chaise, le plaid
écossais jeté sur les épaules, la casquette sur la tête.
Le visage était bouffi, blême, le petit nez fripé et
couperosé, deux plis profonds, comme coupés au
couteau descendaient à travers les rides jusqu'à la
grosse moustache brûlée par le tabac, que son souffle
difficile d'enrhumé chronique faisait trembler continuellement ; il se grattait de ses doigts osseux et
tremblants une joue grise où le poil se montrait

toujours vers l'après-midi. Les yeux étaient moites, troubles, un peu brouillés par une angoisse profonde, on se demandait ce qu'ils pouvaient bien voir, pourquoi ils couraient ainsi continuellement comme s'ils cherchaient une sortie, ou un trou pour se cacher ; il se les essuyait tout le temps de son gros mouchoir, mais peut-être était-ce seulement pour les cacher.

— Hein ?

— Il y a en effet quelque chose, murmurai-je, la gorge serrée.

— N'est-ce pas ? dit Vanderputte, avidement.

Il se leva, se pencha par-dessus mon épaule, me soufflant dans la nuque.

— Hein ? insista-t-il.

Je ne savais pas ce qu'il me voulait, je ne pouvais rien pour lui.

— Il reste toujours quelque chose, n'est-ce pas ? Tout ne fout pas le camp. Pas entièrement, pas entièrement. Tenez, les yeux par exemple, prenez les yeux... Hein ?

— Oui, oui, les yeux, murmurai-je.

J'évitai son visage, je ne regardai que la photo.

— Ils n'ont pas tellement changé, hein ? Mais le reste, naturellement... C'est la vie.

— Oui, c'est la vie.

Il m'arracha la photo des mains, la regarda.

— Je pesais sept livres et demi, à ma naissance...

Il eut un petit rire gêné.

— J'ai gagné le concours du plus beau bébé, à Ostende, en 1877, dit-il.

Brusquement, il courut tourner le bouton de son poste radio, près du lit ; il parcourut rapidement

toute la gamme — quelques craquements, des voix
de grand opéra, un lambeau de rire, un bout de musique, un cri — puis il coupa : on eût dit que, pris
d'un doute atroce, il avait voulu s'assurer que les
hommes existaient bien, autour de lui, qu'il n'était
pas seul, que le monde était toujours là, qu'il continuait à émettre... Il ramassa ensuite les cartes postales et la photo, courut les enfouir au fond de son
coffre.

— Ça restera entre nous, jeune homme ? Je peux
vous faire confiance.

Je promis ; je ne savais pas très bien d'ailleurs
ce qu'il voulait cacher, mais je sentais tout de même
que j'avais été définitivement admis parmi les vieux
clous, les bouts de ficelle, les pots de médicaments
vides et tous les débris inutiles qui lui tenaient compagnie.

Cet amour instinctif qu'il avait pour les objets
déchus, cette espèce de sollicitude fraternelle dont il
les entourait, avaient je ne sais quoi de poignant et
c'est lorsque je le vis pour la première fois s'arrêter
dans la rue, ramasser un peigne édenté et le glisser
dans sa poche, que je me rendis compte à quel point
ce vieil homme était seul. Les antiquités, les beaux
objets de valeur finement travaillés ne l'intéressaient
pas : il ne s'attachait qu'aux épaves. Elles s'accumulaient dans sa chambre et la transformaient en
une immense boîte à ordures, une sorte de maison
de retraite pour vieilles fioles et vieux clous. Ce désordre mettait Kuhl hors de lui. Je me souviens que
peu de temps après mon arrivée chez les rats des
villes, le jour même où les journaux décrivaient avec
jubilation les dévastations causées par la première

bombe atomique lancée la veille sur Hiroshima, Kuhl
et Vanderputte avaient failli se brouiller à mort à
cause d'un bout de ficelle que Vanderputte avait
voulu ramasser dans la rue. Kuhl était devenu blême
de rage, il s'était précipité en avant, il avait placé son
pied sur la ficelle et refusait de bouger.

— Permettez, dit Vanderputte, en le poussant
légèrement, il y a là, cher ami, un petit bout de
ficelle...

— Non, dit Kuhl, sourdement.

— C'est-à-dire, comment cela, non, cher ami ?
piailla Vanderputte. Pourquoi non ? De quel droit
non ?

— Non ! se borna à gronder Kuhl, en serrant les
poings, et derrière son pince-nez, ses petits yeux de
pachyderme étincelaient comme des diamants.

— Mais, cher ami, saperlipopette, permettez, tout
de même ! J'ai vu cette petite ficelle avant vous !

— Non, souffla Kuhl, que la colère étouffait, je
ne permets rien du tout ! Je ne serai pas l'ami d'un
chiffonnier !

Comprenant alors qu'il s'agissait d'une question
de principe, Vanderputte perdit complètement la
tête. Il se mit à bondir autour de Kuhl comme une
sauterelle détraquée, en le menaçant du poing, puis,
voyant que l'Alsacien refusait toujours de bouger,
il le saisit des deux mains au mollet et essaya de soulever sa jambe, en hurlant, pendant que Kuhl, le
buste parfaitement immobile et la tête haute, lui
assenait, avec une précision d'automate, des petits
coups rapides de parapluie sur la tête. L'attitude de
Kuhl, son corps énorme et massif, faisaient que
Vanderputte paraissait s'acharner contre un beau

bronze ; il geignait, haletait, pendant que Kuhl
devenait seulement de plus en plus pâle ; finalement,
les deux amis se mirent dans un tel état que je dus
les mener chez un pharmacien ; Vanderputte s'était
mis à saigner du nez et Kuhl fut pris d'un tremblement nerveux de tout le corps et avait même dû
garder le lit pendant quelques jours. Leurs querelles
se terminaient presque toujours ainsi, devant un
verre d'eau où ils versaient, d'une main que la rage
faisait encore trembler, quelques gouttes visqueuses,
qu'ils comptaient attentivement, en remuant les
lèvres. Ils avaient, pour leurs organes, un respect
religieux et chacun témoignait aux organes de l'autre un intérêt affectueux et paternel. J'ai déjà dit
que Vanderputte était diabétique et avait des ulcères à l'estomac ; d'avril à la mi-juin, il souffrait
également du rhume des foins et de l'eczéma ; Kuhl
avait de l'asthme et quelque chose de sérieux au
cœur. Il était souvent obligé de garder le lit. Vanderputte allait alors le voir ou bien lui envoyait, par
mon intermédiaire, des médicaments patentés et du
porridge, qui était leur plat favori. Kuhl vivait dans
un meublé à Montmartre, rue des Saules. Lorsque
j'y pénétrai pour la première fois, je me souviens
que sa chambre me causa une sensation étrange de
vide, d'absence : on eût dit que personne ne l'habitait. Tout y était rangé, rien ne traînait, rien ne
trahissait une présence, si ce n'est Kuhl lui-même,
qui était couché : il paraissait d'ailleurs rangé dans
son lit, plutôt que simplement couché. Il était évident que son souci principal, dans la vie, était de ne
laisser aucune trace et de ne pas faire de taches. Je
lui donnai le médicament que j'apportais ; il le prit

dans un peu d'eau et marqua aussitôt l'heure exacte
dans son petit carnet en peau de porc. Il m'expliqua
qu'il avait une maladie de cœur et parut gêné : on
voyait que c'était là, dans sa personne, un signe de
désordre dont il avait honte. Il me dit ensuite que
si j'ouvrais le deuxième tiroir de la commode, j'y
trouverais, au fond, entre une boîte de gommes à
effacer et un mouchoir, un bonbon acidulé et que
se pouvais le manger. J'ouvris le tiroir et à l'endroit
indiqué, je trouvai en effet un bonbon acidulé, un
leul, soigneusement enveloppé dans du papier ; je
je mangeai. Je m'apprêtais à partir, mais il me demanda brusquement :

— Assieds-toi.

Je m'assis ; je n'étais pas pressé et je pensais qu'il
avait quelque chose à me dire. Mais il n'ouvrit pas
la bouche. Il devait simplement avoir besoin de
compagnie. Au bout d'un quart d'heure, il parut se
rappeler quelque chose et me pria d'ouvrir l'armoire ;
il y avait là, sur l'étagère, dans des souliers vernis
qui s'y trouvaient, dans le soulier droit, exactement,
une demi tablette de chocolat ; je pouvais la manger.
Je trouvai en effet la tablette dans le soulier ; je la
mangeai ; elle était couverte de moisissure et avait
un goût rassis ; elle avait dû séjourner dans le soulier
de nombreux mois. Kuhl s'excusa de ce désordre et
m'expliqua qu'il avait placé le chocolat dans le
soulier pour le soustraire à la gourmandise de la
femme de chambre, qui volait tout. Je restai encore
une heure environ ; chaque fois que je faisais mine
de me lever, Kuhl m'offrait quelque chose ; la dernière fois, ce fut une orange, mais elle était complètement desséchée, il l'avait cachée dans une boîte,

sous un tas de revues de médecine et l'avait oubliée
là depuis plus d'un an. Il parut d'ailleurs tellement
confus de ce signe de désordre que je crus bon de
partir là-dessus pour lui permettre de cacher son
embarras. Il me fit tout de même prendre dans la
poche intérieure droite d'un veston d'alpaga rangé
dans la commode, un ticket de métro pour le retour.
Les deux amis accumulaient dans leurs logis des
collections de revues médicales ; Vanderputte s'était
spécialisé dans les recherches d'un savant soviétique
qui visaient à prolonger la vie humaine ; lorsqu'il
abordait ce sujet, ses yeux se mouillaient de grati-
tude anticipée ; il sortait son gros mouchoir et se
mouchait bruyamment ; il évoquait tout ce que
l'homme pourrait accomplir s'il lui était donné de
vivre ne serait-ce que jusqu'à cent vingt-cinq ans ;
toute la sagesse qu'il pourrait acquérir et dont il
ferait bénéficier ses semblables ; Vanderputte s'élevait alors, dans ses moyens d'expression, dans la
puissance du verbe, à une certaine hauteur poétique,
il planait, il fréquentait les sommets ; d'ailleurs,
précisait-il, il ne parlait bien entendu pas de lui-
même, mais seulement en général, au nom de l'espèce et Kuhl approuvait, d'un geste bref de la tête,
ôtait sa pipe des lèvres, soufflait un nuage de fumée,
le suivait du regard — l'espèce, oui, l'intérêt de
l'espèce, l'humanité, l'humanisme — les deux amis
demeuraient silencieux et rêveurs, il faisait bon de
s'élever à une certaine hauteur, de se sentir profonds
et désintéressés. D'ailleurs, Kuhl, malgré son poids,
était sentimental, bien qu'il s'en cachât, sachant
qu'à partir d'un certain degré d'obésité il était ridicule de montrer du sentiment ; mais au seul mot

« humanité », on le sentait devenir tout mou à l'intérieur, tout mouillé, quelque chose s'ouvrait en lui délicatement, comme une huître, et secrétait l'émotion ; quant à Vanderputte, il évitait de prononcer ce mot devant témoins, cela le gênait. Lorsque la conversation des deux amis prenait ce chemin, ils me priaient de sortir. Une fois, cependant, la curiosité m'avait poussé à écouter à la porte et j'entendis Kuhl déclarer à voix basse qu'il fallait sacrifier le présent à l'avenir et s'élever, dans l'immédiat, au-dessus de certaines considérations même humanitaires en apparence ; il fallait d'abord s'épurer, ensuite se reproduire, empêchant ainsi que certaines décadences biologiques ne se muassent en décadences politiques ; il fallait, disait-il, en élevant légèrement la voix, désinfecter dès maintenant l'humanité, la purifier — il regardait profondément Vanderputte dans les yeux — la débarrasser de tous les corpuscules étrangers qui s'y glissent et alourdissent son cours, — Vanderputte détournait craintivement les yeux — il fallait — ici, Kuhl levait son verre de camomille et le regardait à la lumière — il fallait faire en sorte qu'on ne puisse déceler aucun dépôt floconneux — il buvait une gorgée, remuait encore une fois le sucre avec une petite cuillère en argent qu'il déposait ensuite délicatement sur la soucoupe, après seulement, concluait-il, pourra-t-on la canaliser, lui assurer un débit régulier et un cours paisible dans sa direction historique, lui donner en somme, et pour la première fois, un sens. Il buvait encore une gorgée de camomille et soufflait un peu, parce que c'était chaud. Pour l'instant, soupirait-il, l'humanité n'abreuvait que des marécages... Il se taisait, méditait profondément, oubliait la camomille qui se refroidissait. Il fallait, reprenait-il, en baissant confidentiellement la voix, non par crainte d'être entendu, sans doute, mais par un respect quasi religieux du sujet, il fallait établir dans le monde des comités d'épuration permanents — des filtres, oui, des filtres — qui assureraient la salubrité des eaux et élimineraient sans pitié tous les éléments de stagnation, les corpuscules. Vanderputte, qui était devenu tout pâle et s'agitait nerveusement dans son fauteuil, se leva d'un bond.

— Permettez, cher ami, permettez ! cria-t-il. Ceci devient parfaitement intolérable ! Je n'admets pas qu'on me parle sur ce ton dans ma propre maison ! Tenez, cher ami, je commence à avoir des tremblements, des rétrécissements, des spasmes, des...

Il se précipita hors du salon et courut s'enfermer à double tour dans sa chambre. Kuhl ne parut pas particulièrement surpris ; il gloussa deux ou trois fois, attendit un moment en tirant sur sa pipe, puis se leva, s'approcha de la porte et écouta : rien ne bougeait dans la chambre, le malheureux corpuscule devait retenir son souffle, tapi dans un coin. Kuhl écouta quelques bonnes minutes, gloussa avec satisfaction, puis prit son chapeau, son parapluie, une boîte de porridge que le vieux lui avait préparée, ainsi que l'enveloppe que Vanderputte lui remettait chaque semaine et s'en alla. Cette enveloppe hebdomadaire m'intriguait beaucoup. J'interrogeai un jour le vieux à son sujet.

— Hé oui, jeune homme, hé oui, me répondit-il avec un soupir, il faut bien avoir un vrai ami dans la vie.

Il précisa d'ailleurs tout de suite sa pensée :

— Dans la vie, oui, et à la préfecture de police, en général...

Il me cligna de l'œil. Il se méfiait d'ailleurs de l'Alsacien et verrouillait la porte de sa chambre depuis le jour où Kuhl s'y était introduit en son absence et en avait fait l'inventaire détaillé, marquant soigneusement chaque objet sur son petit carnet en peau de porc. Avant de sortir, il n'avait pas pu s'empêcher de faire un peu d'ordre autour de lui et à son retour, Vanderputte avait trouvé la chambre rangée, nettoyée, astiquée, aérée, — on eût dit, racontait plus tard le vieux avec horreur, qu'un cyclone avait balayé les lieux. Devant ce désastre, Vanderputte avait d'abord poussé un hurlement effroyable, puis s'était trouvé mal, il avait fallu appeler le praticien. Plusieurs mois d'un labeur de fourmi suffirent à peine au vieux pour recréer autour de lui un désordre familier ; du reste, certaines épingles, certaines aiguilles de montre et toute une collection de ressorts à boudin aux formes particulièrement curieuses, n'ont jamais été retrouvés. L'horreur de ce que Kuhl avait accompli hanta Vanderputte pendant longtemps : « On aurait dit, se rappelait-il, que j'étais mort et que la chambre était à louer. » Kuhl s'était présenté à plusieurs reprises pour faire des excuses et toucher son enveloppe hebdomadaire, mais ne fut jamais admis. Finalement, Vanderputte, qui n'était pas rancunier, le reçut tout de même, assis dans un fauteuil avec le sourire faible et indulgent de quelqu'un qui est trop atteint pour se soucier encore des choses de ce monde, ce qui ne l'empêcha pas, du reste, de traiter Kuhl d'assassin et de petit

voyou, ce dernier terme, appliqué à la masse impo-
sante qu'était l'Alsacien, avait sonné haut et clair
comme un défi. Cette horreur du neuf, ce goût pour
les débris, Vanderputte les manifestait jusque dans
sa façon de s'habiller. Il se procurait des vêtements
d'occasion chez un fripier des quais. Parfois, lorsque
je le voyais ramasser dans la boutique un pantalon
particulièrement râpé, tâter soigneusement chaque
bouton, frotter délicatement de l'ongle les taches, ou
retourner les poches pour recueillir dans le creux de
la main quelques grains de tabac, ou peut-être, un
mouchoir moisi, je sentais une sorte d'intimité profonde s'établir immédiatement entre le vieux bonhomme et les vieilles hardes, un courant de sympathie, de compréhension. Je me souviens ainsi d'un
certain veston d'alpaga avec lequel Vanderputte
était entré en relation un jour qu'il avait éprouvé
le besoin d'élargir son cercle de famille. Le magasin
du fripier se trouvait sur les quais, entre deux bou-
tiques de marchands d'oiseaux ; gravés sur la vitre,
il y avait les mots : « Vêtements neufs, d'occasion
et à louer. » Le fripier, un M. Jourdain, était un
bonhomme âgé ; il portait sur sa belle tête de pen-
seur barbu, une calotte de velours noir extrêmement
sale ; il était l'éditeur, le rédacteur en chef et l'unique collaborateur d'une publication anarchiste violemment anti-cléricale, *le Jugement dernier*, qu'il
distribuait gratuitement tous les dimanches à la
sortie des églises et qu'il envoyait régulièrement,
depuis trente-cinq ans, au curé de Notre-Dame,
avec lequel il était devenu ami. Il nous accueillit
avec une mine sombre, se plaignit du manque de
charbon — on était en juin — et à la question de

Vanderputte, qui s'enquérait de l'état de ses organes, il se plaignit amèrement de la vessie, de la prostate et de l'Assemblée nationale, dont il décrivit le mauvais fonctionnement et le rôle néfaste en des termes profondément sentis.

— L'homme, l'homme ne vaut plus rien, conclut-il, en nous entraînant dans sa boutique. Imaginez-vous, mon bon monsieur, hier soir, juste avant la fermeture, il y a un individu qui vient me louer un habit. Je lui loue un habit, une paire de souliers vernis et je suggère naturellement un chapeau cla-que. « Vous croyez ? » fait-il. Je lui demande : « C'est pour un mariage ? » Il réfléchit un peu — il n'avait pas l'air de savoir très bien pourquoi c'était — j'au-rais dû me méfier. « Non, finit-il par dire, c'est plu-tôt pour un divorce. Enfin, je prends le petit cha-peau également. » Je lui propose de faire un paquet. « Non », dit-il, et il ajoute cette phrase bizarre : « C'est pour être mangé tout de suite. » J'aurais dû me méfier ! Il passe derrière le paravent, s'habille. « Vous n'auriez pas une canne à pommeau d'ar-gent ? » Je lui trouve une canne à pommeau d'ar-gent. Bref, il sort de la boutique, va sur le Pont Neuf, se fout dans la Seine, se noie. Quelle époque, mon bon monsieur : un habit presque neuf !

— On ne l'a pas repêché ?

— Si, mais le lendemain seulement et naturelle-ment, il était tout rétréci. Et il avait perdu la canne... une perte sèche, quoi.

— Et qu'est-ce qui l'a poussé à ?...

— La peur du communisme, pardi. C'est une vé-ritable épidémie. Les gens sautent dans la Seine, se brûlent la cervelle, avalent du poison ou même

se précipitent et s'inscrivent directement au parti.
La panique, quoi. Mais pourquoi exagérer, je vous
le demande, pourquoi, tout de suite un habit, une
canne à pommeau d'argent... pourquoi vouloir entraîner un autre dans sa perte? Je ne comprends
pas !

— Il n'y a pas de doute, admit Vanderputte, se
rappelant sans doute les propres paroles de Kuhl, le
Français est trop individualiste, trop préoccupé de
lui-même. A propos, ajouta-t-il, j'aurais besoin d'un
veston. Quelque chose de sérieux, naturellement.

M. Jourdain appuya le bout de l'index sur son
menton et réfléchit, pendant quelques secondes. Il
avait l'air de faire mentalement l'inventaire de sa
boutique, de retourner par la pensée chaque tiroir,
à la recherche de l'article désiré. Ensuite, d'un geste
adroit, il tira de sa penderie quelque chose de miteux et qui sentait la naphtaline.

— Ce veston avait appartenu à un conseiller à la
Cour des Comptes, remarqua-t-il, en époussetant
l'article.

Vanderputte regarda rapidement à l'intérieur du
veston, comme pour voir si l'ancien propriétaire ne
s'y trouvait pas encore.

— Vous dites, quelqu'un de bien?

— Un conseiller à la Cour des Comptes, ce n'est
pas de la crotte. Tenez, vous voyez, sur ce revers,
un endroit déteint?

— Les palmes, sans doute? murmura Vanderputte respectueusement.

— Commandeur de la Légion d'honneur, l'écrasa
le fripier.

Ils continuaient tous les deux à tripoter le veston,

le fripier caressait la doublure, Vanderputte errait
à la surface, son doigt rencontra un trou considérable, dans lequel il plongea.

— La mite a été particulièrement mordante, cette
année, reconnut M. Jourdain. Heureusement que les
Américains y veillent, ils ont inventé une arme nouvelle qui va résoudre tous nos problèmes et...

— Je sais, je sais, coupa Vanderputte, avec impatience. Le petit trou, aucune importance. Je peux
connaître le nom ?

— Gestard-Feluche, dit le fripier d'un air confi-
dentiel. Une très belle famille. Vous avez sans doute
entendu parler. Mais enfin, il y a le petit trou...

Il arracha le veston des mains de Vanderputte,
le roula en boule et le jeta au fond de la penderie.

— Permettez, permettez, protestait Vanderputte.

Il se pencha, ramassa le veston et le déploya au
bout du bras, chassant d'une main les plis de sa surface. Il y avait là une belle amitié en train de naître.
Vanderputte mit le veston et se présenta devant la
glace. Gestard-Feluche avait incontestablement l'air
miteux. De plus, il serrait un peu aux entournures ;
il avait tendance à reluire.

— Il a pris sa retraite il y a deux mois seulement,
dit le fripier. S'est retiré à Nice avec sa famille. Ils
ont une propriété là-bas. Trente hectares. Des mi-
mosas partout.

— Des enfants ?

— Une fille, mariée à un industriel de Lyon, dit
M. Jourdain. Ils sont dans la soie. Très grosse fortune.

Vanderputte hésitait encore ; M. Jourdain l'observait avec un sourire crispé, remuant nerveusement

ses longs doigts osseux. Il s'approcha rapidement de
Gestard-Feluche et lui tâta les poches d'un air sou-
cieux.

— Ça me fait penser, dit-il. Je crois bien que M.
Gestard-Feluche a oublié certains objets personnels
dans les poches, un cure-dent en ivoire, un fume-
cigarette...

Vanderputte posa rapidement ses mains sur les
poches du veston.

— Laissez, laissez, fit-il. Nous verrons cela après.

— Si vous permettez, je vais tout de même...

— Mais non, laissez, je vous dis, se fâcha Vanderputte, en reculant et en défendant ses poches. D'ailleurs, je prends ce veston.

— Enfin, comme vous voudrez, dit M. Jourdain.
Je crois même qu'il y a une espèce de vieille breloque
avec une petite serrure et une sorte de chaîne avec
une minuscule clef au bout, un objet très personnel,
quelque chose comme un médaillon... Je vous l'enveloppe ?

— Je le garde sur moi, fit précipitamment Vanderputte, d'une voix émue.

Il s'empressa de payer et de fuir avec son nouveau
trésor. M. Jourdain nous suivit jusqu'au seuil, puis
retourna comme une mite à ses vieux habits. J'avais
à faire dans le quartier et je me séparai de Vanderputte. Je fis quelques pas, puis me retournai : le
vieux trottait rapidement en caressant d'une main
la manche de Gestard-Feluche, je suis sûr qu'il lui
parlait. Parfois, un jeune zazou, pressé par le besoin
d'argent ou victime d'une période creuse dans les
affaires, volait quelque chose dans un vestiaire ou
dans un bar et apportait le produit du larcin à Van-

derputte. Celui-ci avait horreur d'être mêlé à des actes qu'il qualifiait hautement de « malhonnêtes » et refusait énergiquement de servir de receleur. Mais s'il s'agissait d'un objet personnel, d'un manteau, d'un sac à main, d'une paire de gants, sa colère tombait immédiatement, il grommelait un peu dans ses moustaches, pour le principe, tournait autour de l'objet puis le saisissait, et courait l'enfermer dans sa chambre, d'où il ne sortait jamais. Sa chambre s'était transformée ainsi peu à peu en un vestiaire : en entrant, on était entouré de toutes parts par des manteaux affalés sur les dossiers de chaises, des vestons bossus, des chapeaux posés un peu partout et d'innombrables paires de gants vides. Ils étaient soigneusement disposés tout autour du lit, qu'ils paraissaient contempler et évoquaient irrésistiblement une humanité distante, invisible, dont ils paraissaient être à la fois la caricature et l'incarnation. Chaque fois que j'entrais dans la chambre, je me sentais mal à l'aise et j'avais hâte de m'en aller. Je louchais vers ce grand vestiaire, cette assemblée de manteaux, de chapeaux et de vestons qui entouraient le lit et je me disais : le vieux doit avoir vraiment besoin de compagnie. Il éveillait en moi une pitié étrange et en même temps, un insurmontable dégoût. A plusieurs reprises, je rêvai de lui la nuit. Une fois, il m'apparut sous l'aspect d'un rat. Il était tapi dans un coin, sur un tas de vieux vêtements, remuait les moustaches et me regardait.

XV

Depuis quelques jours, je sentais que Léonce voulait me parler, il m'observait à la dérobée, fumait pensivement sa cigarette, il paraissait hésiter : chaque fois que son regard rencontrait le mien, il rejetait la tête en arrière, exhalait nonchalamment la fumée. Finalement, il se décida.

— Alors, p'tite tête, ça boum ?

— Ça boum.

Il tournait la cigarette entre ses doigts et l'examinait attentivement.

— Cette voiture, tu l'as en main ?

— Yep.

Léonce me regarda, hésita encore, puis jeta sa cigarette.

— Allez, viens, je veux te présenter à quelqu'un.

Il me fit monter à côté de lui. Il conduisait en sifflotant, sans me parler.

— Où c'est qu'on va ?

— T'occupe pas... on arrive.

Il arrêta la voiture devant un bar. Avant de sortir, il se tourna vers moi.

— C'est à prendre, ou à laisser. Je te force pas la main. Tu feras comme tu voudras. Si tu y tiens pas, je trouverai quelqu'un d'autre, ça ne manque pas. On est copains maintenant, on sera copains après, même si tu dis non. Ça a rien à voir.

Il répéta doucement :

— Ça a rien à voir, tu comprends.

Je ne dis rien. Nous entrâmes dans le bar. A une table, un homme lisait le journal. Il avait une bonne figure ronde, une moustache en brosse, son visage me rappelait de lointains souvenirs : il ressemblait un peu à M. Jean, dit « Marius ». Un vague regret me saisit, un bref remords... Qu'est-ce qu'il était devenu, celui-là ?

— Monsieur Mamille, je vous présente Lucky, le copain dont je vous ai parlé, dit Léonce.

Le bonhomme me regarda de ses bons yeux bruns et parut surpris.

— Bonjour, bonjour, jeune homme... Vous prendrez un petit apéritif ? Garçon, deux Cinzano et pour moi un quart Vichy.

Il plia son journal et le glissa dans sa poche. Il paraissait embarrassé.

— Il est bien jeune, dit-il à Léonce. Il sait conduire, au moins ?

— Si j'vous l'amène, dit Léonce, c'est pas pour des leçons de conduite.

— Bon, bon, bon. D'ailleurs, ça confirme ma théorie. Tout se désagrège, tout branle, il n'y a plus une poutre qui tient debout. C'est vraiment chacun pour soi, à présent. Tout cela va tomber d'un moment à l'autre et dans ces conditions, ce n'est vraiment pas la peine de se gêner.

Il se pencha vers moi, les deux mains appuyées sur ses cuisses grasses.

— J'ai une petite entreprise... oh, rien de grand. Du modeste. On commence. Deux ouvriers. Nous ne disposons que d'un atelier, dans la banlieue. Nous en sommes à nos débuts : il y a deux mois, j'étais encore dans le commerce de légumes. Enfin, il s'agit de prendre des voitures et de les conduire dans notre atelier. Je paie 20% du prix d'après l'Argus, sur li-

vraison du véhicule. Il n'y a pratiquement pas de
risque.

Il but un peu d'eau de Vichy.

— Vous savez, dit-il rêveusement, il y a un tel
désordre partout, un tel bordel, que je me demande
quelquefois si les gens à qui on vole une voiture s'en
aperçoivent. Je vous assure, ça doit passer inaperçu.
C'est une telle catastrophe partout, que les gens ne
doivent s'apercevoir de rien, si vous voulez mon avis.
Quand le pays entier sombre, comment voulez-vous
qu'ils aillent faire attention à leur voiture, s'occuper
de leur brindille, alors qu'il y a des poutres qui leur
tombent sur la tête ? C'est mon point de vue, en tout
cas. Les gens sont plus désintéressés qu'on ne le
croit. Ils pensent pas uniquement à eux-mêmes. Je
crois qu'on peut leur faire confiance. D'ailleurs, c'est
mon principe : faire confiance aux gens. Alors,
qu'est-ce que vous en dites ?

Il me regardait profondément, honnêtement, dans
les yeux : je ne savais plus très bien de quoi il s'agissait : faire confiance aux gens ou voler des voitures.
En sortant de là, je dis à Léonce :

— Mon vieux, on va se faire pincer. A la fin, tu
sais, on finit toujours par se faire pincer.

Léonce cracha, haussa les épaules.

— Et puis, après ? dit-il.

C'est vrai, pensai-je, et puis après ?

Je crachai moi aussi.

— Faut pas non plus croire que la vie, c'est du
cinéma, dit Léonce. Regarde Pierrot le Fou, est-ce
qu'il s'est jamais fait pincer ? Au cinéma, il y a
longtemps qu'il serait passé à la chaise électrique. Au
cinéma, on est toujours pris à la fin, ils font ça

exprès, pour te faire peur. C'est la morale, tu sais.
Ils ont ça en Amérique.

Nous marchâmes un instant en silence. Je mâchais
rêveusement ma cigarette, le chapeau sur les yeux,
balayant le trottoir de mon pantalon bouffant. Je
cherchais à ne pas écouter l'angoisse qui grignotait
mon cœur, la petite question insidieuse qui bougeait
sans arrêt en moi. Pourquoi ? pourquoi tout cela ?
Pourquoi mon père était-il mort ? Je cherchais à
demeurer en surface, à me limiter aux gestes, aux
mots, aux attitudes, à ne pas regarder en moi-même.
Il avait raison, Léonce. J'avais déjà vu cela dans une
revue de cinéma : si le gangster y passe toujours,
à la fin du film, c'est uniquement pour la morale.
Tout le monde sait que la vraie vie, c'est pas comme
dans les films. On a de grosses chances de s'en tirer.

— Et puis quoi, merde, dit Léonce. On est des
hommes, ou on est pas des hommes ?

Je travaillais en tandem avec un garçon de mon
âge que Mamille nous avait présenté et qu'on appelait le Raton, parce qu'il était Algérien ; un petit
garçon noir et vif qui parlait avec un accent chantant
et mentait sans arrêt. C'était chez lui un véritable
besoin, les mensonges se pressaient tout seuls à ses
lèvres, on ne pouvait même plus dire qu'il mentait,
d'ailleurs, tellement c'était vivant.

— Dites donc, les gars, il y a Pierrot le Fou qui
vient de descendre un type devant moi !

— Allez, allez, lui disait Mamille en haussant les
épaules.

— Que je crève si c'est pas vrai. J'étais en train
de discuter avec lui quai de Béthune, juste en face
de l'usine à gaz — c'est un copain, Pierrot — lors-

qu'il y a tout à coup un flic qui descend l'escalier.
Avec sa pèlerine sur les épaules, malgré que c'est le
printemps. Pierrot s'est tout de suite levé et il avait
déjà la main dans la poche. Le flic nous a vus, il
nous a cligné de l'œil et puis il s'est tourné contre le
mur, il s'est déboutonné et il a commencé à pisser.
J'étais tout à fait rassuré, mais Pierrot, il se sentait
vexé, il croyait que c'était pour le mépriser, alors il
a sorti son pétard et avant que j'ai eu le temps de
dire ouf, c'était fait. Mon vieux, le flic a reçu la
balle en plein dedans...

Il se toucha le cœur.

— Mais il a continué encore à pisser pendant
quelques secondes. Puis il est tombé. « Fous-le à
l'eau », dit Pierrot. J'ai pas discuté, je l'ai foutu à
l'eau. Il a flotté un moment, parce que sa pèlerine
s'était toute gonflée d'air et avec son visage au
milieu, on aurait dit un nénuphar. Puis il a coulé.
« Il pissera plus jamais », dit Pierrot.

Le Raton conduisait quelquefois lui-même, mais
surtout, il ouvrait n'importe quelle serrure de voiture, en quelques secondes. Lorsqu'il se penchait sur
un cadenas anti-vol avec sa scie, il ressemblait à
un petit rongeur. Après cela, je n'avais qu'à prendre
le volant et à conduire la voiture à l'atelier de Mamille. Le Raton s'installait à côté de moi et bavardait sans arrêt.

— Dis donc, Lucky, c'est vrai que ton père était
dans le maquis ?

— Oui, enfin, il a été tué.

— Bravo ! le mien aussi. Il avait la Résistance ?

— Oh, j'en sais rien, fous-moi la paix.

— Le mien aussi ! Il a été pris par les Allemands

trois fois — non, qu'est-ce que je dis, laisse-moi
compter — cinq fois ! mais il a toujours réussi à se
débiner. La dernière fois, on l'a bouclé à Fresnes.
Je lui ai tout de suite envoyé une scie à métaux dans
une bouteille de vin et il a scié les barreaux. En attendant le bon moment, il avait recollé les barreaux avec
de la mie de pain autour pour que ça se voie pas.
Seulement, un matin, les Fritz sont venus dans la
cellule et ils se sont mis à tout fouiller : il y avait
justement un type qui s'était taillé la veille, dans
la cellule à côté. Mon père était tranquille, il avait
balancé la scie dehors et les barreaux étaient bien
couverts avec la mie de pain, ça se voyait pas. Mais
tout à coup, il entend des petits oiseaux qui chantent,
il regarde la fenêtre et qu'est-ce qu'il voit ? Mon
vieux ! les moineaux étaient en train de bouffer la
mie de pain sur les barreaux, sous les yeux des Fri-
dolins ! Un vrai gueuleton, mon vieux, qu'ils faisaient ! Il y en avait une vingtaine en train de se
quereller et de s'empiffrer, parole d'honneur ! Encore un coup de bec, se dit mon père, et je suis foutu.
Et les Frisés s'étaient arrêtés de fouiller, ils regardaient tous les petits oiseaux, ils aiment la nature,
c'est connu... Heureusement, ils ont rien vu, ils sont
partis avant.

— Non ? m'étonnai-je tout de même. C'est vrai,
cette histoire ?

— Ah, je te le jure, que je crève sur place, tiens,
si je mens !

Il crachait discrètement par la portière, parce qu'il
était superstitieux, comme nous tous et on pouvait
faire n'importe quel faux serment, en prenant simplement la précaution de cracher aussitôt après. A

l'atelier, Mamille nous accueillait, assis sur un bidon
d'essence, un journal à la main. Il lisait toujours le
journal. Il levait vers nous son bon regard stupéfait.

— Mes enfants, ça va sauter d'un moment à
l'autre. Ça ne peut pas durer ainsi. Vous avez vu, à
Berlin ? Ça va sauter, ça va sauter. Vous savez que
chaque année, on vent pour vingt-cinq milliards
d'essence au marché noir ? C'est une perte sèche pour
l'État. Naturellement, ils cherchent à rattraper ça
par les impôts. Comment voulez-vous qu'on s'en
tire, dans ces conditions ? Ça va crouler. C'est pour
ça que tout ce qu'on fait, ça n'a pas d'importance.
On vit une époque de transition et c'est pas la peine
de se gêner. Au contraire, plus on en fera et plus ça
croulera vite, on pourra repartir à zéro, faire table
rase du passé. Si chaque Français poussait un peu,
comme moi, donnait un petit coup par-ci, un petit
coup par-là, au lieu de rester tranquillement dans sa
boutique, à attendre que ça passe, il y a longtemps
que tout cela serait par terre, on pourrait aller de
l'avant, faire un monde nouveau, propre. Mais les
gens sont égoïstes, ils se dévouent pas. Moi, je suis
au fond un philanthrope, je me dévoue, je veux que
ça change, je pousse en avant. J'aurais pu, moi aussi,
rester dans ma boutique, vendre mes légumes, non ?
mais je veux donner, moi aussi, un coup d'épaule à
la vieille baraque, et puis faire du nouveau. Alors,
je pousse. Du reste, ça va crouler d'un moment à
l'autre. C'est pas la peine de se gêner.

Ses deux ouvriers ricanaient en mettant rapidement notre voiture en pièces détachées, qu'ils em-
menaient ensuite dans un camion vers la ville. Ils
étaient durs pour Mamille et le traitaient de « pour-

riture capitaliste ». L'un d'eux, un jeune gars blond, dont je ne connaissais pas le nom et que Mamille appelait simplement « p'tite tête », me disait :

— Moi, je m'en fous, je ne suis pas dans le coup. Au fond, c'est comme lorsqu'on travaillait pour les Fritz, sous l'occupation : on sabote le système, voilà tout. Il a raison Mamille : plus on en fera et plus ça sautera vite. Seulement, j'espère bien qu'il va sauter avec le reste, lui aussi. En tout cas, je me fais pas de reproches. J'ai la conscience tranquille. C'est une affaire qui ne me regarde pas. Je travaille contre le système... Une période d'anarchie, c'est indispensable.

Mais notre activité ne satisfaisait pas Léonce, qui cherchait déjà autre chose.

— C'est pas ça, disait-il, c'est pas du vrai boulot. On se disperse. C'est pas en volant des voitures qu'on va s'en sortir. Il faudrait faire un seul coup, mais un grand et puis changer d'air. Enfin, tu connais mon opinion.

Il avait beaucoup grandi, mais il était toujours maigre comme un clou et voûté, avec des bras et des jambes interminables qui sortaient de partout. Il fumait nerveusement d'innombrables cigarettes, qu'il jetait avant de les avoir terminées. Ses yeux erraient continuellement autour de lui avec une expression d'inquiétude intense, comme s'il se sentait coincé, comme s'il cherchait une issue... Son regard commençait à ressembler à celui de Vanderputte.

— Pour faire un vrai coup, ricana-t-il une fois, faudrait avoir la bombe atomique.

Vanderputte, lui, était terrifié par notre nouvelle

activité qu'il qualifiait « d'imprudence, de légèreté ».
Il nous suppliait d'y renoncer.

— Pensez à moi, gémissait-il, un de ces jours, vous
allez vous faire pincer, vous allez me dénoncer et
je vais mourir en prison... Oh, mon Dieu !

Il s'écroulait dans un fauteuil, la main sur le cœur,
avalait une pilule.

— On va pas vous dénoncer, le rassurais-je. On
est pas comme ça.

Vanderputte me regardait avec pitié.

— Petit malheureux, s'écriait-il. Vous ne connaissez pas la police. C'est un truc effrayant, la police,
un truc effrayant ! Ils vous prendront par les sentiments, ils seront gentils avec vous et comme vous
n'avez pas l'habitude, vous me dénoncerez tout de
suite.

Il affirmait solennellement :

— Ce n'est pas possible autrement.

— Qu'est-ce que vous en savez, demandait Léonce,
en plissant les yeux, vous avez déjà dénoncé quelqu'un ?

Le vieux prenait un air absent, regardait par terre,
de côté, attentivement. Son regard semblait toujours
chercher une souris sur le parquet.

— Pour dénoncer quelqu'un, jeune homme, dit-il
lentement, de sa voix enrhumée, il faut d'abord avoir
des amis... Enfin, on pourrait alors discuter. Mais
lorsqu'on a toujours été seul au monde...

Sa moustache trembla, il sortit son grand mouchoir à carreaux et s'essuya les yeux.

— Je suis seul au monde, je suis un pauvre vieux
que personne n'aime et qui finira ses jours en prison,
à cause de deux petits chenapans qu'il avait recueillis

dans un moment de générosité. Vous êtes jeunes, vous avez toute la vie devant vous, vous pouvez vous permettre de passer quelques années en prison... mais moi ? moi ? avez-vous pensé à moi ?

Il saisissait mon bras.

— Jeune homme, vous devriez avoir honte. Rappelez-vous monsieur votre père... lui aussi prenait des risques inutiles et vous savez vous-même comment ça s'est terminé. Et puis enfin, si à seize ans vous volez des voitures, qu'est-ce que vous ferez à votre majorité ? Vous tuerez quelqu'un, c'est évident, vous tuerez quelqu'un. Moi le premier, peut-être, hein ?

Il nous jetait un regard craintif, ramenait nerveusement le plaid écossais sur ses épaules et courait s'enfermer à double tour dans sa chambre. Il se prépara une petite valise « avec le strict nécessaire » et nous suppliait de l'avertir de nos « actes criminels » au moins vingt-quatre heures à l'avance, afin qu'il pût prendre ses dispositions. Il ne vivait plus. Chaque fois qu'on sonnait à la porte, il devenait gris, s'écroulait dans un fauteuil, portait une main à son cœur et avalait une pilule.

— C'est la police ! murmurait-il. Je sens que c'est la police ! Je suis perdu.

Parfois, j'entrais dans la chambre de Josette et m'asseyant sur son lit, je disais, tout étonné :

— Tu sais, je viens encore de voler une voiture. Au fond, je fais ça pour toi.

Je n'avais pas grand'chose à lui offrir. Elle me caressait les cheveux.

— Oui, mon pauvre chou, disait-elle. Je comprends bien.

— Je suis pas encore Humphrey Bogart, disais-je.
Mais qui sait, ça viendra peut-être. J'ai que seize
ans, ça s'excuse. Avec un peu de chance, bientôt,
je tuerai peut-être quelqu'un, comme à Hollywood.

— Oui, mon pauvre chou.

Elle parlait d'une voix basse, à peine perceptible.
Elle était à présent toujours enrouée et restait couchée dans sa chambre, à frissonner, un châle sur les
épaules, parmi les boîtes de médicaments que Vanderputte venait chercher de temps en temps. Les
rideaux étaient toujours baissés ; même en plein
jour, la lampe était allumée. Elle ne se levait que
dans l'après-midi, pour aller au cinéma et revenait
tard le soir, après la dernière séance.

— Elle ne mène pas une vie saine, cette petite,
disait gravement Vanderputte. Elle devrait soigner
sa voix. Moi, je suis pour le plein air, pour le soleil,
je ne comprends pas du tout qu'on puisse mener
cette vie-là... à moins, hé, hum ! d'y être forcé par
des circonstances indépendantes de sa volonté.

Un soir, Mamille m'avait ramené de l'atelier dans
sa voiture. Je lui souhaitai le bonsoir et montai
l'escalier. J'ouvris la porte avec ma clef, il faisait
noir ; brusquement, je sentis un frôlement furtif et
j'entendis un cri étouffé.

— Qui est là ?

J'allumai : c'était Vanderputte. Il était debout
au milieu de l'antichambre, une petite valise à la
main. Il avait mis sa casquette, son manteau, un bon
foulard chaud autour du cou et serrait son parapluie
sous le bras. Il était blême ; ses yeux clignotants
me regardaient avec horreur.

— Qu'est-ce qu'il y a ?

— Je file, dit-il, rapidement, je file !

Il loucha craintivement vers la porte du salon.

— Josette...

— Quoi, bon Dieu, qu'est-ce qu'il y a ?

— Josette a eu une attaque. Une fatalité... une hémorragie. Je l'ai ramassée...

Il cria soudain, d'une voix peureuse, larmoyante :

— Une fatalité ! Je le savais, jeune homme, il y avait là, quelque part, une fatalité qui se préparait ! Je le sentais depuis longtemps. Je suis, jeune homme, extrêmement sensible à la fatalité... Je l'attrape tout de suite. Ça ne rate jamais. Alors, voilà : je file. Je me cache. Je pars en province.

Je le saisis au cou, le secouai.

— Où est-elle ?

— Dans sa chambre... Lâchez-moi jeune homme. Ce n'est pas bien ce que vous faites. Je n'y suis pour rien : je vous dis que c'est la fatalité. Elle va nous attraper tous, si nous restons ici. Il faut filer tout de suite. C'est extrêmement contagieux, jeune homme, la fatalité.

Je le jetai dans sa chambre et fermai la porte. Je traversai l'appartement en courant et entrai dans la chambre de Josette. Elle était allongée sur le lit, les yeux fermés. Son visage était d'une blancheur effrayante. Un mince filet de sang coupait sa joue.

— Josette !

Elle ouvrit les yeux.

— C'est rien, dit-elle. C'est ma voix...

— Ne parle pas, attends, je vais chercher... quelqu'un.

J'hésitai un moment, je ne savais pas du tout qui

je pouvais chercher. Au fond, on ne connaissait personne.

— T'en fais pas, mon petit chou. Je mourrai pas. On meurt pas comme ça. C'est bien plus compliqué que ça.

Je courus réveiller la concierge. Elle me recommanda un médecin qui la soignait depuis vingt-cinq ans. C'était un homme âgé ; ses mains tremblaient, il avait le teint mauvais et blême ; un col dur soulignait encore la mollesse de son visage et du cou.

— Tu crois qu'il y tâte ? demandai-je à Léonce.

— J'en sais rien. Il a la Légion d'honneur. Il doit y tâter.

Le médecin se montra très inquiet, parla de transporter Josette d'urgence dans une clinique. Il pouvait nous en recommander une, justement, dont les prix étaient modiques...

— Pas celle-là, trancha Léonce. Ce qu'il y a de mieux. Nous avons de quoi.

Nous l'accompagnâmes dans l'ambulance. Elle s'anima un peu pendant le trajet.

— Lucky.

— Yep ?

— Qu'est-ce qu'on donne au cinéma ?

— Oh, pas grand'chose. Tu ne perds rien, en ce moment.

Elle ferma les yeux, rassurée. Nous ne quittâmes plus la clinique. A plusieurs reprises, le médecin s'étonna de notre présence continuelle.

— Vous ne pouvez pas rester ici jour et nuit, nous dit-il. Ça gêne tout le monde. D'ailleurs, ce n'est pas hygiénique.

— On paie, dit simplement Léonce, et le médecin

parut choqué, mais n'insista pas. Nous restions donc
là, mâchant silencieusement notre chewing-gum —
on nous avait interdit de fumer — regardant la porte,
dormant un peu, dans nos fauteuils, roulés en boule
dans nos pardessus.

— Mais enfin, c'est invraisemblable, disait le médecin, le matin, qu'est-ce que vous faites-là ? Vous
avez des parents ?

— Ils sont en Amérique, dit Léonce.

— Vous ne pouvez pas vous installer ici de la
sorte. Cela peut durer encore longtemps.

Après la visite du médecin, l'infirmière nous faisait
entrer un instant dans la chambre. Nous la trouvions
toujours dans la même attitude, allongée sur le dos,
les bras sur la couverture, dans un lit qui me paraissait trop propre, trop bien rangé. Son visage
était perdu dans le grand nid de cheveux roux et
les yeux regardaient le plafond un peu trop fixement.
Elle tournait la tête vers nous, souriait.

— T'as besoin de rien, non ? demandait Léonce.

— Non, de rien.

— Alors, ça va ?

— Ça va.

Nous sortions, nous allions boire un café chaud
dehors, manger un sandwich, puis nous revenions.
L'attente recommençait. Nous parlions peu, il n'y
avait rien à dire... Elle paraissait aller mieux, d'ailleurs. Elle bougeait un peu dans son lit. Sa voix
paraissait plus ferme.

— Lucky.

— Yep ?

— Quand c'est qu'ils vont donner *Autant en emporte le vent ?*

— Bientôt, lui dis-je, bientôt.

— Je voudrais pas louper ça, tu sais...

— Tu ne le louperas pas. Il y a pas de raison.

— Je voudrais pas louper ça, Lucky !

Je serrais sa patte minuscule, moite...

— Allons, allons, disait l'infirmière, nous allons laisser notre malade seule. Nous n'allons pas la fatiguer.

Nous sortions, nous rentrions dans nos fauteuils, dans nos pardessus.

— Elle va mieux, hein ? disait Léonce.

— Yep.

Parfois le Raton venait aux nouvelles. Il nous parla longuement d'un type qu'il connaissait et qui guérissait tout par apposition des mains. Ça s'appelle un yogi, nous expliqua-t-il. C'était un truc américain. Kuhl vint nous voir deux ou trois fois. Il ne disait jamais rien, s'asseyait dans un fauteuil, gloussait avec sympathie, puis s'en allait. Le Raton nous dit que Vanderputte s'était enfui en province, en attendant « que ça se tasse ». Le quatrième jour, on ne nous permit pas d'entrer dans la chambre de Josette. Le médecin était passé le matin, avec son visage bien rasé et en sortant, il nous avait jeté un regard particulièrement hostile.

— Vous ne pourrez pas la voir aujourd'hui, nous dit l'infirmière. Elle a encore eu une petite secousse.

Je découvris qu'en plaçant mon fauteuil dans un coin de la pièce, je pouvais apercevoir, lorsque la porte s'ouvrait et que l'infirmière entrait ou sortait, le grand tas de cheveux roux sur l'oreiller. Je ne quittai plus mon coin. Je ne voyais pas le visage, rien que les cheveux. Ils ne bougeaient pas. On nous manifesta soudain des égards. On nous proposa de nous mettre deux lits dans une chambre voisine, « puisque vous tenez absolument à rester là ». Le médecin, en sortant de la chambre, prenait la peine de nous adresser quelques mots.

— Lequel de vous deux est le frère ?

— C'est moi, disait Léonce, en se levant.

— Et vous ?

— Un copain.

— Ah bon, parfaitement. Enfin, nous faisons ce que nous pouvons.

On nous autorisa à fumer. Le médecin venait à présent plusieurs fois par jour. Il ne nous parlait plus, faisait semblant de ne pas nous voir, détournait la tête et passait d'un air hautain... Je frissonnais, roulé en boule dans mon fauteuil, le nez dans mon écharpe, les mains enfoncées dans les manches de mon pardessus.

— Léonce ?

— Quoi ?

— Tu crois que les hommes, ça existe ?

— Oh, fous-moi la paix.

Où étaient-ils donc, ces fameux hommes, dont mon père m'avait parlé, dont tout le monde parlait tant ? Parfois, je quittais mon fauteuil, je m'approchais de la fenêtre et je les regardais. Ils marchaient sur les trottoirs, achetaient des journaux, prenaient l'autobus, petites solitudes ambulantes qui se saluent et s'évitent, petites îles désertes qui ne croient pas aux continents, mon père m'avait menti, les hommes n'existaient pas et ce que je voyais ainsi dans la rue, c'était seulement leur vestiaire, des dépouilles, des

défroques — le monde était un immense Gestard-
Feluche aux manches vides, d'où aucune main fraternelle ne se tendait vers moi. La rue était pleine
de vestons et de pantalons, de chapeaux et de souliers, un immense vestiaire abandonné qui essaye
de tromper le monde, de se parer d'un nom, d'une
adresse, d'une idée. J'avais beau appuyer mon front
brûlant contre la vitre, chercher ceux pour qui mon
père était mort, je ne voyais que le vestiaire déri-
soire et les mille visages qui imitaient, en la calom-
niant, la figure humaine. Le sang de mon père se
réveillait en moi et battait à mes tempes, il me poussait à chercher un sens à mon aventure et personne
n'était là pour me dire que l'on ne peut demander
à la vie son sens, mais seulement lui en prêter un,
que le vide autour de nous n'est que refus de com-
bler et que toute la grandeur de notre aventure est
dans cette vie qui vient vers nous les mains vides,
mais qui peut nous quitter enrichie et transfigurée.
J'étais un raton, un pauvre raton tapi dans le trou
d'une époque rétrécie aux limites des sens et personne n'était là pour lever le couvercle et me libérer,
en me disant simplement ceci : que la seule tragédie
de l'homme n'est pas qu'il souffre et meurt, mais
qu'il se donne sa propre souffrance et sa propre
mort pour limites... Encore un jour passa, nous
étions pelotonnés dans nos fauteuils, dans nos manteaux trop grands, accrochés à nos cigarettes que
nous oubliions d'allumer, regardant la porte s'ouvrir
et se refermer, les gens aller et venir de plus en plus
vite, l'infirmière traverser l'antichambre en courant...

— Ils vont pas nous faire le coup ? dit Léonce.
Ils vont pas nous faire le coup ?

Le médecin sortit de la chambre et enleva ses verres. L'infirmière sortit aussi, avec les assistants.

— Nous ne pouvons plus rien, dit le médecin.

Il ajouta d'un petit ton sec, boudeur :

— On nous l'a amenée trop tard. Cette petite était tuberculeuse depuis des années.

Je me levai. J'entrai dans la chambre et m'approchai du lit. Je lui pris la patte. Je crois qu'elle me sourit. Mais peut-être le sourire était-il déjà là avant, je ne sais pas. En tout cas, ses yeux étaient ouverts. Ils regardaient le plafond, paraissaient se heurter à un couvercle... Je ne me souviens plus du reste. Je me souviens seulement que je restai là pendant des heures, sa patte dans la mienne et que le sourire était toujours sur ses lèvres, qu'il ne bougeait pas, pas plus que les yeux... Quelqu'un me parlait, quelqu'un me tirait par le bras et je me souviens encore de ma voix de raton qui hoquetait dans l'écharpe mouillée, avec une rancune immense :

— Yep. Yep. Yep.

DEUXIÈME PARTIE

LES DUDULES

I

« Je pesais sept livres et demi, à ma naissance »,
disait Vanderputte. Il se promenait de long en large
devant le lit, les pouces dans le gilet ; il avait un
air vraiment important. « Et n'oubliez pas que j'ai
gagné le concours du plus beau bébé à Ostende, en
1877. » Il avait mis son beau Gestard-Feluche, jeté
sur les épaules le plaid écossais et enfoncé sa casquette, mais ses petites oreilles pointues, ses yeux
ronds, ses moustaches et la queue qui traînait par
terre le trahissaient : il était un rat, un rat bien
nourri, le plus gros rat des villes que j'aie jamais vu.
« Et puis après ? fit-il. Nous sommes nombreux dans
ce cas-là. D'ailleurs, on peut me mettre dans toutes
les mains. Je n'ai jamais voulu me faire photographier pour des cochonneries. » Il s'arrêta devant le
lit, sortit un tube de son gousset, dévissa la capsule
et me présenta, dans le creux d'une patte, une pilule. « Croquez cela, jeune homme, ordre du médecin. Vous serez d'aplomb en un clin d'œil. C'est
très bon, tenez, j'en prends une moi-même... » Il
croqua une pilule, en remuant les moustaches. Ex-
quis, dit-il, délicieux ! Et je sentis dans ma bouche
le goût amer du médicament. Puis le vieux disparut
et je ne vis plus autour de moi que le vestiaire abandonné sur les chaises et les fauteuils ; les vestons,

les manteaux me regardaient, soupiraient, haussaient
les épaules, levaient au ciel leurs manches vides.
« Parfaitement, disait Gestard-Feluche, j'ai été jadis
un jeune homme comme vous et vous serez un jour
un vieux veston comme moi. » « Je ne serai jamais
comme vous, jamais ! lui criai-je. Je ferai tout ce
qu'il faudra pour cela ! » « Et que faut-il faire pour
cela, jeune homme ? » me demandait-il insidieuse-
ment. « Je ne sais pas, murmurais-je, je ne sais
pas », et Gestard-Feluche criait triomphalement :
« Il n'y a rien à faire, mon bon, c'est la vie, c'est
la vie, c'est la vie ! » De nouveau, Vanderputte réapparut et se promena devant mon lit, une assiette de
porridge entre les pattes. Il paraissait préoccupé.
« Les nouvelles sont mauvaises, murmurait-il. Je me
demande vraiment si l'Occident... Bien entendu, je
suis avant tout un occidental. J'ai conscience d'appartenir à une certaine élite, à une certaine tradition.
Mais je me demande tout de même si Kuhl n'a pas
raison et si je ne ferais pas mieux d'adhérer au parti
communiste. Simple mesure de précaution. Histoire
de surnager. Je me vois très bien comme commis-
saire au Ravitaillement. Hein ? Qu'est-ce que vous
en dites, cher ami ? » Il mangea un peu de porridge.
« Avez-vous vu mes photographies ? » Il sortit de
la poche intérieure de Gestard-Feluche un tas de
cartes postales et me les fourra sous le nez : des rats
de toutes tailles et de tout âge me fixaient de leurs
yeux ronds. « Chut, dit Vanderputte, n'en parlez à
personne. Je compte sur votre discrétion. » Je regardai autour de moi et je vis des museaux et des
moustaches sortir de tous les coins ; ils me faisaient
un petit signe et disparaissaient dans un trou. « Je

peux avoir confiance en vous ? » dit Vanderputte.
Je regardai le mur devant moi et je vis que le joli
portrait du maréchal Pétain avait disparu de son
cadre ; à sa place il y avait maintenant un vieux rat
aux moustaches tristes. « Eh oui, c'est la vie, c'est
la vie, c'est la vie ! » cria Vanderputte. De nouveau,
il disparut et je me vis sortant de la clinique, mar-
chant dans la rue, je titubais, j'avais le vertige,
au milieu du grand vestiaire indifférent, de tous ces
beaux vêtements avec personne dedans pour vous
tendre la main ; ils s'écartaient même légèrement
de moi, à mon passage. « Il te reste tous les autres
hommes », fit une voix lointaine et je me dressai
dans mon lit, mais je ne voyais que le vieux rat qui
se promenait parmi ses vieux vêtements. « Montrez-
les-moi, jeune homme, fit-il, de sa voix enrhumée, je
demande à les voir, c'est tout. » Je retombai sur
l'oreiller, ma tête tournait, j'étais pris dans un tourbillon, on m'avait jeté par-dessus bord, je m'enfonçais lentement dans la mer... Lorsque ma fièvre tomba et que, pour la première fois, je regardai autour
de moi d'un œil plus normal, je vis que j'étais couché
dans ma chambre et que Vanderputte était assis à
mon chevet. Il me regardait de travers et paraissait
de mauvaise humeur.

— Eh bien, je suis content que l'un de nous deux,
au moins, aille mieux, dit-il. Vous m'avez fait très
peur, jeune homme. Le médecin est venu trois fois.
J'ai attrapé un durcissement de l'aorte, avec toutes
ces émotions.

Je ne savais pas si je rêvais encore, ou si j'étais
sorti du cauchemar. Le visage du vieux paraissait
plus gris, plus creusé que d'habitude. Il respirait avec

bruit et avait un foulard autour du cou. Je fis un effort pour me lever.

— Ne bougez pas, ça vous est défendu, dit Vanderputte.

— Où est Léonce ?

— Il nous a plaqués, déclara le vieux. Il a foutu le camp, après les obsèques. Est allé habiter en ville... dans un studio, comme ils appellent ça. Il ne m'a même pas laissé son adresse. Il m'a abandonné, à mon âge, et avec mes organes, après tout ce que j'ai fait pour lui... Tout fout le camp, tenez, il n'y a plus de sentiment nulle part.

Il se leva, tira le plaid sur ses épaules.

— Je vais m'allonger. Je ne me sens pas bien. J'ai des palpitations, des rétrécissements, des... Enfin, passons, ça vous est égal. Reposez-vous. Le médecin viendra cette après-midi. Vous avez fait une fièvre cérébrale.

Il me regarda de travers.

— Vous voyiez des rats partout. Si vous avez besoin de quelque chose, vous n'avez qu'à m'appeler.

— C'est ça. Je vais vous appeler et vous filerez immédiatement en province.

Il soupira.

— Vous avez tort de m'en vouloir. J'ai soixante-six ans... Je voudrais vous y voir, tenez. A cet âge, jeune homme, l'instinct de conservation... Enfin, c'est irrésistible. Et je m'enrhume si facilement...

J'entendis le flip-flop de ses pantoufles qui s'éloignait... Je fermai les yeux. Mon cœur battait comme si j'avais couru, j'étais essoufflé et j'avais à peine la force de lever la tête. Je m'endormis presque aussitôt. Je restai couché plusieurs jours. Le médecin

m'avait autorisé à me lever « à condition de ne pas
vous fatiguer et d'attendre un peu, avant de reprendre vos études. Vous êtes un garçon d'une sensibilité
un peu... maladive, vous risquez toujours une rechute ». Le vieux lui avait dit que j'allais au lycée
« un brillant sujet, un brillant sujet, docteur, je suis
très fier de lui, j'ai été, autrefois, un assez brillant
sujet moi-même. C'est dans la famille ». Mais je
n'avais pas envie de me lever, ni le courage de sortir
de mon trou. Les rideaux baissés, le nez dans l'oreiller, j'essayais de ruser avec mon chagrin, de me re-
plonger dans le passé et de ramener à la surface les
quelques rares joies qu'il m'avait accordées.

— Lucky.

— Yep ?

— T'as des yeux tellement clairs, tellement lim-
pides... On a envie de se jeter dedans.

— C'est dans quel film, déjà ?

— C'est pas dans un film. Les films, ils parlent
pas comme ça. Ils vous disent seulement « Honey »,
miel. J'aime pas être appelée comme ça, ça colle
aux doigts.

— Honey, murmurais-je.

Elle souriait.

— C'est vrai, avec toi, ça colle plus.

— Honey... Honey...

Parfois, je trichais un peu. Je la prenais dans mes
bras, je couvrais de baisers son visage, ses cheveux.
Je n'avais pas le droit, je le savais, puisqu'elle n'avait
jamais voulu. Mais j'étais trop malheureux... Je
m'endormais enfin, lorsqu'il ne me restait plus de
larmes. Le Raton venait me voir tous les jours. Il

entrait en coup de vent ; s'asseyait sur mon lit, à la turque et me regardait avec pitié.

— Allons, p'tite tête, pleure pas, me disait-il. C'est mektoub, tu sais. Inch'Allah.

Pour me remonter le moral, il me mettait au courant, en gesticulant comme un moulin à vent, des derniers exploits de Pierrot le Fou et de René l'Américain.

— Tu vas voir, p'tite tête, me disait-il, le patron va rentrer un de ces jours et on fera un grand coup, nous aussi.

Il essayait de me distraire. Une ou deux fois, il m'avait trouvé avec, à la main, le livre mystérieux que mon père m'avait laissé et il m'avait prodigué aussitôt de comiques avertissements.

— Fais gaffe, p'tite tête, fais gaffe, chantait-il. C'est très dangereux le livre. Ça rend fou, c'est connu. On t'a jamais raconté l'histoire de l'employé de commerce qui s'est mis à lire, sans aucune raison ?

— Non, raconte.

— Son fils m'a dit, que d'abord, dans la famille, personne n'a rien remarqué. Il était devenu un peu triste et puis, il s'est mis à lire. C'était un soir, la mère et les gosses étaient tous allés au cinéma et quand ils sont rentrés, ils l'ont trouvé dans un coin, un livre à la main. Ernest, dit sa femme, qu'est-ce que tu fais là ? Je lis, ma chérie, dit-il tranquillement. Naturellement, ils sont tous allés lui prendre le livre des mains. Ça s'est produit deux ou trois fois, finalement, ils se sont inquiétés, ils ne le laissaient plus jamais seul. Au début, ça marchait très bien, seulement, ils se sont aperçus qu'il restait très longtemps dans les cabinets, deux, trois heures qu'il restait par-

fois. C'était difficile de savoir ce qu'il faisait exactement. Qu'est-ce que tu fais, papa ? lui demandaient-
ils. Rien, silence, pas un bruit. Finalement un jour,
comme il ne répondait pas, ils ont enfoncé la porte
et là, il était, un livre à la main. Là-dessus son commerce l'a foutu à la porte, parce qu'il s'était mis à
lire dans le bureau. Il a pas pu trouver de travail,
on savait qu'il était pas normal et que sa famille
le surveillait. Ils laissaient toujours quelqu'un à la
maison, pour le surveiller et, quand ils sortaient tous,
ils l'attachaient au lit. Ça a duré comme ça un an,
même qu'ils avaient plus un rond et qu'ils ont dû
mettre la fille aînée au boulot. Seize ans, qu'elle
avait... une petite boulotte. Naturellement, ça a très
mal fini. Un soir qu'ils étaient tous allés au cinéma,
il s'est détaché et il est allé prendre la mitraillette
du fils, sous l'oreiller, et quand ils sont rentrés, il les
a tous descendus, y compris le client de la fille.
Après quoi, il a pris un livre et il a lu toute la nuit
et le matin, il s'est fait justice.

Je riais et le Raton chassait une boucle noire qui
lui tombait toujours sur l'œil et paraissait ravi.

II

Nous étions toujours sans nouvelles de Léonce et
Vanderputte se laissait aller parfois sur le compte
de « notre ami » à des rêveries. Il avait pris l'habitude de venir boire avant de se coucher une tasse de
camomille dans ma chambre. Il s'asseyait dans le
fauteuil, mettait le plaid autour de ses genoux —

nous étions au printemps, mais il paraissait toujours transi — et buvait son infusion, en reniflant bruyamment après chaque gorgée.

— Vous allez voir, jeune homme, me disait-il, la tasse à la main, Léonce va revenir un de ces matins, avec de gros moyens à sa disposition. J'ai toujours cru dans ce garçon, il ira loin : je me suis toujours efforcé de lui communiquer le meilleur de moi-même.

Il buvait un peu de camomille et soufflait, la moustache tremblante.

— Il reviendra, je vous le dis et avec de très gros moyens. L'époque est favorable aux jeunes gens énergiques et entreprenants. Tous ces millions qui sont enlevés en plein jour, sous le nez de la police, ils ne sont pas perdus pour tout le monde.

Il me clignait de l'œil.

— Nous irons vivre en Californie.

Il achetait régulièrement les revues américaines *Life* et *Time* pour se renseigner sur les conditions de vie aux Etats-Unis.

— La question est de savoir si je pourrai m'adapter, à mon âge, se préoccupait-il. Qu'est-ce que vous croyez, jeune homme ?

Je lui disais qu'il s'adapterait très facilement, surtout à la Californie, à condition de ne pas trop s'exposer au soleil. Il m'écoutait et buvait sa camomille en se brûlant les lèvres.

— Vous croyez, vraiment ? murmurait-il, avec satisfaction. Vous croyez que je ne suis pas trop vieux ? Vous devez avoir raison, dans le fond. Quant au reste... J'ai toujours été un citoyen du monde. Naturellement, j'aime la France : on ne peut pas s'élever au-dessus de certains liens, c'est évident. Mais nous sommes ici, trop, comment dirais-je...

Il frottait rapidement le pouce contre l'index, comme s'il tâtait une étoffe invisible.

— Trop civilisés, trop... décadents, voilà, j'ai dit le mot, faites de moi ce que vous voulez. Ce qu'il nous faut, c'est une greffe. Moi, par exemple. Prenons-moi. Il n'y a pas de doute, je suis trop raffiné, trop sensible, trop... préoccupé par des idées. Mais je vous assure, en me greffant sur un sol nouveau, plus rude, je crois que je pourrais encore reprendre racine et donner d'assez beaux fruits... Je parle au figuré. Je suis sûr que je supporterais très bien la transplantation. Et je suis convaincu, tenez, que mes organes fonctionneraient mieux en Amérique. A partir d'un certain âge, il est très difficile de se renouveler par ses propres moyens. Nos richesses intérieures ne sont pas inépuisables. Il n'y a rien de tel qu'un grand changement pour faire jaillir en vous des sources nouvelles. Ce serait très rafraîchissant. Parfois, vous savez, je me sens... très sec. Très sec.

Sa publication favorite était le *Reader's Digest* dont il me recommandait avec insistance la lecture.

— Au lieu de rester dans votre lit à rêver, vous devriez lire ceci. C'est extrêmement encourageant, m'expliquait-il, y a de très jolis exemples de dévouement, d'abnégation. Et puis, si vous n'êtes pas heureux, il y a toujours des pages sur la religion, sur la survie, sur la réincarnation. Remarquez, à mon avis, croire à la survie, à la réincarnation, c'est vraiment être un peu trop pessimiste... Je ne tiens pas à recommencer !

Nous commencions à manquer d'argent. Vander-

putte se lamentait : les affaires étaient mauvaises,
Kuhl approchait de la retraite et devenait de plus
en plus exigeant. Il ne m'encourageait naturellement
pas à recommencer mes errements passés : il était,
au contraire, très heureux de me voir rester ainsi, à
me tourner les pouces, dans l'appartement. Mais
enfin, à mon âge, cette inactivité risquait de se transformer facilement en une paresse congénitale, ce qui
entraînerait immanquablement le déclin de toutes
mes facultés intellectuelles et morales. Je devais faire
très attention, il parlait uniquement dans mon intérêt. Il ne se plaignait pas, oh non, il était prêt à
crever de faim plutôt que de se plaindre, on a sa
dignité, quoi — bien qu'il fût en train de manger ses
économies — les quelques pauvres sous qu'il avait
mis de côté dans l'espoir de finir ses vieux jours sur
le seuil d'une petite maison cachée dans un vallon
ombragé, au bord d'une petite rivière bien sinueuse...
Il sortait le gros mouchoir à carreaux de sa poche,
s'essuyait longuement les yeux et s'en allait, le dos
voûté, convaincu sans doute qu'il m'avait fendu le
cœur. Il me faisait de petits cadeaux pour m'atten-
drir : un bonbon, une montre cassée, une vieille
carte postale en couleur, représentant le docteur
Eckhardt mettant le pied sur le Matterhorn, dans
le soleil couchant ; ce dernier présent, apparemment,
comportait une morale :

— Il est bon de se rappeler, jeune homme, que
nous avons tout de même fait certaines conquêtes,
que l'humanité a tout de même quelque chose à
son actif. Sans ça, ce serait à désespérer.

Lorsque je commençai à me lever, il employa vraiment les grands moyens : il m'invita à déjeuner

dans un restaurant des quais. Pour l'occasion, il avait remplacé la casquette par un melon sale et roussi, brossé Gestard-Feluche pendant une demi-heure, mis des chaussettes violettes et remonté très-haut le pantalon, afin, sans doute, que les chaussettes ne se refusassent pas à l'admiration des passants ; il avait remplacé le parapluie par une grosse canne à pommeau d'ivoire sculpté, qui représentait une tête de paysan bavarois : « Souvenir d'un ami de passage », m'expliqua-t-il mélancoliquement, comme une grisette délaissée. On vendait des violettes dans la rue et le vieux avait placé un petit bouquet dans la boutonnière de Gestard-Feluche et tous les quelques pas, il s'arrêtait pour renifler le bouquet, en le pressant contre son nez. Il reniflait bruyamment, à cause de son rhume chronique et cherchait obstinément à saisir le parfum, avec des raclements, des ronflements étonnants. Il paraissait se livrer sur le bouquet à un assaut brutal, tentait de le prendre de force, cela devenait une affaire de mœurs. Au restaurant, il mangea tristement ses légumes bouillis à l'eau et se plaignit des exigences de Kuhl qui voulait aller faire une cure à Vichy et demandait de l'argent.

— Vous savez, il devient méchant avec l'âge, comme un vieil éléphant célibataire. Il est capable de faire une bêtise...

— Il vous fait chanter ?

Le regard du vieux glissait lentement de côté, il se frottait avec embarras le bout du nez, qui était jauni par le tabac, comme ses doigts.

— Mais non, jeune homme, mais non, protestait-il faiblement. Je ne sais pas du tout où vous allez chercher ces idées. On peut tout de même être de la

police et avoir certains principes, non ? Au fond,
vous savez, nous ne sommes pas si loin les uns des
autres. Nous sommes tous frères, hein... Et si on
commence à creuser les différences, on reste seul dans
la vie et ce n'est pas drôle.

Il soupira.

— Kuhl, malgré tout, est un ami.

— Allez, allez, dites-nous ce que vous avez fait ?
Violé une petite fille ?

— Oh non, jeune homme, non, disait-il plaintivement. Je n'ai jamais été porté sur la bagatelle...

Il baissait les yeux vers son plat de carottes cuites
et bégayait de sa voix enrhumée, l'air coupable :

— Vous n'auriez pas une petite affaire en vue,
jeune homme ? Quelque chose de... bien gras, bien
dodu ? Je ne peux tout de même commencer à vendre
le mobilier, il appartient à un déporté qui peut
encore revenir... On ne sait jamais par le temps qui
court ! Si seulement on pouvait faire une bonne
petite affaire et puis nous retirer... On commencerait
une nouvelle vie ! Je pourrais encore être très heureux, je vous assure. Depuis cinquante ans, j'ai
toujours l'impression que le bonheur, ça me pend
au nez... Vous n'avez rien en vue ?

— Le patron n'est pas là, lui disais-je. Attendons
son retour, on trouvera bien à s'employer.

Kuhl venait de plus en plus souvent à la maison.
Il avait beaucoup vieilli. Sur la tête, son poil coupé
ras était devenu tout blanc, d'innombrables rides
fines se pressaient autour de ses yeux, derrière le
lorgnon, les joues s'affaissaient plus bas que le menton. Il soignait toujours autant son apparence, ses
faux-cols étaient toujours aussi impeccables, mais

son corps s'était laissé aller : il marchait voûté, le
dos rond, les mains et la tête tremblantes et son long
pardessus noir ressemblait à un sac informe et gonflé
de toutes parts. Il grimpait lourdement l'escalier,
s'appuyant sur sa canne, traînant une jambe qui
refusait de servir, s'arrêtant à chaque palier pour
souffler. Il s'installait dans un fauteuil, fixait Vanderputte de ses petits yeux irrités et disait :

— Je suis obligé de me soigner. Vous le savez très
bien.

— Mais enfin, René, gémissait Vanderputte. Laissez-moi le temps de me retourner ! Nous traversons
une période difficile.

Kuhl frappait furieusement le parquet avec sa
canne.

— Il me faut deux cent mille francs. Je vous donne
jusqu'à la mi-juin. Passé ce délai, je ne réponds plus
de rien.

Il prit son petit carnet et l'ouvrit.

— Tenez, je marque la date.

— D'ailleurs, vous m'embêtez ! se fâchait alors
Vanderputte. N'importe quel jury m'acquitterait !
Je suis un cas pathologique, c'est évident ! Je de-
manderais une expertise médicale, voilà tout !

— 15 juin, dernier délai, répétait brièvement Kuhl,
de sa voix essoufflée.

Il se levait et partait sans dire au revoir ; nous
entendions dans le couloir le bruit de sa canne qui
s'éloignait. Vanderputte errait dans l'appartement
comme une âme en peine et regardait les tableaux,
le mobilier, en parlant de « tout bazarder ». Mais
un matin, il se précipita dans ma chambre très excité,
les bretelles pendantes et une joue couverte de sa-

von : quelqu'un me demandait au téléphone et il avait cru reconnaître la voix de Léonce. Je sautai hors du lit. Le vieux trotta derrière moi et attendit, pendant que je parlais, le blaireau à la main.

— C'est toi, Lucky ?

Mon cœur fit un bond : j'avais oublié combien cette voix rauque, un peu étouffée, rappelait celle de Josette.

— C'est moi.

— Ça va ?

— Ça va.

— Mamille m'a dit qu'il t'a plus vu depuis long-temps...

— J'ai laissé tomber.

— Tu cherches autre chose ?

— Yep. Je cherche autre chose.

Il y eut un silence. Vanderputte regardait le télé-phone en promenant distraitement le blaireau sur sa joue.

— Viens me voir, on discutera.

Il me donna rendez-vous dans l'après-midi. Je raccrochai.

— Qu'est-ce qu'il a dit ? Qu'est-ce qu'il a dit ? s'agita immédiatement Vanderputte.

— Rien.

— Il vous a même pas demandé comment j'allais ?

— Non.

Le vieux baissa la tête et s'en alla, en traînant ses bretelles. Je m'habillai et à cinq heures, je grimpai l'escalier d'un hôtel meublé, rue Volney. L'hôtel pa-raissait désert. De temps en temps, seulement, un bruit de robinet. Au deuxième, je frappai à la porte.

— Tu peux entrer.

La première chose que je vis fut une fille qui s'habillait dans un fauteuil. Elle ne tourna même pas la tête et continua à enfiler ses bas. Léonce était assis sur le divan, le col du pardessus relevé, le chapeau sur la tête. Il fumait. Le studio ne paraissait pas habité. Le divan n'était même pas défait. Il y avait une moquette bleue, par terre, des vases vides, des rideaux bleus, tirés, la table de toilette sans un seul objet personnel, rien qu'un gros cendrier des Galeries Lafayette ; une ampoule était allumée au-dessus de la glace. Je m'assis dans l'autre fauteuil et attendis. La fille se glissa dans sa robe, tira la fermeture éclair, prit son sac et se tourna vers Léonce.

— Vous n'auriez pas une cigarette ?

— Tiens.

Elle prit une cigarette, l'alluma.

— Au revoir, monsieur, au plaisir.

Elle sortit, en balançant le sac.

— Eh bien, voilà, dit Léonce. Excuse si je te reçois ici, mais j'ai pas de domicile fixe. Ça viendra... Un domicile fixe, ça risque bien de m'arriver un jour !

Il se mit à rire et je retrouvai les yeux gais, plissés, que je connaissais, le visage couvert de taches de rousseur.

— Ça fait plaisir de te revoir, p'tite tête. Le vieux va bien ? Toujours aussi tordu ?

— A son âge, tu sais, on change plus.

— Et toi ? Tu changes ?

Je haussai les épaules.

— Ouais, on est tous comme ça, dit Léonce. On voudrait bien, mais on sait pas comment, c'est la vie.

Il aspira la fumée et l'exhala lentement, la tête rejetée en arrière, me guettant à la dérobée.

— Je suis tubard, déclara-t-il, brusquement, sans transition. Je me suis fait examiner, après la mort de Josette. Seulement, c'est moins grave. J'ai un médecin épatant qui s'occupe de ça. Faudra aussi que j'aille à la montagne, mais c'est pas pressé... La montagne ne foutra pas le camp.

Il sortit de son portefeuille une photographie, qu'il regarda en souriant.

— Tu te souviens ?

Il me tendit la photo. C'était une grande montagne lumineuse, un pic solitaire et couvert de neige qui perçait à travers les nuages : le Kilimandjaro. La photo était toute froissée, maintenant.

— Je me souviens, lui dis-je. C'est en Afrique.

Nous nous mîmes à rire. Il était bon de se retrouver ensemble. Léonce rangea soigneusement la photo dans son portefeuille.

— Moi ça tient toujours, dit-il. Et toi ?

Je haussai les épaules.

— Quand tu voudras.

— Bon. Alors, voilà...

Il se mit à parler, de sa voix brusque, qui commandait...

— C'est pas compliqué. Tu te souviens, lorsqu'on décrochait des manteaux dans les vestiaires et qu'on filait en douce ? Au fond, c'est la même chose. Il y a pas plus de risque. Faut faire vite, voilà tout. Les chauffeurs et les convoyeurs ne se défendent pas : ils sont trop mal payés. C'est leur façon de faire la grève, c'est connu.

Il s'échauffait, s'emballait, secouait ses cheveux roux qui ne voulaient pas tenir sous le chapeau. Il n'avait pas changé. Il était tel que je l'avais toujours

connu, avec ses dents noires, ses épaules voûtées, ses
vêtements toujours un peu trop grands...

— Seulement, moi, ce que je voudrais, c'est pas
des francs, comme tout le monde, c'est des dollars.
Bien sûr, c'est un peu plus difficile. Mais je me ren-
seigne. Et on est tout de même plus malin que les
autres, non? Les dollars, c'est la liberté. Tu peux
tout acheter, aller partout, tu es toujours considéré.
C'est la seule façon de se défendre, à l'heure ac-
tuelle. Et puis...

Il s'interrompit et regarda sa cigarette, attentivement.

— Et puis, tu sais, on ferait pas ça seulement pour
de l'argent.

— Et pour quoi, alors? m'étonnai-je.

Il fit un petit geste vers la fenêtre.

— C'est pour les méprises, dit-il.

Je savais de qui il s'agissait. Nous n'avions pas
besoin de beaucoup de mots pour nous comprendre.
Je dis, tout de même :

— On va pas se faire pincer?

— Tu en connais beaucoup, toi, qui se font pincer? Il n'y a qu'à lire les journaux.

Il se mit à rire.

— Et puis, de toute façon, il va y avoir la guerre,
ça va laver tout.

Il secoua la tête.

— Avec les Russes, ou les Américains, je sais plus
très bien. Tu trouves pas ça marrant, leurs histoires?

— Si.

— Je te dis, les gens sont complètement piqués,
c'est pas la peine de faire attention à eux. On peut
faire n'importe quoi, c'est la belle époque. Il n'y a

qu'à décrocher ce qu'on peut et filer en vitesse. On
pourra s'acheter une plantation de rhum, à la Ja-
maïque, ou quelque chose comme ça. Et si on se fait
pincer, au moins, on saura pourquoi. C'est pas comme lorsqu'on recevra leurs avions sur le coin de la
gueule. Ils ont tous la bombe atomique, ces salauds-
là.

Il fronça les sourcils et me regarda :

— Enfin, tu es d'accord sur le principe, oui ou
non ? Parce que je pourrais trouver quelqu'un
d'autre... Ça ne manque pas.

— Je suis d'accord sur le principe, bien sûr. Je
parle comme ça... Il faut tout prévoir.

— Bon. J'ai vu le Raton ce matin et il m'a dit
que si toi, tu marchais, il marchait, lui aussi. Il
nous faudra encore quelqu'un, mais je connais justement un type formidable mon vieux, un vrai tueur
américain, comme au cinéma...

— Non ?

— Si. Il a foutu le camp d'Amérique, parce qu'il
était brûlé, on le cherchait partout pour meurtre. Il
s'est engagé sous un faux nom et il est allé en Allemagne avec les troupes d'occupation. Il a fait de
l'occupation là-bas, puis il a déserté, il y a un an et
il est venu à Paris. Je lui ai procuré des faux-papiers
et je l'aide un peu, de temps en temps, parce qu'il ne
fout rien. Il s'appelle Johnny Sliven. Viens avec
moi demain matin, je te le ferai voir. Je ne lui ai
pas encore parlé de tout ça, mais il sera sûrement
d'accord. T'es fauché ?

— Ça commence.

Il sortit de la poche de son manteau une liasse de
billets et la jeta sur le divan.

— Sers-toi. J'ai pris ça dans un P. M. U., rue Charon. Tu as vu, dans les journaux ?

— Non.

— Dommage, c'était bien raconté. Attends, je dois avoir le journal sur moi.

Il fouilla dans ses poches.

— Je le trouve pas... Enfin, il y avait au moins dix clients au comptoir. Je suis allé tout droit à la caisse. Ils ont pas mouffeté. Pourtant, j'étais seul et il y a pas à dire, j'ai pas encore le physique. Je fais pas sérieux. Ça se voit même pas que j'ai dix-huit ans.

Nous quittâmes l'hôtel ensemble. Un grand homme maigre faisait les cent pas devant la porte, les mains derrière le dos ; il devait attendre Léonce, parce que, dès que nous parûmes, il se jeta vers lui.

— Ah, vous voilà, vous voilà... Imaginez-vous, je commençais à avoir peur. Je me disais que l'hôtel avait peut-être une deuxième sortie et que vous m'aviez abandonné.

Il eut un rire bref, chevalin, montrant ses grandes dents jaunes.

— Les épreuves que j'ai traversées à Budapest m'ont rendu nerveux !

— Je te présente Rapsodie, dit Léonce, avec un air de propriétaire.

L'individu ôta son chapeau et fit quelques courbettes rapides, avec un sourire empressé.

— J'accepte, j'accepte... Naturellement, monsieur, ce n'est pas mon vrai nom. Mais enfin... J'accepte ! Tout pour une bonne plaisanterie et dans l'intérêt de la science.

Il avait une chemise sale, un manteau noir, fripé,

et paraissait avoir dormi tout habillé depuis quelques jours.

— Rapsodie est médecin, dit Léonce. C'est lui qui me soigne.

— Boutonnez-vous, dit l'individu, il y a un petit vent coupant, malgré les apparences... Nous pourrions peut-être aller boire un verre ensemble, pour nous réchauffer ? C'est très indiqué...

Il me serra encore une fois la main, en regardant craintivement autour de lui.

— Je ne suis pas seulement médecin, je suis un grand savant. J'avais un institut de recherches à Budapest. J'étais sur le point d'avoir le Prix Nobel, lorsque les bolcheviks sont arrivés. Je ne sais pas si vous vous connaissez bien...

Son regard courait de Léonce à moi, avec inquiétude ; il tenait toujours le chapeau à la main.

— Mais votre ami, monsieur, est un grand homme, un grand homme, et un homme de cœur ! Je suis sans ressources et je ne connais personne, dans ce pays. Il m'a adopté, m'a nourri, m'a désaltéré... C'est un philanthrope ! Je ne sais pas ce que je deviendrais, sans lui... Je suis un réfugié politique... J'ai des principes, je suis pour la liberté. Il va m'aider à poursuivre mes recherches, il va m'installer un laboratoire... Un grand homme !

Il courait autour de nous, le chapeau à la main, le visage angoissé.

— J'ai fait des découvertes sensationnelles dans le traitement de la tuberculose. J'ai là, dans ma poche, des certificats et des articles de journaux qui prouvent...

— Tu sais, dit Léonce, Rapsodie était très connu dans son pays.

— Forcé de souffrir la persécution à cause de mes convictions politiques, dit l'individu. Forcé d'abandonner ma femme et quatre enfants à Budapest, aux mains de l'ennemi. Tout sacrifié pour continuer mes recherches. Si vous voulez jeter un coup d'œil sur mes journaux...

Il cherchait visiblement à m'inspirer confiance, à me séduire, sans doute se rendait-il compte que j'étais un ami de Léonce et capable de l'évincer. Il sortit de sa poche un paquet de journaux et me le montra. Il avait bien sa photographie, en première page, mais c'était du hongrois et il pouvait aussi bien avoir assassiné quelqu'un.

— J'ai obtenu plusieurs guérisons sensationnelles, me dit-il, avec désespoir.

Je dis à Léonce :

— Tu n'as pas tort de te faire soigner par ce type-là ?

Léonce haussa les épaules et parut irrité.

— Tu m'embêtes, on peut pas se méfier de tout le monde.

Nous convînmes de nous rencontrer le lendemain à midi : Léonce allait me présenter à Johnny Sliven.

III

Sliven était assis sur le lit et mangeait des cerises. Il était en bretelles, la chemise sans col, ouverte sur un cou gras et court. Il avait un visage rond, de

petites lèvres charnues, avec une grosse dent en or
au milieu. La petitesse des traits, du nez surtout,
faisait paraître son visage plus gros et plus gras
qu'il n'était réellement. Il venait, par la porte ouverte
du balcon, une petite brise printanière qui remuait
ses cheveux blondasses et fins et Sliven les arrangeait
parfois, maladroitement, en levant ses bras, qui paraissaient toujours trop courts pour tout ce qu'il
faisait. Il était assis sur le lit et mangeait des cerises,
crachant les noyaux sur le balcon. La fenêtre donnait
sur la Seine, la chambre avait une vue : Notre-
Dame, les péniches qui passaient, le ciel. Les petits
yeux un peu porcins de Sliven regardaient tout cela
avec attention, pendant que ses lèvres goulues cra-
chaient les noyaux sur la tête des passants. Léonce
était appuyé contre le mur, à côté du balcon. Le
pardessus déboutonné, les mains dans les poches, les
jambes croisées : il observait Sliven. J'étais assis
sur une chaise à côté du Raton, qui se rongeait les
ongles et regardait Sliven avec respect. Il était trois
heures de l'après-midi, Sliven avait déjeuné sur les
quais et nous attendions depuis une heure, dans sa
chambre. Maintenant, il était rentré, avec une livre
de cerises et il s'était assis sur le lit et s'était mis à
manger les cerises et à regarder la vue, avec sa dent
idiote qui étincelait au soleil. Sur la poitrine, il avait
un gros Mauser allemand, dans un étui en toile verte
de l'armée américaine qu'il avait fixé aux bretelles.

— Dans la chambre à côté, dit Sliven, il y a une
petite fille qui a peut-être vingt ans. Elle fait des
études pour être peintre.

— Elle te l'a dit, hein ? demanda Léonce. Peut-
être que tu lui as dit qui tu étais aussi ?

— Sûr, dit Sliven. Je lui ai dit qui j'étais.

— Tu lui as dit : mon nom est Johnny Sliven, je suis recherché pour meurtre, je me suis tiré des États-Unis en m'engageant sous un faux nom, j'ai été envoyé en Allemagne et de là, je me suis évadé, je suis venu à Paris et j'ai pris une chambre avec une jolie vue où je vis sans rien foutre depuis un an, en regardant le paysage ?

Sliven cracha un noyau de cerise.

— Sûr, je lui ai dit qui j'étais. Un type de New-York qui s'appelle Stevens et qui est venu à Paris pour apprendre le français et qui s'intéresse à la peinture.

— A quoi ? dit Léonce.

— A la peinture, dit Sliven. Elle m'a promis de me donner des leçons.

Il nous cligna de l'œil.

— Qu'est-ce que vous diriez, mes enfants, si un jour vous trouviez le vieux Johnny Sliven au bord de l'eau, en train de barbouiller un joli paysage ?

Il riait, silencieusement. Le Mauser sautait sur ses seins gras. Nous le regardions, bouche bée.

— Sliven, dit Léonce, avec horreur.

Sliven avait fini les cerises. Il s'essuya les lèvres et les mains avec le paquet vide, le roula en boule et le jeta par la fenêtre.

— C'est un drôle de pays, dit-il. Cette gosse, c'est pas une putain. Cet hôtel est un hôtel respectable. Il y a des gens bien qui habitent ici, comme Johnny Sliven...

Il montra sa dent en or.

— Des touristes, des vieilles dames avec de la dentelle autour du cou. Eh bien, tous les jours, cette
gosse reçoit un nègre dans sa chambre, un vrai nègre,
qui se dit peintre, lui aussi, et les gens trouvent ça
tout à fait normal, on ne la fout pas à la porte, ni
rien. Et le plus fort, c'est que le nègre trouve ça normal, lui aussi.

— Sliven, supplia Léonce.

Sliven prit une cigarette. Il la sortit directement
de sa poche, l'alluma avec son briquet, resta un moment la gueule ouverte, pleine de fumée, avec le sourire idiot, en or, qui flottait entre ses lèvres, comme
un bouchon sur l'eau. Il promena sur nous ses petits
yeux bleus.

— L'un de vous a-t-il déjà bu, du...

Il fit un effort terrible de prononciation :

— Pou-illy Fuis-sé 1929 ?

— Sliven, dit Léonce, tu marches ou tu marches
pas ?

La brise souffla du balcon, par-dessus les géra-
niums. Sliven arrangea ses cheveux.

— Lorsque vous marchez le long des quais, vous
voyez des tas de types avec des cannes à pêche. Ils
n'attrapent jamais rien. Le poisson vient, il bouffe
ce qu'il y a et puis il s'en va. Et le type, aussitôt,
met un autre morceau au bout de son fil et recommence. Quelqu'un peut me dire pourquoi ils font
ça ?

— Peut-être qu'on les paie pour faire bouffer le
poisson, dit le Raton.

— J'ai vu une seule fois un type attraper quelque
chose, dit Sliven. C'était un vieux type avec un col

cassé et un chapeau de paille et il avait enlevé ses
souliers et ses chaussettes à cause du printemps. Je
le regardai pendant deux heures et à la fin il y a un
poisson qui a mordu. Le vieux a pris le poisson, il l'a
détaché et puis il l'a regardé. Il l'a bien regardé dans
les yeux. Et puis il a rigolé et il l'a refoutu à l'eau.
Quelqu'un peut me dire pourquoi il a fait ça ?

— Peut-être que le poisson était pourri, dit le
Raton.

Sliven fumait et la brise chassait la fumée dans ses
cheveux.

— Bon, dit Sliven. Maintenant, qu'est-ce que vous
diriez, tous, si demain vous trouviez comme ça le
vieux Johnny Sliven, sans chaussettes et sans souliers, avec un chapeau de paille et une canne à
pêche, en train de faire bouffer les petits poissons ?

C'était atroce. Nous évitions de nous regarder.
Nous avions l'impression d'assister à la fin d'un
homme, à une castration. Et cet homme n'était
même pas conscient de sa déchéance. Il avait l'air
heureux. Il souriait.

— Il est saoul, dit Léonce, avec désespoir. Sliven,
tu marches ou tu marches pas ?

— Seulement, moi, si j'attrape un poisson, affirma
solennellement Sliven, je vais le bouffer, même s'il
est petit. Je vais l'amener ici et je vais le faire
griller moi-même à la cuisine et puis je vais le bouffer
tout seul. Et je vais boire avec ça une bouteille de...

Il fit un effort :

— Pou-illy Fuis-sé, sans lequel le poisson français,
il ne veut rien savoir pour passer...

Le Raton émit un sifflement prolongé.

— Eh bien, si c'est ça, les gangsters américains, il y a plus qu'à aller se coucher, dit-il.

Léonce dit doucement, en plissant les yeux :

— J'ai vu au cinéac un dessin animé qui s'appelait Ferdinand le Taureau. C'était un taureau qui avait l'air d'un taureau, mais à l'intérieur, il était tout mou et bleu et tout ce qu'il voulait, dans la vie, Ferdinand le Taureau, c'était de rester assis sur son cul et sentir les fleurs... Voilà.

Il nous fit signe.

— Allez, les gars, on s'en va.

Nous longeâmes les quais en silence. Nous étions désolés et le Raton lui-même paraissait abattu. Ce n'était pas beau, ce qu'on venait de voir. Léonce loucha avec rancune vers les péniches et les nuages qui glissaient autour de Notre-Dame, vers le ciel bleu, au-dessus d'un vagabond assis au bord de l'eau, le torse nu, en train de se gratter les tatouages au soleil...

— Fini, Johnny Sliven, grommela-t-il. Il veut plus travailler. C'est le pays qui fait ça. Un de ces jours, il va se faire communiste, vous allez voir. Pauvre France !

Il cracha dans l'eau.

— Enfin, on va faire ça sans lui, on est assez grands.

Il ajouta qu'il avait d'ailleurs quelqu'un d'autre en vue.

— Julot, vous savez, il a travaillé pour Mamille. D'ailleurs, on a le temps de voir. C'est pas encore au point, mon truc. Vous n'avez qu'à attendre. Je m'occupe de tout.

IV

J'attendis. Vanderputte m'assaillit de questions mais n'obtint de moi aucune réponse. Je préférais ne pas le mettre au courant et lui éviter ainsi une nouvelle fuite en province. J'errais dans l'appartement, me heurtant constamment au vieux qui courait de chambre en chambre derrière moi, une bouillotte d'eau chaude pressée contre le ventre.

— On me cache quelque chose ! gémissait-il. Ils vont me faire un sale coup, je le sens !

Il commença à préparer ostensiblement sa valise, l'emplissant jusqu'aux bords d'un bric-à-brac poussiéreux, de mille objets inutiles qui tintaient, grinçaient et craquaient.

— Nous allons partir, mes amis ! leur disait-il.

Tous les soirs, j'allais voir le vieux tragédien de la Huchette et lui faisais une offrande : une tabatière en émail, prise dans l'appartement, des fruits, des fleurs : j'essayais ainsi d'acheter sa protection. Car il me suffisait de regarder cette créature absurde, au visage bariolé, aux chiffons multicolores, avec ses têtes homériques qui allaient, en l'espace d'un quart d'heure, de Landru à Hamlet, en passant par Mme Butterfly, pour me sentir saisi de crainte superstitieuse — il me semblait que j'avais devant moi le seul dieu qui fût à la mesure des hommes — le seul qui fût à l'image du monde que je voyais autour de moi. Un jour, cependant, en arrivant plus tôt que de coutume, je trouvai la petite maison en ébullition. Dans le bar, des filles se tenaient silencieuses et effrayées ; quelques-unes sanglotaient; seule Jenny,

assise près de la vitre dépolie, lisait tranquillement.
Je vis immédiatement que quelque chose de grave
s'était passé : les filles étaient tout habillées. Sacha
lui-même portait un complet de serge bleue fort
décent, ce qui prouvait déjà suffisamment la gravité
de la situation. Il se dressait parmi les dames, comme
un vieux coq déplumé et indigné.

— Allons, allons, mesdames, ne vous laissez pas
abattre, nous lutterons ! Je lutterai personnellement
jusqu'à la dernière cartouche ! La reine mère est à
la préfecture, elle nous obtiendra au moins une pro-
longation ou alors, je ne la connais plus ! Je l'ai
solennellement avertie : si elle revient les mains
vides, je serai impitoyable ! Im-pi-toyable. D'ailleurs, si le pire devait arriver, je vous emmène avec
moi en Amérique du Sud ! Parole d'honneur ! Toute
la troupe partira avec moi en tournée. Je vous promets partout, mesdames, un accueil triomphal ! Ça
manque de femmes, là-bas, c'est connu, nous aurons
plus de chance qu'ici...

Les sanglots aigus des filles couvraient presque sa
voix et le vieux Pompon s'agitait, courait d'une fille
à l'autre, tapotait une main ici, une main là, se dé-
pensait sans compter.

— Ah, c'est vous, cria-t-il en me reconnaissant et
en courant à ma rencontre, les bras ouverts. Vous
êtes au courant ? Un grand malheur, mon cher, un
grand malheur ! Ils nous jettent dans la rue. Sur le
trottoir. Avec mon talent, vous vous rendez compte,
avec mon talent ! Le gouvernement vient de fermer
toutes les maisons. C'est de la démagogie ! Oh, ma
pauvre grande amie...

Il courut consoler une fille qui se trouvait mal. Je m'approchai de Jenny.

— Alors, c'est vrai, on ferme ?

— Oui. Je vais travailler en meublé. C'est idiot, ce qu'ils font là. Ça va augmenter les maladies vénériennes, voilà tout.

Sacha revenait, ses belles mains fines balayaient les airs.

— Affreux, mon cher, affreux... j'ai une migraine... ma pauvre tête ! Ce malheureux pays — j'ai toujours adoré la France, je la considère comme ma troisième patrie — est vraiment au bord du gouffre. Au lieu de dissoudre le Parti communiste, ils ferment les bordels, vous avouerez tout de même que c'est un peu fort ! Toujours les demi-mesures, la ligne de moindre résistance... Au lieu de frapper Thorez, ils frappent Sacha. Vous avouerez, cher ami, que c'est d'une confusion... Je ne sais pas du tout ce que nous allons faire. La reine mère a d'abord pensé ouvrir une maison de couture ou un salon de thé... Affreux ! Personnellement, je suis d'ailleurs décidé à émigrer. J'ai toujours considéré les États-Unis comme ma quatrième patrie et puis, enfin, ils sont les seuls à pouvoir contenir les bolcheviks, ils ont la bombe atomique, je me sentirai enfin défendu. Je commence vraiment à avoir besoin de protection moi-même, après avoir toute ma vie protégé les autres. Allons, mesdames, allons, un peu de calme ! Tout n'est pas encore définitivement perdu. La reine mère est à la préfecture, nous aurons un petit sursis, nous aurons le temps de voir, de nous retourner. Entre temps, les choses peuvent s'arranger, il y aura peut-être la guerre, une catastrophe quelconque, qui fera abroger ce maudit décret. A part : je leur dis ça, mais au fond, je n'ai aucun espoir. Tout ce que je demande, c'est un permis d'immigration aux États-Unis, comme personne déplacée. En attendant, nous allons loger dans une pension de famille, prenez l'adresse, venez me voir un de ces jours : je vous ferai Hamlet ! Allons, mesdames, allons, tout cela va s'arranger ! A part : je n'en crois pas un mot !

Au moment de partir, j'ai demandé à Jenny :

— Tu n'as pas vu Léonce, ces jours-ci ?

— Non, dit-elle, pas depuis des mois.

Elle me sourit tristement.

— Ça finit toujours comme ça.

Je rentrai chez moi. Je trouvai le Raton installé sur mon lit, mâchant son chewing-gum.

— C'est pour demain, me dit-il.

V

Je me levai à cinq heures du matin et me fis du café. Je n'avais pas dormi de la nuit. Je m'habillai, me collai les cheveux et me mis à errer dans l'appartement, pénétrant dans toutes les chambres, cherchant fébrilement quelque chose, je ne me souviens plus quoi. Chaque fois que je passais devant la chambre de Vanderputte, j'entendais les ronflements sonores du vieux et j'avais envie de l'appeler, de le réveiller, je tournais la poignée, mais la porte était verrouillée. Je frappai une ou deux fois, timidement, mais le vieux continua à ronfler, je n'osai pas frapper plus fort, je ne voulais tout de même pas avoir

l'air d'appeler au secours. J'entrai ensuite dans la
chambre de Josette et attendis là, fumant des cigarettes, regardant droit devant moi. Je regardais le
lit blanc, l'oreiller froid, le fétiche désarticulé qui
gisait sur un coussin, les bras ouverts et les photos
des vedettes, sur le mur, qui me fixaient de leurs
yeux luisants... Je pris le petit livre dans ma poche
et l'ouvris. « Les hommes changent, à force de mourir
vers quelque chose... Et l'humanité confuse marche
lentement dans la direction dans laquelle ils jettent
leur vie... dans laquelle ils meurent. » Je ne comprenais pas ce que je lisais, mais les mots importaient
peu : la vue de cette écriture me redonnait du courage et je me sentis mieux. « Il n'y a pas d'époques
noires, il n'y a que des époques de confrontation...
L'humanité a toujours progressé par une expérience
tragique d'elle-même. » Le camion des ordures passa
dans la rue et le son métallique et creux des poubelles vidées éveilla dans mon ventre un nouvel écho
d'angoisse. Je regardais les mots obscurs qui dan-
saient devant mes yeux en marge du livre et je me
disais seulement : moi aussi, je vais peut-être me
faire descendre tout à l'heure, comme mon père.
« Une seule chose compte : ne pas rester seul. Pour
vivre, il suffit de quelques erreurs fraternelles. Quant
à la vérité... » L'heure approchait, je sentais le vide
grandir dans mon ventre, mon cœur se dilatait, prenait toute la place, puis se contractait, dans un pince-
ment douloureux... « La vérité de l'espèce, notre
vérité a peut-être un visage tellement atroce, qu'il
nous suffirait de jeter un regard sur elle pour être
réduits en poussière. L'homme peut périr aussi par
la compréhension de son destin. Il mourra alors

atrophié, dans la passivité et la non-résistance... »
J'essayais en vain de suivre les mots tracés en marge
du livre, mes yeux s'affolaient, couraient dans toutes
les directions. Je ne pouvais pas conduire, dans cet
état, c'était clair. Il valait encore mieux laisser le
volant à Léonce et essayer de faire le boulot moi-
même. « J'essaye de bâtir un monde meilleur pour
mon fils et... » Une voiture passa, dans la rue, je
glissai rapidement le livre dans ma poche et me levai,
mais la voiture ne s'arrêta pas. Je restai debout à la
fenêtre, le cœur secoué, regardant les premiers chapeaux mous, les premiers vestons déambuler dans
la rue... A sept heures vingt, le Raton vint me chercher. Il était, pour une fois, tout silencieux et ne
desserra même pas les dents pour me dire « hallo ».
Je pris mon chapeau et mon foulard jaune, puis
laissai le foulard, ça se voyait trop. Je trouvai la
traction-avant devant la porte. Léonce me céda le
place au volant. Je vis, dans le fond de la voiture,
un grand garçon maigre d'une vingtaine d'années,
que j'avais aperçu deux ou trois fois chez Mamille.
Il était enfoncé dans son coin, les mains dans les
poches de son manteau, le chapeau sur les yeux,
ses lèvres tremblaient un peu.

— Je te présente Julot, dit Léonce. Il prendra la
camionnette.

— J'espère qu'ils ont pas un système d'alarme,
dit Julot. Ça bloque tout et il y a une sirène.

Sa pomme d'Adam sautait convulsivement sur son
cou maigre.

— T'as encore le temps de te dégonfler, dit Léonce.
C'est le moment.

— Non, mais pour qui que tu me prends ? s'indi-

gna le type. Quand je dis que je marche, je marche.
C'est seulement pour discuter. Sans ça, c'est trop...
c'est trop solennel. On dirait des funérailles.

— Ça fait quinze jours que tu discutes. Il y en a
marre.

Nous attendions, l'œil sur nos montres. Nous
comptions dix minutes à peu près pour aller jusqu'à
la rue de La Boëtie. Il y avait encore dix minutes à
attendre, avant de démarrer. C'était le plus mauvais
moment. Je sentais mon estomac se glacer, se con-
tracter.

— C'est marrant. J'ai mal au ventre.

— Moi aussi, dit le Raton.

Julot ne dit rien. Il devait avoir mal partout, lui.

— C'est la frousse, dit Léonce, c'est régulier.

Le Raton bougea, dans le fond de la voiture. Je
voyais dans le rétroviseur son petit visage couvert de
sueur.

— Dites donc, les gars, on tire pas, hein, c'est
bien entendu ?

— On tire que si on peut pas faire autrement, dit
Léonce.

Je le voyais de profil. Il souriait. Je regardai ma
montre. Moins vingt. Je me donnai encore cinq minutes.

— T'es sûr qu'ils sont que deux ? dit le Raton.

— On va bien voir, dit Léonce. Tu sais bien
compter, non ?

Julot demeurait immobile, crispé, les mains dans
les poches. Il respirait très vite. Je voyais dans le
rétroviseur son manteau qui montait et descendait
sur sa poitrine.

— Alors, quoi, qu'est-ce qu'on attend ? brailla-t-il.
J'finirai par avoir la trouille.

— Tu l'as déjà, dit Léonce. C'est trop tard pour
te débiner, maintenant. T'es dans le coup.

— Oh, ça va, fit Julot.

Moins dix-huit. Je me tournai vers Léonce.

— Donne-moi le pétard.

— Quoi ?

— C'est moi qui prends les deux types.

— Tu es fou ? T'as pas l'habitude. C'était d'accord, non ?

— Allez, passe-moi le pétard. Prends le volant.
C'est le moment d'y aller.

— Dites donc, les gars, fit le Raton. Si on remettait ça à demain ?

— Ta gueule.

Léonce me tendit l'arme. Il sortit rapidement de
la voiture, fit le tour, se mit au volant, il démarra.

— Bon, dit-il, entre les dents. Faites gaffe, maintenant. On est dans le bain. Lucky et Julot prennent
le camion. Je reste ici, le Raton avec moi. Pas de
blague.

Le silence. Je n'entendais même pas le bruit du
moteur. Parfois, seulement, le souffle rapide, chaud,
du Raton qui se penchait entre moi et Léonce. Je
sortis le revolver de ma poche, l'examinai : Léonce
avait enlevé le cran de sûreté. Je le remis. Je laissai
tout de même le magasin dans l'arme, pour le moral.

— Attention, dit Léonce.

Nous roulâmes doucement le long du trottoir, puis
Léonce s'écarta un peu, pour dégager sa roue et s'arrêta. La rue de La Boëtie passait à cinq mètres

devant nous. Nous regardions tout droit, les yeux fixes. J'entendis derrière moi Julot bégayer :

— Bon Dieu, pourvu que ça se passe bien. Bon Dieu, pourvu que ça se passe bien.

— T'as fini de prier, non ? dit Léonce. On est pas à l'église.

Encore quelques minutes de silence mort, crevé...

— Attention, les v'la...

Je vis la camionnette blanche passer doucement devant nous. Au même moment, Léonce démarra, tourna à gauche. La camionnette s'arrêtait déjà, se rangeait à droite. Léonce s'arrêta à trois mètres derrière, j'ouvris la portière...

— Lentement, les gars.

Je me retournai. Julot me suivait. Il avait le visage blême et un regard de somnambule. Je marchai jusqu'à la portière de la camionnette, l'ouvris...

— Allez, descendez, vite, on est pressés.

Les deux types restaient pétrifiés, la bouche ouverte. L'un d'eux, le chauffeur, leva brusquement les bras en l'air : un réflexe.

— Dehors.

Ils se réveillèrent, descendirent maladroitement. Le chauffeur, qui tenait toujours les bras levés, faillit s'étaler par terre, je dus le soutenir. Je vis Léonce, debout au milieu du trottoir, surveiller les passants. Il avait une main dans la poche. Il en a encore un, pensai-je... Un des convoyeurs fit un pas vers moi.

— Bougez pas ! lui criai-je.

Il se pencha un peu, me fit un petit signe.

— Bravo, les gars ! fit-il, entre les dents. Bonne chance. On est de cœur avec vous. Mettez le feu partout ! C'est tout ce que ça mérite !

Julot démarrait déjà. Encore un peu et je restais derrière. J'eus tout juste le temps de bondir sur le marchepied.

— Imbécile...

— Jésus, Marie, bégayait-il, Jésus, Marie.

Je me penchai par la portière. Je vis les gens qui couraient et le malheureux chauffeur, complètement ahuri, qui restait toujours immobile, les bras levés... La traction était déjà devant nous.

— Allez, suis-la. Vas-y doucement, il y a pas le feu.

— Oh là là, fit Julot, pourvu que ça se passe bien... Léonce roulait assez vite vers les Champs-Élysées d'abord, puis vers la Concorde. Je voyais le visage du Raton qui nous observait, par la vitre arrière. Nous les suivions à une dizaine de mètres. Chaque fois qu'un feu rouge s'allumait, le visage de Julot se tordait douloureusement.

— Faudra rester chez toi, la prochaine fois, lui dis-je.

— Sûr que je resterai chez moi. C'est fini. La première et la dernière fois. Jésus, Marie, encore un rouge.

A chaque sifflet d'agent, il fallait l'empêcher de lâcher le volant. Il n'avait qu'une idée : sortir au plus vite de la camionnette.

— Mais enfin, où c'est qu'il va ? gémissait-il. Pourquoi qu'on s'arrête pas, nom de Dieu ? On va se faire ramasser.

Encore cinq minutes.

— Je m'arrête ! râla-t-il. J'marche plus ! Je préfère tout lâcher. C'est trop con, se faire ramasser maintenant !

Il freinait déjà. Je lui mis doucement le revolver contre les côtes, pour le principe.

— Allons, Julot, tu vas être un bon petit. Il n'y a pas de pet. Tout s'est très bien passé. C'est O. K. partout.

— Touchons du bois, dit-il, pieusement, c'est pas encore fini.

Il cria, avec désespoir :

— Mais enfin, où c'est qu'il va ? On dirait qu'il se promène ! J'en peux plus ! J'ai une envie de pisser que c'en est formidable.

Léonce s'arrêtait déjà et nous faillîmes l'emboutir. Nous étions au milieu des Tuileries, dans l'avenue Déroulède. Au bout de la rue, face à la statue de Jeanne d'Arc qui étincelait au soleil, je voyais le dos de l'agent qui réglait la circulation. Julot sauta hors du camion, comme s'il était en feu.

— Du calme, dit Léonce. Monte dans la voiture, t'as une tête à faire appeler Police Secours.

Il se tourna vers moi.

— C'est fermé à clef. Tu aurais dû demander la clef au chauffeur. Mais le Raton va y arriver.

Il me donna du feu. Une ou deux voitures passèrent, l'une d'elle était une Studebaker du dernier modèle et nous la suivîmes du regard, avec envie.

— C'est pas la meilleure solution, dit Léonce. Il vaut mieux laisser les convoyeurs dedans, et monter avec eux. Ça fait moins de bruit, les gens s'aperçoivent de rien et on gagne une bonne demi-heure sur la police.

— Dis donc, remarquai-je, les convoyeurs, ils avaient l'air de rigoler ?

— Ils sont pas assez payés, dit Léonce. Alors, ils

se vengent. Je te dis, c'est le bordel partout, on risque
rien.

Deux agents cyclistes passèrent lentement à côté
de nous. Ils riaient entre eux, et ne nous regardèrent
même pas.

Je vis le visage du Raton, tout couvert de sueur
et les boucles collées au front, apparaître derrière le
camion.

— Ça y est, annonça-t-il.

Nous jetâmes les quatre sacs de toile dans la voiture. Je me mis au volant.

— Allez, les gars, vite ! suppliait Julot. Ce serait
vraiment trop bête si...

Nous roulâmes vers la statue de Jeanne d'Arc. Je
ne pus m'empêcher d'adresser un sourire moqueur
à l'agent. La tension était tombée. Julot fredonnait
déjà quelque chose et le Raton bavardait comme
une pie.

— Ah, les gars, ça c'est du boulot ! Bravo, Lucky,
bravo p'tite tête ! Léonce, t'es plus fort que Pierrot
le Fou, c'est moi qui te le dis ! Et le flic devant, qui
réglait la circulation... Oh ma mère !

Il avait une crise de fou rire.

— Et le chauffeur, les gars, vous avez vu le chauffeur ? criais-je. Il est resté les bras levés, alors qu'on
n'était plus là !

— Du billard ! hurlait Julot. Du billard ! Je re-
commencerai quand on voudra ! Vous avez vu comment je l'ai prise cette camionnette, hein ?

— C'est du bon boulot, disait Léonce, ils feraient
pas mieux en Amérique !

— Je m'achèterai une plantation de tabac, à

Cuba, hurlais-je. Des cigares gros comme ça, mon vieux...

— Non, mais vous avez vu si je l'avais en main, cette camionnette ! s'extasiait Julot. Vous pourriez me dire merci, tout de même !

— Tu veux qu'on s'arrête pour pisser ? lui proposais-je.

— Ah non, ça peut attendre ! s'effraya-t-il.

Nous riions encore plus fort. Nous montâmes dans l'appartement, rue Madame. Vanderputte nous croisa dans l'antichambre et sauta au cou de Léonce.

— Léonce ! hurla-t-il. Mon petit ! Je savais bien que tu allais revenir... Je savais que tu n'allais pas me laisser seul dans le besoin !

C'était la grande scène. Il sortit même le beau mouchoir à carreaux et s'essuya les yeux, tout en louchant discrètement vers les sacs.

— Qu'est-ce que c'est ? s'intéressa-t-il. Qu'est-ce qu'il y a, dans ces sacs ?

Il tendit une main avide et essaya de les tâter.

— Vous occupez pas, dit Léonce. C'est pas des vieux chiffons, ça vous intéressera pas.

Il lui ferma la porte au nez et plaça son chapeau sur la poignée. Nous entendîmes, de l'autre côté, une exclamation étouffée : le vieux regardait par le trou de la serrure. Le Raton ouvrit les sacs... Les bras nous tombèrent.

— Des francs, dit Léonce. Merde alors...

Nous regardions l'argent en silence.

— C'est toujours mieux que rien, dit Julot.

Léonce se mordait les lèvres.

— D'habitude, la Centrale leur envoyait des dollars, les lundi et les vendredi. J'avais le tuyau...

— Il y en a qui crèvent, dit Julot.

Il prenait sa revanche.

— C'est vraiment pas de pot, dit Léonce.

— Ça doit faire tout de même deux ou trois millions par tête de pipe, dit le Raton, pour lui remonter le moral.

Léonce haussa les épaules, avec irritation.

— Qu'est-ce que tu peux faire avec ça, à l'étranger ?

Il alluma une cigarette.

— Faudra recommencer, dit-il.

— Sans moi, dit Julot. Moi, je me contente de peu, je suis pas exigeant. Sans moi, p'tite tête, sans moi.

Léonce me regarda.

— Quand tu voudras, lui dis-je.

VI

Les semaines qui suivirent se présentent aujourd'hui à ma mémoire comme un déroulement d'images confuses, qui ne s'enchaînent pas, dans une atmosphère irréelle, une succession de sons, de mots rapides, de portières d'autos que l'on claque, de visages stupéfaits ou effrayés et toujours cette sensation de vide, qui commence au ventre et finit dans la tête, balayant les pensées, laissant partout son sillage d'angoisse. L'angoisse déformait les contours des choses, exagérait les gestes, ne laissant passer que certains détails sans importance et leur donnant ainsi, dans ma mémoire, une importance démesurée.

C'est ainsi que je me souviens avec une netteté sin-
gulière du jeu de cartes que je tenais constamment
à la main, faisant des réussites pour savoir comment
cela allait tourner la prochaine fois. Les rois, les
valets, les dames grimacent encore souvent devant
moi, dans mon sommeil et les as borgnes me regar-
dent fixement. Dans tout cela, le visage de Léonce
revient avec le plus de précision, son regard moqueur,
l'éclat de ses cheveux roux qui ne tenaient jamais
sous le chapeau, la cigarette entre ses lèvres serrées
et aussi, le goût du tabac humide dans ma bouche et
la voix suppliante du Raton, disant : « Allez, les
gars, encore une fois, mais c'est la dernière, hein,
c'est promis ? » Le 22 mars 1947, nous « levâmes » la
paie des employés du métro, place Clichy. Nous em-
ployâmes une technique nouvelle, que les journaux
nous avaient signalée : au lieu de faire descendre le
chauffeur et le convoyeur, nous montâmes avec eux
dans le camion et nous fîmes conduire dans un endroit tranquille. Je me souviens de la voix du chauffeur, un brave dudule tout ému, qui répétait, en
nous regardant :

— Je pourrais être votre père, je pourrais être
votre père...

Si bien qu'au moment de partir, Léonce lui dit en
claquant la portière :

— Au revoir, papa.

Les journaux commençaient à parler sérieusement
du « gang des adolescents » et se moquaient de la
police. Nous nous sentions soutenus. Nous sentions
autour de nous une admiration et une approbation
diffuses, que les journaux, par pudeur, n'exprimaient
pas entièrement. Le 3 avril, nous montâmes dans le

camion des P. T. T., alors que le chauffeur attendait
tranquillement devant un signal rouge, aux Invalides.
Dès qu'il sentit le revolver s'enfoncer dans ses côtes,
le convoyeur nous ouvrit les bras et dit :

— Enfin, ça y est tout de même. Je commençais
déjà à être vexé.

Les francs s'accumulaient dans l'appartement rue
Madame, à la grande terreur de Vanderputte, qu'il
avait bien fallu mettre au courant. Il rôdait dans
l'appartement sur ses jambes tremblantes et n'avait
même plus la force de fuir en province. Il dut s'aliter.
Chaque fois que nous revenions d'opération, il se
levait, préparait sa petite valise, mais était obligé
de se recoucher aussitôt et restait effondré sous son
baldaquin crasseux, entouré d'anges joufflus, la
moustache pendante.

— Vous allez me faire pincer ! gémissait-il. Vous
vous rendez compte, n'est-ce pas, que si la police
m'interroge, je leur dirai tout, absolument tout ?

— C'est pas un secret, disait Léonce. On est dans
tous les journaux... Le gang des adolescents. Tenez,
lisez...

Le vieux fermait les yeux. Son visage devenait tout
gris, chaque ride se creusait encore davantage.

— Je ne parle pas de ça, murmurait-il.

En dehors de nos expéditions, nous ne quittions
plus l'appartement de la rue Madame. Nous avions
l'impression que tout le monde connaissait nos visages ; nous avions peur d'être reconnus. Les portes
verrouillées, les volets baissés, les trois ratons se
tenaient parmi les meubles hautains du grand salon,
les visages impassibles, les chapeaux sur les yeux,
sous le regard vide de « nos grands classiques ».

Léonce avait amené Rapsodie avec lui et le Hongrois
nous servait d'homme à tout faire, descendait la
poubelle, balayait un peu et faisait le marché. Nous
mangions surtout des conserves et de la charcuterie
dans du papier gras. De temps en temps, le Hongrois
s'arrêtait devant Léonce, le regardait avec admiration et murmurait, assez haut pour être entendu :

— Un grand homme ! Un très grand homme ! Il
ira loin !

Léonce le traitait affectueusement de « vieux maquereau » et Rapsodie, ravi, fuyait rapidement, dans
son grand pardessus fripé qu'il ne quittait jamais.
Tous les matins, il courait acheter les journaux qui
publiaient, en première page, des comptes rendus de
notre activité et s'étonnaient de notre jeune âge.

— Le public est de notre côté, ça se sent, disait
Léonce. Pense à tous les malheureux papas qui
gagnent leurs quinze mille balles par mois avec une
famille et des gosses, et qui ouvrent leur journal le
matin et trouvent que le « gang des adolescents »,
comme ils disent, a encore pris des millions. Ils doivent bicher. Ils doivent regarder leur fils unique avec
espoir et lui donner cent balles pour aller au cinéma.
Et puis, ils doivent se dire que nos parents aussi
étaient payés quinze mille balles par mois et que
c'est pour ça. Tu comprends, c'est comme s'ils faisaient la révolution.

Il nous arrivait cependant de sortir de notre trou,
de traîner dans les bars et de rentrer saouls le matin.
C'est au cours d'une de ces expéditions que le Raton
adopta un vrai baron polonais réfugié. Il l'avait
trouvé dans un bar de la rue de Ponthieu, dans un
état de stupeur alcoolique avancée et le ramena

rue Madame, malgré les protestations de Léonce,
ivre lui aussi. Nous trouvâmes dans ses poches un
billet de chemin de fer pour Rome, et des lettres
adressées à des cardinaux.

— Il allait voir le Pape, bégayait le Raton, en titu-
bant avec son nouvel ami. Pas vrai, baron, que tu
allais voir le Pape ?

— Pszpszpsz, syphonait le baron, le visage radieux.

Il dessaoula un peu le matin et demanda où il était,
ce qu'il faisait là et si Sa Sainteté allait le recevoir,
mais il suffit de deux verres de vin rouge pour le
remettre en état. Nous l'appelâmes Papski et déci-
dâmes de le conserver comme porte-bonheur pendant la durée des opérations. Le Raton l'habillait,
le couchait, lui achetait des chemises de soie, Léonce
lui collait un cigare dans la bouche et moi, un œillet
à la boutonnière... Quelquefois, en regardant le
baron se balancer doucement sur sa chaise, je me
demandais si c'était bien la boisson qui le stupéfiait
ainsi, si ce n'était pas simplement la vie.

— Dis donc, baron, lui demandais-je. T'es vraiment saoul, au moins ? T'aurais pas, des fois, une
sensibilité maladive, comme moi ?

Le baron tournait vers moi son œil réjoui.

— Pipi, faisait-il, plaintivement.

— Ça y est ! soupirait le Raton. Il y avait longtemps !

Il le conduisait aux cabinets. Nous finîmes par
l'emmener dans nos expéditions, malgré quelques
protestations de Léonce, qui reconnut à la fin que
« ça faisait bien » ; on installait donc Papski dans
la voiture, sur le siège avant et le baron attendait,
hilare, pendant que nous mettions le revolver sous

le nez de quelqu'un. C'est ainsi que, le 2 avril, nous arrêtâmes dans le Bois de Boulogne la voiture qui transportait la recette du champ de courses. Le chauffeur, cette fois, avait essayé de protester, sans doute était-il mieux payé que les autres.

— Dites donc, les gars, si on s'arrêtait ? s'inquiétait le Raton. C'est pas que j'ai peur. Mais j'ai une mère et sept frères et sœurs, dans la casbah. Je suis l'aîné, je leur envoie des sous. Si je suis bouclé et qu'ils reçoivent plus rien, ils vont croire que j'ai pas réussi dans la vie.

Les volets étaient baissés, les fenêtres fermées et l'appartement empestait le soufre et l'ammoniaque : Rapsodie avait installé son laboratoire dans la salle de bains, d'où en sortaient quelquefois des nuages de fumée et une puanteur innommable. De temps en temps, il émergeait de son trou, s'approchait de Léonce et le suppliait de ne pas s'impatienter : il allait trouver un remède contre la tuberculose, c'était une question de minutes. Le baron se tenait assis dans un fauteuil Roi-Soleil, très digne, les yeux légèrement exorbités, avec son cigare et son œillet ; nous l'avions disposé juste en face du beau portrait du pape, qui le regardait de son cadre doré, et le baron, de temps en temps, essayait de se lever et de marcher vers le portrait. Parfois, aussi, Vanderputte traversait le salon, l'œil hagard :

— On veut m'enfumer ! hurlait-il. On veut m'enfumer comme un rat ! Mais je ne me laisserai pas faire !

Nous ramassâmes bientôt une nouvelle épave, un ténor italien qui venait de se faire jeter à la porte d'un café où nous nous trouvions et où il avait essayé de chanter et de faire la quête. C'était un petit homme mince, aux cheveux noirs abondants et avec une jolie moustache en accent circonflexe ; nous l'invitâmes à boire et il nous dit qu'il essayait de se rendre en Grèce et comme il n'avait pas d'argent, il chantait en route pour manger.

— Qu'est-ce que vous allez faire en Grèce ? lui demanda Léonce. Il y a la guerre ?

— Justement, dit le signor, je veux m'engager.

— Et de quel côté ?

— Comment, de quel côté, s'indigna-t-il. Chez les partisans, naturellement ! Car enfin, de deux choses l'une, signori, ou bien ils sont la majorité, et alors on les opprime, ou bien ils sont une minorité, et alors on les persécute. On ne peut pas se tromper.

Léonce me fit un petit signe. Il était évident que le signor devait venir avec nous. Comme il en était à son cinquième apéritif et qu'il n'avait rien mangé depuis trois jours, il ne fit aucune difficulté pour nous suivre rue Madame, mais après avoir déjeuné, il s'indigna et nous dûmes le garder sous clef pendant quelques jours. Il se fit d'ailleurs très vite à cette situation et s'efforça même de nous être agréable : il nous chantait des chansons napolitaines et savait aussi très bien imiter les animaux, en particulier la poule qui pond, l'âne et le cochon, nous l'écoutions avec plaisir...

— Mais enfin, s'indignait Vanderputte, qu'est-ce que c'est que ce campement de tziganes ? Je n'ai plus de chez moi ! On ne respecte plus ma solitude !

— Signor, le prenait alors à partie l'Italien, à son tour, ne restez pas seul. Faites comme moi : ralliez-vous à quelque chose. Je sais bien qu'à votre âge, c'est difficile, vous n'êtes plus que du bois mort, mais enfin ça peut encore servir à allumer un grand feu !

— Permettez ! hurlait Vanderputte. Je ne vais pas me laisser insulter par un petit maquereau napolitain !

— Signor, disait l'Italien, je suis Toscan. D'ailleurs je n'ai pas voulu vous insulter. Au contraire, à notre époque d'humanisme exacerbé, votre ralliement serait très apprécié. Dans mon pays, en Toscane, on racontre l'histoire d'un arbre qui s'est rallié aux hommes. C'était un bel hêtre de la famille de... enfin, passons, une très bonne famille, à qui une pareille défection arrivait pour la première fois. Donc, le vieil arbre humanisant est arrivé dans une ville, où il a été très bien reçu par la population. Les hommes firent beaucoup de propagande autour de son cas et publièrent des articles dans leurs journaux pour prouver qu'ils marquaient un point sur la nature et que chez eux, on vivait mieux. L'arbre fut acclamé partout, il fit de grandes tournées triomphales dans tous les pays, le gouvernement français l'a même décoré de la Légion d'honneur à titre étranger. Comme il était fatigué des voyages, on l'a planté dans un square public et on a cloué dessus une inscription sur une plaque de marbre : « Une conquête pacifique de l'humanité. L'arbre qui s'est rallié aux hommes. Défense d'uriner. » Naturellement, l'arbre fut considéré comme un traître par toutes les forêts du monde et aucun oiseau n'est jamais venu se poser sur ses branches. Mais les arbres ont tout de même eu le dernier mot. Un jour, un vieil homme est venu dans le square. Il devait marcher depuis longtemps, parce qu'il paraissait fa-

tigué et ses vêtements et ses souliers étaient couverts
de poussière. Il a longuement regardé l'arbre et puis
il s'est mis à rire. Il a ri pendant trois jours et trois
nuits, mais comme on ne savait pas pourquoi il riait,
la police humaniste n'est pas intervenue. Finalement,
le vieil homme a cessé de rire, il s'est déboutonné,
il a pissé contre l'arbre et puis il s'est pendu sur une
de ses branches... *O Sole Mio !*

Fort heureusement pour la tranquillité d'âme de
Vanderputte, un événement survint qui l'obligea à
quitter provisoirement la rue Madame et lui chan-
gea un peu les idées : Kuhl eut une attaque d'apo-
plexie qui le laissa à demi paralysé. Vanderputte
parut très affecté et ne quitta plus son chevet. Je
me rendis rue des Saules, chez l'Alsacien. Je le trouvai bien rangé dans son lit, mais un désordre étonnant régnait dans la pièce : tout était sens dessus
dessous, les objets les plus divers, le linge sale, des
vêtements traînaient partout, des papiers jonchaient
le sol. Je ne sais pourquoi, je me rappelai le jour où,
il y avait de cela trois ans, l'Alsacien avait pénétré
dans la chambre de Vanderputte et y avait fait de
l'ordre : l'idée me vint tout à coup qu'à présent,
profitant de l'état de son ami, le vieux prenait sa revanche. Vanderputte se tenait sur une chaise, à côté
du lit, les genoux joints ; il avait le visage morne et
attendait, en bâillant parfois. De temps en temps,
Kuhl mugissait et Vanderputte se levait et lui pré-
sentait le bassin. La paralysie avait touché aussi la
langue et Kuhl, en me voyant, essaya de bafouiller
quelque chose, mais n'y parvint pas. Il était allongé
sur le dos, raide, le visage livide, seuls ses petits
yeux brillants continuaient à envoyer des messages

de vie. Lorsque je m'approchai de lui, il fit un effort pour bouger et essaya encore de me parler.

— Ass... ss... ss...

— Allons, allons, René, dit Vanderputte, en remuant sur sa chaise.

— Vous l'avez fait voir au médecin ? demandai-je, avec une certaine méfiance.

Vanderputte parut ennuyé.

— Vous posez des questions idiotes, jeune homme.

— Alors ?

— Aucun espoir, dit le vieux, à haute et intelligible voix.

Je tournai rapidement la tête et lus dans les yeux de l'Alsacien une éloquente expression de haine et de rage.

— Je vais lui faire un peu de tisane, dit Vanderputte. Il aime bien ça.

Il se leva et passa dans la salle de bains où il avait installé un réchaud à alcool. A peine fut-il sorti que Kuhl fit un effort terrible mais vain pour se soulever sur un coude et il essaya encore une fois de me parler.

— L... l... l... balbutia-t-il.

Les yeux lui sortaient de la tête. On voyait qu'il ramassait tout ce qu'il lui restait de vie pour me dire quelque chose. Lentement, sa main rampa sur le drap vers l'oreiller, ses doigts s'accrochèrent... Je me penchai : c'était une enveloppe.

— Pst... pst..., bégaya Kuhl.

— Vous voulez que je la mette à la poste ?

— M... m... m..., fit Kuhl et une lueur de joie sauvage éclaira son visage. Je pris l'enveloppe, elle

était adressée à un M. Frimaux, 37, rue des Ma-
ronniers. Je la mis dans ma poche.

— D'accord, dis-je. Soyez tranquille, ça sera fait.

Quelques jours après ma visite, Kuhl mourut au
milieu de la journée, profitant sans doute d'un moment d'inattention de Vanderputte, qui était allé
aux cabinets. Le vieux s'occupa des obsèques et accompagna le corps de son ami à sa dernière demeure.
Il conduisit le deuil, tout de noir vêtu, un mouchoir
à la main ; je marchais derrière, avec Léonce et le
Raton, ce dernier soutenait Papski, à qui on avait
cousu pour l'occasion un bandeau de crêpe autour
du bras. Nous étions suivis par Rapsodie, qui portait une couronne et le signor qui s'obstinait à imiter
des cris de corbeaux « pour rester dans la note ».
Au cimetière nous fûmes rejoints par des employés
de la Préfecture de Police, des camarades du bureau
de Kuhl. Il tombait une petite pluie fine et la cérémonie avait quelque chose de lugubre. Vanderputte
avait pris la précaution de transporter rue Madame
la plupart des affaires de Kuhl dès que l'Alsacien
fut frappé de paralysie : ceci, expliqua-t-il, afin
d'éviter un grand nombre de tracas policiers et administratifs. Parmi ces affaires, il y avait une cen-
taine de carnets en peau de porc, remplis jusqu'au
bord d'une petite écriture minutieuse et soignée ;
Vanderputte décida de les brûler sans les lire, « par
esprit de discrétion ». Il les entassa dans la cheminée
du grand salon et y mit le feu ; il les regarda ensuite
se consumer avec une sorte de sombre satisfaction.

— Voilà, dit-il, quand ce fut fini, et il soupira.

Le soir après les obsèques, il ne rentra pas se
coucher. C'était déjà assez surprenant, car le vieux

ne sortait guère et était au lit de bonne heure. Vers trois heures du matin, je fus réveillé par un fracas épouvantable dans l'appartement. Je sautai hors du lit et me ruai dans le couloir où je trouvai tout le monde réuni.

— Eh bien, mon cochon ! dit Léonce.

Vanderputte était appuyé contre le mur, complètement ivre. Ses vêtements étaient souillés, ses cheveux hérissés, un rire idiot secouait son corps. Il chantait à tue-tête :

Ma femme est mo-o-orte !

Il battit la mesure du pied, en brandissant le poing.

*Elle ne mettra plus
De l'eau dedans mon verre...*

Il leva une jambe et un bras en l'air, très haut.

*La guenon, la poison,
Elle est mo-o-orte !*

Il dut garder le lit pendant plusieurs jours et n'osa pas sortir de sa chambre et affronter nos regards pendant une quinzaine environ.

Peu de temps après, nous eûmes notre premier coup dur : le gouvernement retira de la circulation les billets de cinq mille. Ce fut un jour de deuil. Nous entassâmes les billets dans la cheminée et fîmes un grand feu. Vanderputte, écroulé dans un fauteuil, regarda se consumer notre fortune, puis se leva, avec effort. Il paraissait avoir vieilli de dix ans.

— Quelle époque, dit-il. On ne peut plus compter sur rien. Il n'y a plus aucune décence nulle part, aucune dignité. Que des individus... passe encore ! Mais les gouvernements ! Je crois que le pauvre Kuhl avait raison et je me demande si je ne vais pas voter communiste aux prochaines élections. Le rouble, il n'y a plus que ça de vrai.

Il se traîna dans sa chambre et resta couché deux jours le nez contre le mur.

— On remet ça, décida Léonce.

VII

Nous étions debout dans l'escalier, à la fenêtre du cinquième étage, qui donnait dans la rue Cujas. La fenêtre était ouverte : à droite, on voyait la fontaine Médicis et les premiers arbres du Luxembourg.

— C'est le printemps, dit Léonce.

Sur le rebord de la fenêtre, il y avait des moineaux. Ils s'envolaient, se poursuivaient, revenaient se poser sur la fenêtre, repartaient encore avec des cris de joie.

— Écoute-moi ça, dit Léonce, en riant, c'est le printemps pour tout le monde !

L'escalier était vieux et poussiéreux, il sentait les bureaux, la paperasse, mais le printemps de Paris réussissait à lui communiquer un peu de sa lumineuse gaîté ; le ciel entrait par la fenêtre, un ciel bruyant, tumultueux ; les nuages passaient dans le fracas. Le vent portait jusqu'à nous l'odeur des

arbres, une odeur faible et timide et il me parut
que ce parfum lointain venait du passé, qu'il s'était
traîné jusqu'au cinquième étage de cette vieille
maison pour moi seul. Je sentais, dans ma main
gauche, le petit volume relié qui ne me quittait
jamais, ce contact me rassurait et apaisait un peu
les battements de mon cœur. Je regardais le ciel qui
passait, tantôt blanc, tantôt bleu et ma rancune
s'adoucissait, devenait tristesse et je pensais à tout
ce qu'il avait fallu pour m'amener ici, au cinquième
étage de la rue Cujas.

— A quoi tu penses ? demanda Léonce.

Il m'observait, le dos contre le mur, en mâchant
son chewing-gum et en souriant.

— Oh, à rien... J'essaie de comprendre.

— Comprendre quoi, p'tite tête ?

Je fis un geste vague, impuissant.

— Tout ça, quoi.

Léonce regarda le ciel.

— Je vois. Seulement, voilà, p'tite tête, pour comprendre tout ça...

Il imita mon geste.

— Faut d'abord savoir le latin. C'est bien connu.
C'est pour ça, tiens, que tout va si mal en France :
les gens travaillent pas assez le latin. Ils comprennent plus rien à rien. Voilà.

Je me mis à rire.

— Non, mais, je blague pas, se vexa Léonce. Le
type qui sait le latin, il triomphe. Il connaît la ma-
nière. C'est lui qui commande. Il a la bombe atomique et la pénicilline et tout. Il paraît qu'en France,
il y a seulement deux cents types qui connaissent le

latin. C'est des trusts. Ils font suer les autres. C'est
bien connu.

Il continua à mâcher son chewing-gum en regardant passer le ciel. Je me penchai par la fenêtre :
je vis, en bas, rangée contre le trottoir, la traction-
avant et le Raton, appuyé contre la portière. Il
m'aperçut et me fit un petit signe. J'imaginai le
baron, assis devant, raide et distingué, un œillet à
la boutonnière. Je pris une cigarette et l'allumai ;
j'aspirai nerveusement la fumée, puis jetai la cigarette
par la fenêtre.

— Ils sont en retard, dit Léonce.

J'entendis le klaxon, en bas. Deux coups longs, un
bref. Ma main serra le petit volume dans ma poche.
Je me penchai : le Raton avait mis la voiture en
marche. Je voyais la fumée sortir par bouffées du
tuyau d'échappement. Je me tournai vers Léonce,
la gorge serrée.

— On y va ?

— On a le temps, dit Léonce. Ils ont trois étages
à monter, nous, deux à descendre... J'espère que
cette fois, c'est la bonne.

Je ne dis rien. Léonce se pencha par-dessus la ba-
lustrade. On entendait déjà les pas qui sonnaient
creux, sur l'escalier de bois.

— Bon, allons-y tout doucement.

Nous commençâmes à descendre. J'entendais seulement le bruit creux, qui montait, qui grandissait,
lourd, maladroit... Je voyais les paillassons tapis
devant les portes et les plaques blanches des maisons
de commerce : « Société Anonyme... », « Agence
de Comptabilité », « Comptoir d'Électricité... »,
« Office des Changes ». Ils étaient trois, comme

prévu. L'un d'eux fouillait dans sa poche pour trouver la clef. L'autre avait une sacoche en toile verte,
marquée « R. F. », sur l'épaule. A leur côté, un dudule plus jeune, qui nous reconnut tout de suite et
fut le premier à lever les bras. Le flic, pensai-je.

— Allons, dépêchez-vous, dit Léonce.

Les deux dudules levèrent les bras ensemble.
L'inspecteur apprenait par cœur nos visages, mais
nous avions l'habitude : ils faisaient tous ça, c'était
leur façon de nous dire : « Attendez un peu, vous
aurez de mes nouvelles. »

— Avance un peu, toi, le vieux, avec le sac.

Le dudule avança. Il tenait les bras levés, tout
droits, tendus, les poings fermés. Les manches de
son veston tombaient jusqu'aux coudes et décou-
vraient une chemise usée, rapée : il devait la mettre
exprès pour travailler. Il avait une tête de comptable
qui n'a jamais rencontré d'erreur quelque part.
C'était la première fois.

— Ne tendez pas les bras comme ça, papa, lui
dis-je. Vous allez vous fatiguer. Pliez un peu les
coudes, comme ça...

— Excusez-moi, grinça-t-il, je n'ai pas l'habitude...

Il se passa une langue blanche sur les lèvres.

— Si j'étais votre père...

— Oui, je sais, lui dis-je.

Je lui pris doucement son sac.

— Vous payerez ça, râla le flic. Tas de petits
morveux...

— Tourne-toi, poulet.

Il se tourna contre le mur, les bras levés, le visage
tordu. Je m'approchai de lui, déboutonnai ses bretelles et tirai son pantalon. Il portait un petit cale-

çon blanc qui s'arrêtait au dessus des genoux. Le caleçon tremblait. Je l'arrachai également, d'un coup de main.

— Allez, beau brun, sors de ton froc.

Il fit un pas de côté. Je ramassai le pantalon. A ce moment, le troisième dudule, qui était jusqu'à présent demeuré immobile, la bouche ouverte et les bras en l'air, s'anima soudain. Il était vieux et mal habillé, avec un casse-croûte qui dépassait dans la poche de son manteau. Sans doute, le garçon de bureau. Il se mit à rire.

— Hé-hé-hé ! chevrota-t-il. Hé-hé-hé !

Il se tordait. En même temps, il faisait des efforts pour ne pas baisser les bras.

— Hé-hé-hé-hé-hé ! hoquetait-il.

Il ne pouvait plus s'arrêter. Son visage était cramoisi et des larmes coulaient sur ses joues.

— Imbécile ! siffla le flic.

— Hé-hé-hé-hé-hé !

Léonce les regarda en connaisseur.

— On devrait les emmener avec nous, dit-il. Ils feraient bien dans la collection.

Pendant que nous descendions à reculons, je vis encore le flic tourner vers nous son profil de poisson haineux, essayer de loucher encore une fois vers nos visages et le garçon de bureau qui se tordait, les poings en l'air :

— Hé-hé-hé !

Nous descendîmes deux étages en courant et nous nous jetâmes dans l'auto. Le Raton tenait le volant et le baron était installé à côté de lui, très raide, l'œil hilare, un melon gris tout neuf sur la tête, un énorme cigare enfoncé dans la bouche.

— Allez, roulez, dit Léonce. C'est O. K. !

La voiture fit un bond et d'un seul coup, ce fut le silence. Un nouveau grincement du démarreur, terne, crevé... De nouveau, le silence. J'entendais seulement mon cœur qui battait contre mes oreilles.

— Caca, dit le baron.

...J'essayai de me jeter hors de l'auto, mais tout se troubla devant moi, rien n'était tout à fait droit, aucun visage n'était tout à fait humain, aucun objet tout à fait inanimé. Je fermai les yeux. « Sacha Darlington, protège-moi ! Sacha Darlington, protège-moi ! » Je frissonnais, enfoncé dans mon poil de chameau, le ventre vide, incapable de bouger, pressant stupidement le pantalon du flic contre mon cœur. Un nouvel élan du moteur... J'entendis la voix de Léonce très lointaine, qui disait :

— Vous frappez pas, les gars, je reste là, taillez-vous... Courez pas, c'est pas la peine, je reste là, c'est O. K. !

— Nom de Dieu, et le baron ? bégaya le Raton. Il peut pas courir. Je peux pas le laisser là, c'est quelqu'un de bien...

Léonce était déjà sorti de l'auto. Il se tenait au milieu du trottoir, une main dans la poche. Le moteur repartit, lâcha encore... La voiture était arrêtée devant la porte d'entrée et je voyais la cage noire, béante de l'escalier. La rue baignait dans le soleil.

— Caca ! insista le baron, d'une voix capricieuse.

Je sentis le tremblement de la voiture, une pulsation régulière, continue...

— On démarre ! hurla le Raton.

Je me jetai vers la portière.

— Léonce, ça y est !

Je vis le flic apparaître dans l'escalier. Il dégringolait les marches quatre à quatre. Il avait emprunté
son manteau au garçon de bureau et le manteau
était trop grand pour lui : on ne voyait pas sa main,
rien que le revolver qui sortait de la manche. En
apercevant Léonce, il s'arrêta brutalement et faillit
tomber, je vis le manteau lever une manche et s'accrocher à la rampe. Léonce était déjà penché vers la
voiture.

— Attention !

Au même moment, le manteau tira. Je vis Léonce
se redresser, se lever presque sur la pointe des pieds,
tourner sur lui-même, se jeter vers l'escalier, j'entendis une autre détonation, une autre encore et Léonce
recula lentement, une main levée, l'autre en arrière,
cherchant la portière de l'auto... Je reçus le corps
dans les bras, je le tirai en hurlant, je sentis la voiture s'arracher pendant que le manteau noir continuait à vider son chargeur, sans oser sortir de l'escalier, je me souviens encore de la portière ouverte
qui battait, des passants qui couraient, d'un agent
immobile, le sifflet dans la bouche et je vois le visage
de Léonce, sur mes genoux, renversé, des mèches de
cheveux qui sautaient sur les yeux ouverts... J'entendais les coups de frein et la voix du Raton qui
sanglotait, accroché au volant et ma dernière pensée
claire fut qu'il pleurait parce qu'il avait peur et qu'il
était à bout de nerfs et non parce que Léonce était
mort...

— C'est fini, barka ! hoquetait-il. Fini, jamais
plus...

Il avait perdu la tête. Il ne conduisait plus, il courait. Accroché au volant de toutes ses griffes, le

Raton fuyait, le dos rond, la tête rentrée dans les épaules. Il tournait en rond dans la ville, se trompait, revenait dans les mêmes rues, s'affolait et courait droit devant lui. Nos voix résonnent encore dans ma tête, avec leur accent de panique :

— Ralentis ! Ralentis !

— Fous-moi la paix !

— Tu vas vers l'Opéra, imbécile !

Un coup de frein, un coup de volant, le Raton fuyait dans une autre direction. Papski se balançait devant moi, de gauche à droite, en avant, en arrière, avec son chapeau melon gris ; je me souviens qu'il avait écrasé son cigare contre la vitre et qu'à chaque tournant, il tombait sur le Raton, qui le repoussait en l'insultant... Et puis, mes souvenirs se brouillent et se confondent. Je crois que nous errâmes pendant des heures sur les routes, au ralenti, mais sans jamais oser nous arrêter tout à fait. Je me souviens seulement d'un raton désolé, serrant dans ses bras le corps d'un raton mort, et de la voix qui demande :

— Qu'est-ce qu'on en fait, maintenant ?

— Je ne sais pas...

— Il faut le jeter quelque part.

Puis la voiture s'arrête et le Raton conduit le baron dans les buissons. Il revient presque aussitôt :

— Il y a une rivière... On le pousse dedans ?

Il se met à fouiller dans les poches et me passe des objets : de l'argent, des clefs, des photos de femmes nues, le Kilimandjaro...

— C'est tout ce qu'il y a ?

— Oui, c'est tout ce qu'il y a.

— Attends, je vais voir s'il y a personne...

Il reste absent un bon moment, puis revient avec
le baron, le visage anxieux :

— On peut pas, ici... C'est plein de pêcheurs à la
ligne... On va plus loin.

Je me souviens ensuite de la nuit tombante et de
la voiture, qui se traîne dans un chemin mal pavé,
au milieu des champs.

— Le manteau ! murmure un raton. Le vieux
manteau !

— Qu'est-ce que tu racontes ? s'effraye l'autre.
Allez, pleure pas, ça sert à rien. C'est pas le premier
Chleuh à qui ça arrive...

Je me souviens encore de deux ratons poussant le
corps d'un troisième dans la Marne et la voix ef-
frayée qui dit :

— Tu crois qu'on nous a pas vus ?

Et plus tard, encore, deux ratons affairés, fouillant
le briquet à la main, au fond de la voiture arrêtée :

— Des dollars, murmure l'un d'eux, avec satisfaction. On est des caïds, maintenant !

Et de nouveau, les cahots de la voiture et un
raton tout seul, le nez humide, enfoui dans un coin...

— Moi, c'est fini, fait une voix chantante. Barka !
Je file à Marseille, cette nuit. Je rentre à Alger, avec
le baron, parole d'honneur ! J'ai une tante qui est
veuve, ça tombe bien. Je l'installe avec elle dans
la casbah et je le laisse dessaouler. La tête qu'il fera
quand au lieu de Rome, il va se réveiller à la casbah,
musulman et père de cinq ratons. C'est la vie, ça !
Mektoub !

Et la silhouette droite, raide, de Papski, qui se
balance devant mes yeux, dans l'auto, comme un
grand fétiche inutile...

VIII

Je monte lentement l'escalier, rue Madame, et j'ouvre la porte avec ma clef. Je tiens à peine debout, les vêtements collent à mon corps, froids, étrangers comme la peau d'un autre. J'ai mal aux yeux, j'ai l'impression qu'on m'enfonce les yeux dans les orbites et parfois, ma vue se brouille et tout se met à tourner. J'essaie de tenir le coup, je ne veux pas tomber malade, comme la dernière fois, je me redresse, je rabats un peu mon chapeau sur les yeux, je serre bien la cigarette dans ma bouche et je me dirige vers la porte du grand salon, où je vois de la lumière. Rapsodie, les genoux sous le menton, la bouche ouverte, les mains rentrées dans les manches de son pardessus, dort tout habillé sur la causette Louis XV ; il a simplement ôté ses souliers, pour ne pas salir la soie du meuble, il ronfle et le signor l'accompagne, avec de petits sifflements rapides et aigus. Il est vautré dans un fauteuil, le ventre en l'air, la légère moustache en accent circonflexe semble un papillon noir posé sous son nez. Ils ont dû bien boire et bien manger, le ténor a encore une serviette sur le gilet, un cure-dent à la main, ils ont sorti la vaisselle en argent et les cristaux, le couvert est mis pour deux, c'est un petit dîner intime entre maquereaux. Le plancher craque sous mes pas et Rapsodie se réveille ; il lève la tête, promène autour de lui un regard ahuri, a un renvoi, se réveille tout à fait et bondit dans ses souliers.

— Où est notre ami ? demande-t-il. Où est le

grand homme ? J'ai une bonne nouvelle, pour lui...
Cette fois, ça y est...

Son regard rencontre le mien et le sourire jaune
disparaît de sa bouche ; il coule, d'un seul coup,
c'est un vrai naufrage, la panique s'empare du visage, mais il continue encore, comme un phono bien
remonté :

— Je... je viens de trouver un remède contre la...
tuberculose...

La voix s'étrangle dans un murmure et le dudule
reste là, bouche ouverte, mains jointes, dans son
pardessus fripé. Le signor est déjà debout.

— La police ? dit-il. Pas un mot !

Il traverse le salon rapidement, sur la pointe des
pieds, comme une danseuse, ouvre la porte, se retourne :

— Je m'éclipse, dit-il, je m'éclipse ! Signori...

Il me fait un salut théâtral. Il va sortir, lorsque
son œil trébuche sur quelque chose, au passage. Il
revient précipitamment, décroche un tableau du mur,
s'incline encore une fois :

— Ce petit primitif... Vous permettez ?

Il disparaît, le tableau sous le bras et Rapsodie
le suit à grandes enjambées, ses poches tintent, il
a raflé l'argenterie, je l'entends tinter dans l'antichambre, tinter dans la salle à manger, tinter dans
la chambre à coucher, je le vois passer encore une
fois, un énorme baluchon sur le dos, le visage angoissé, pris entre le désir de piller et celui de fuir. La
porte claque et je reste seul. Je m'aperçois que ma
main serre quelque chose : c'est un pantalon ; je le
regarde stupidement, puis, le jette par terre. Mes vêtements sont gluants, ils collent à mon corps, bou-

gent, rampent sur ma peau, la fièvre bourdonne
dans mes oreilles, je vais encore avoir une rechute,
« n'oubliez pas, jeune homme, que vous êtes d'une
sensibilité... hem ! maladive ». Je vais dans ma chambre, je me déshabille, mais la fièvre me torture, me
chasse du lit, je me lève et je commence à rôder de
chambre en chambre, sans but. Flip-flop, font mes
pantoufles, flip-flop... Je prends les dollars, que le
Raton m'a laissés, c'est ma part, j'essaie de les compter, mais les chiffres s'embrouillent, les billets tour-
nent devant moi, je les étale sur la table de la salle
à manger, je les laisse là, sous la lumière crue, devant
les chaises vides et je continue à rôder. Flip-flop,
font mes pantoufles, flip-flop... Le téléphone se
met à sonner et je me traîne dans l'antichambre, je
décroche.

— Ne quittez pas, on vous parle de Bourg-la-
Romaine...

J'attends et la voix enrhumée dit, à l'autre bout :

— C'est vous, jeune homme ? Je suis... je suis en
province. Je vous téléphone pour savoir si je peux
rentrer ?

— Vous pouvez rentrer, lui dis-je.

— Vous êtes sûr ? Ça... ça c'est bien passé ?

— Oui, lui dis-je, très bien, mais Léonce a été tué.

J'entends une exclamation étouffée, un silence,
puis la voix enrhumée balbutie :

— Mais alors, il vaut peut-être mieux que je reste
ici ?

Je raccroche. Dix minutes après, le téléphone sonne
encore, je ne réponds pas, mais le vieux insiste
patiemment, je le vois à l'autre bout, la moustache

tremblante, hérissée, jetant de tous les côtés des regards affolés, pour voir si on ne vient pas... Je cède.

— Vous croyez vraiment que je peux rentrer, jeune
homme ? Vous croyez que c'est prudent ? Je sens le
roussi, je sens le roussi !

— Vous pouvez rentrer dans votre trou. Vous ne
risquez rien.

— Attendez, attendez, ne vous fâchez pas... Je suis
obligé de faire très attention, vous le savez bien...
Écoutez, on va couper la poire en deux : je loue une
petite chambre, place de la Contrescarpe... Hôtel
des Princes... J'y habite quelquefois sous le nom de
M. André. Venez me voir là... Je vous attendrai.
Hein ? Allo, allo, ne coupez pas !

Je raccroche et me voilà encore rôdant dans l'appartement, sans fin, sans but, essayant seulement de
ne pas penser, de ne pas me laisser aller, de tenir le
coup. Flip-flop, font mes pantoufles, flip-flop... Brusquement, l'idée me vient que je dois ressembler à
Vanderputte, que je dois avoir déjà son allure inquiète, son dos voûté, ses yeux fuyants. Je me regarde dans la glace : je vois une tête livide, aux
yeux rouges, gonflés, il ne me manque que des poches
lourdes sous les yeux, deux plis profonds, du nez à
la bouche, un petit ventre rond et Gestard-Feluche...
Ça viendra, me dis-je, c'est une question de temps,
il suffit de rester bien seul, il suffit de continuer. J'ai
froid, chaque battement de mon cœur finit dans un
frisson. Je vais dans la chambre du vieux et je jette
un de ses vieux vestons sur mes épaules, je regarde
les cartes postales sur les murs, les vêtements accrochés partout, les manches béantes, vides, les chapeaux creux, je regarde sur la table les petits ressorts,

les petits bouts de ruban, les boutons de culotte, les clefs rouillées, brisées, tordues, les réveille-matin sans entrailles, les peignes ébréchés, tous ces débris inutiles qui attendent patiemment... Je fuis précipitamment ; je me traîne de chambre en chambre, flip-flop, flip-flop, mon corps est roué de coups, rien n'est immobile autour de moi, tout bouge lentement, tout grimace, se moque de moi, me montre du doigt : « Vanderputte ! Vanderputte ! » grince le parquet. Mais non, ce n'est pas possible, je suis encore jeune, je n'ai que dix-sept ans, je peux encore marcher dans une autre direction, rien n'est encore perdu... Je reviens devant la glace et je me regarde avec horreur : j'ai une moustache triste, pendante, un gilet aux oreilles retroussées, un plaid écossais sur les épaules. Flip-flop, font mes pantoufles, flip-flop... J'ai le dos voûté, un regard qui cherche à fuir, des mains qui tremblent, j'ai vécu seul pendant cinquante ans et, à présent, je ne suis plus qu'un vieil objet cassé, avec des ressorts qui grincent... Je vois devant moi le visage d'un jeune homme qui m'observe attentivement, cet âge est sans pitié, et je lève le doigt et lui dis :

— La solitude, jeune homme, la solitude... Je ne vous la recommande pas !

J'entends ma voix enrhumée, plaintive, et je sens mon cœur froid et mes muscles raides, qui exagèrent chaque mouvement que je fais et me donnent cette allure furtive dont je suis si péniblement conscient. Mais le jeune homme continue à m'observer, il ne perd aucun détail, il regarde mes vêtements, suit mes gestes, écoute chaque mot que je dis et à la fin je me fâche et je lui crie :

— Je vous défends de me regarder, là ! Je ne suis pas du tout fait pour être regardé !

Je me calme immédiatement, je ne dois pas m'emporter, c'est très mauvais, à mon âge et avec mes organes, les émotions, et je lui dis avec une fausse bonhomie :

— Oui, je sais, je sais... Je ne suis pas un spectacle encourageant. Mais il n'en a pas toujours été ainsi. Tenez, je peux vous montrer des photographies...

Je fouille dans mes poches, fébrilement, je veux lui prouver que c'est simplement une question d'âge, et qu'il prendra le même chemin, lui aussi. Mais je ne trouve pas mes photos, je me suis sans doute trompé de veston, je trouve seulement des bouts de ficelle, un ressort de montre merveilleusement tordu, une pièce rare ! le cavalier sans tête d'un jeu d'échecs dépareillé, et la main d'une poupée cassée que j'ai ramassée au Luxembourg, pendant que personne ne me regardait. On ne peut pas leur faire voir ça, ils vont croire que je suis un vieux maniaque, ils ne comprennent pas que j'ai tout de même besoin de compagnie et que je suis bien obligé de me contenter de ce que je trouve. Ils doivent se dire que je ne suis plus tout à fait un homme et ils sourient, en me regardant et croient sans doute que je ne le vois pas. Je ne suis pas si vieux que ça, pourtant, soixante-sept ans, ce n'est pas grand'chose, on a encore des plaisirs, on peut encore être heureux. Et d'ailleurs, je suis sûr que le bonheur, ça me pend au nez, ça va bien finir par m'arriver un de ces jours. Tout ce que je demande, c'est une jolie maison au bord de l'eau, — une petite rivière, qui fasse des zig zags, qui se faufile, entre les coteaux — et naturellement, un peu

de soleil. J'aime le soleil, j'ai besoin de chaleur, avec
cette chose lourde qui se refroidit lentement dans
ma poitrine. Elle se calcifie, se pétrifie, pèse sur les
artères, comme une pierre et on dira après que je
n'ai plus de cœur, que je suis un vieillard égoïste,
dégoûtant, que je ne suis plus capable d'avoir du
sentiment, c'est très joli, ça, mais pour s'émouvoir,
il faut encore avoir les moyens... Avec quoi voulez-
vous que je m'émeuve ? Il me reste juste assez de
cœur pour me traîner dans la rue, pour grimper un
escalier, à la rigueur, mais pour m'émouvoir ?... Vous
n'y pensez pas ! Je me traîne sur mes jambes rondes
à la cuisine, et je me fais un peu de camomille que
je bois avec bruit, à cause de mon nez bouché : c'est
chronique, chez moi, il n'y a plus rien à espérer de
ce côté-là. Je bois avec plaisir, c'est chaud, c'est bon,
ça fait du bien, la vie vous réserve encore comme ça
certaines compensations, ça vaut toujours la peine
de vivre, de durer, jeune homme, apprenez ceci dès
maintenant. Je prends ensuite une allumette et je me
nettoie les oreilles délicatement ; ça chatouille agréa-
blement, ce n'est pas très propre, bien sûr, mais
c'est bien bon, un menu plaisir à ne pas négliger.
Mais voilà que je recommence à avoir froid, la boisson chaude ne suffit plus, je m'inquiète, je trotte vite
à la cuisine et je me fais une bonne bouillotte bien
brûlante, je reviens ensuite m'asseoir, dans le grand
salon, mon plaid sur les épaules, la bouillotte sur le
ventre, la chaleur se crée difficilement un passage à
travers mon corps, mais elle y arrive peu à peu et
c'est bien bon. Je ne sais pas combien de temps je
reste ainsi, au chaud, je somnole un peu, je ne me
rends pas très bien compte du temps, je suis trop

vieux, j'en ai trop vu passer... Mais je me réveille
en sursaut, je me dresse dans mon fauteuil, je regarde autour de moi avec terreur : je ne sais pas
ce que c'est, mais quelque chose se prépare, c'est
certain, mon cœur court dans ma poitrine, ça sent
le roussi, ça sent le roussi ! Ces jeunes gens vont
me causer des ennuis, ils ne sont pas prudents, ils
voient trop grand, mon Dieu, il est cinq heures du
matin et ils ne sont pas encore de retour, ils sont sûrement tombés dans la main des autorités, je vais
me faire coincer ! Vite, vite, je me lève, je commence
à m'agiter dans l'appartement ; à tout moment, je
sors la grosse montre de mon gousset et regarde
l'heure, ça y est, ils se sont fait pincer, on va venir,
on va m'arrêter et moi, naturellement, à mon âge,
et avec mes organes, je dirai tout. J'entends du bruit
dans l'escalier, un grincement du parquet, ça y est,
on vient, je suis fait comme un rat... Non, heureusement, c'est une fausse alerte, mais il n'y a plus un
instant à perdre. Ne nous affolons pas, ne perdons pas
la tête, mais faisons vite, vite : fuyons en province,
il y a une fatalité qui se prépare, c'est évident. Notre
petite valise est toute prête, il n'y a qu'à la saisir,
mettons un foulard autour de notre cou, il fait encore frais au petit matin, n'oublions pas l'argent,
surtout, ni les médicaments, fermons notre chambre
à clef, voilà, avec un peu de chance, nous allons encore passer au travers, ça ne sera pas la première
fois. Je dégringole l'escalier, sur mes jambes raides,
attention, n'ayons pas l'air de fuir, il y a un camion
et deux hommes devant la porte, mais non, c'est
seulement pour les ordures, ce n'est pas pour moi.
Ouf ! Je l'ai échappé belle. Je trotte dans la rue, la

valise à la main, mais je ne sais pas ce que c'est,
ma vue se brouille, les maisons s'inclinent, puis se
balancent, le sang bourdonne à mes oreilles, mon
Dieu, je ne vais pas mourir au moins, je refuse, je
refuse énergiquement ! Je m'assieds sur un banc,
je souffle un peu, ce n'est rien, c'est seulement l'air
frais qui me fait ça, je n'ai pas l'habitude. Je me
lève, je saisis ma petite valise et je continue à fuir.
Les rues sont encore désertes, quelques chats, seulement, fouillent dans les poubelles, mais ils ne font
pas attention à moi et pourtant, je ne me sens pas
tranquille, ça sent le roussi, ça sent le roussi ! Je
jette un regard en arrière et soudain, je comprends
ce que c'est : Paris me suit, en tapinois. A chaque
pas que je fais, les maisons bondissent, se pressent
autour de moi, cherchent à m'encercler. Je perds
alors la tête et me mets à courir, je ramasse toutes
mes forces et je file en rasant les murs et Paris se
jette à ma poursuite, court sur mes talons, me rattrape, me dépasse, me barre le chemin, se met devant
moi, ouvre ses rues et essaie de me coincer. Je file
alors de côté, ventre à terre, je cours, je cours, et
voilà que la ville commence à se fatiguer, les maisons
s'essoufflent, les squares restent à la traîne, de temps
en temps encore, une avenue, une place se jettent
devant moi, mais se laissent dépasser sans insister.
Paris fait un effort, ramasse ses dernières maisons,
les jette encore une fois devant moi, fait semblant
d'exister encore, montre une épicerie, un bistro, une
usine au long cou, mais le terminus d'une ligne d'autobus vend la mèche, et la ville découragée reste
derrière, on ne l'entend même plus, je tourne la
tête, elle montre encore le bout de l'oreille, une

usine à gaz qui dépasse, c'est tout. Ouf ! La sueur
coule sur mon corps, je me sens malade à crever, le
soleil me frappe en plein visage et m'éblouit, la
poussière des voitures colle à mon front mouillé, mes
lèvres bougent, je dois parler à haute voix, ma langue
et ma gorge sont sèches et rapées. Je m'arrête devant
un bistro : « Aux Routiers », dit l'enseigne, il y a
un jardin et une tonnelle, des poules qui caquettent,
j'hésite un peu, mes genoux tremblent, je n'en peux
plus, je pousse la porte, j'entre dans le café et demande de la bière. Il y a là une grosse bonne femme,
derrière le comptoir, qui me contemple avec étonnement, un fox-terrier obèse qui se lèche le derrière
et un homme avec du poil gris sur les joues, une pile
de journaux sous les bras, qui boit du vin blanc. La
bonne femme me parle, mais je ne comprends pas
ce qu'elle dit, je regarde stupidement ses lèvres bouger, je fais un effort et j'entends sa voix lointaine
dire que je parais bien fatigué, si je vais à Paris,
son mari va partir pour la ville après le déjeuner,
il pourra m'emmener ; en attendant, si je veux, elle
peut me donner une chambre pour m'allonger. Je
l'observe avec méfiance, ça doit être un piège, elle
m'a sans doute reconnu, elle sait que j'ai fait le
coup de l'Office des Changes, elle va me faire coucher, fermer la porte à clef, prévenir la police. Je
remue les lèvres et je lui dis quelque chose, je ne
sais quoi et la bonne femme me regarde avec inquiétude, c'est bien ça, elle sait qui je suis, elle a peur
de moi. Je fouille dans ma poche et jette un billet
sur la table, la bonne femme le prend, le tourne et
le retourne dans ses doigts, puis lève les yeux vers
moi, ses lèvres bougent, mais je n'entends qu'un seul

mot « dollar », je lui tourne le dos et titube hors du café en la laissant ahurie, un billet de cinquante dollars entre les mains. Je me retrouve sur la route, je recommence à marcher, mais presque aussitôt, j'entends des pas derrière moi, je me retourne : c'est le vendeur des journaux, il s'arrête, lui aussi. Je lui tourne le dos et me remets à marcher, mais chaque fois que je me retourne, je vois le bonhomme qui me suit toujours, ses journaux sous le bras. Mes jambes me portent à peine, la terre tourne, monte et descend, je sens que je vais m'évanouir, mais l'idée que ce sale dudule va venir fouiller dans ma valise et me voler me tient debout ; je m'arrête de temps en temps pour lui hurler des injures, je lui jette des pierres, mais il me suit toujours, prudemment, à cinquante mètres de distance, s'arrête dès que je m'arrête et repart dès que je repars. Il me semble avoir quitté le bistro depuis des heures, mais le dudule est toujours là, collé à mes trousses, à une bonne distance. Finalement, je m'écroule dans un fossé, j'essaie encore de me lever, mais les forces m'abandonnent, je réussis seulement à me soutenir dans un état de demi-conscience floue, juste assez pour voir un visage aux poils gris apparaître au-dessus du fossé, il m'examine un bon moment, en fumant son mégot, puis s'approche prudemment, et me pousse du pied, je ne réagis pas, il vient alors plus près, j'essaie de lever la main, rien à faire, je le vois se pencher, saisir ma valise, je sens ensuite sa main qui me fouille, il m'enlève la montre du poignet, mes yeux se ferment, je vois encore son visage tout près du mien, il ricane, puis on me frappe violemment sur la figure et je ne sens plus rien du tout.

IX

J'ouvris les yeux et vis une branche de lilas dans la lumière ; j'étais couché dans une mansarde, en face de moi, il y avait une cruche et une cuvette sur une commode, un mur tout blanc ; je regardai la cuvette et la cruche, me demandai ce qu'elles faisaient là, puis m'endormis. Je fus réveillé ensuite par une sensation de fraîcheur sur mon visage, je vis une femme qui ouvrait la lucarne, elle était très forte et avait une jupe couverte de petites fleurs bleues ; à côté d'elle, par terre, un fox-terrier obèse se léchait le derrière. La bonne femme se retourna, les petites fleurs s'agitèrent autour d'elle, elle s'approcha du lit, suivie par le fox-terrier ; elle s'arrêta et le fox-terrier s'assit ; ils m'observèrent un moment puis se regardèrent.

— Il est réveillé, dit la bonne femme.

Elle se tourna vers moi.

— Alors, mon bon monsieur, on s'est réveillé ?

Je voulus dire « oui, merci », mais ma bouche était pâteuse et ma langue collait au palais. La bonne femme et le fox-terrier se regardèrent encore.

— Ça ne va pas encore très fort, dit la femme.

Elle marcha vers la lucarne, dans un grand tourbillon de petites fleurs bleues et le fox-terrier la suivit. Elle se pencha dehors et cria :

— Ernest, Ernest ! Il s'est réveillé !

— Oh, le pauvre, fit une voix, en bas. Je monte tout de suite.

La bonne femme quitta la lucarne et je vis une branche de lilas qui se balançait, irisée de soleil.

— Allez, Tuile, laisse ton derrière tranquille, dit-elle au fox-terrier. Tu deviens maniaque.

Le chien baissa la tête. La porte s'ouvrit et laissa passer un homme gras et rond, qui portait des pantoufles, un tablier blanc et un bonnet de cuisinier. Ils m'observèrent tous les trois en silence.

— Eh bien, il faut lui faire du bouillon de poule, dit le cuisinier.

— Du bouillon de poule ? dit la bonne femme, rêveusement. Et qui va-t-on prendre pour ça, Cocotte ou Bébette ?

Ils s'interrogeaient des yeux, tous les trois, tournant leur regard de l'un à l'autre, il y avait là évidemment une décision lourde de conséquences à prendre.

— Je crois, Bébette, dit le cuisinier. Je l'ai tâtée, ce matin. Elle est plus grasse que Cocotte, il n'y a pas de doute.

— Oui, mais elle pond, dit la bonne femme. Tandis que Cocotte, elle fait des manières.

— Ça lui passera. Je connais Cocotte, c'est nerveux, chez elle. Elle se fait du mauvais sang à cause de Pétrus !

— Celui-là ! fit la femme, en hochant la tête, et le fox-terrier grogna quelque chose, sous son nez.

— Mais ça lui passera. Laisse-moi faire, je m'en occupe.

— Va pour Bébette, alors, dit la bonne femme. Et après le bouillon ?

— Une bonne omelette aux fines herbes, hein ? proposa le cuisinier, d'une voix insinuante. C'est lé-

ger, ça passe inaperçu. Ensuite, un petit caneton
sauté aux pommes, il faut qu'il reprenne des forces.

— Un caneton sauté? On prendrait Mathias,
alors?

L'homme fronça les sourcils.

— Non, dit-il. Je laisserais Mathias se développer
encore un peu. Je plumerais plutôt Théodore.

— Bon, fit la bonne femme. Tuile, laisse ton derrière tranquille. Et pour dessert?

— Un soufflé au café et aux liqueurs, dit l'homme
d'une traite.

Je bougeai un peu, dans mon lit.

— Vous savez, je n'ai pas d'argent, murmurai-je.

L'homme se mit à rire. Son gros ventre et ses seins
tremblaient violemment. La femme riait aussi et les
petites fleurs bleues tremblaient autour d'elle. Quant
à Tuile, il profita immédiatement de l'inattention
de ses maîtres pour se livrer à son vice.

— Tuile! cria la bonne femme aussitôt. Laisse
ton derrière tranquille!

— Le pauvre, c'est son eczéma, expliqua le cuisinier. Il mange trop épicé. Il faudrait qu'il fasse un
peu de diète. Quant à vous, jeune homme, il vaut
mieux ne pas avoir d'argent, que d'avoir un eczéma
au derrière. Ah-ha-ha-ha!

Les Baju — tel était le nom du couple — me ga-
vèrent et me soignèrent pendant trois semaines, sans
jamais me demander ni qui j'étais, ni d'où je venais.
M. Baju avait la théorie que pour vivre, il faut être
séparé de toutes choses par cinq centimètres de
graisse au moins et il refusait de me laisser quitter
les « Routiers » avant que je ne fusse muni de cette
carapace protectrice. Mme Baju me rendit le billet

de cinquante dollars que je lui avais jeté, sans me
poser de questions ; elle me dit simplement que son
mari m'avait trouvé évanoui à deux kilomètres de
l'auberge, dans un fossé, et qu'il m'avait ramené
dans sa camionnette. Je commençai bientôt à me
lever ; je passai mon temps dans le jardin, sous les
lilas, assis sur un banc, à dessiner avec un bâton,
sur la terre, des lignes et des cercles ; parfois, les
traits formaient un mot : « Vanderputte ». Voilà
ce qui m'attend au bout du chemin, pensais-je et
j'effaçais le mot aussitôt. Mme Baju allait et venait
dans le restaurant, suivie par Tuile, à qui on avait
collé un cataplasme sur le derrière. A midi, de nombreuses voitures s'arrêtaient devant l'auberge. Mme
Baju prenait les commandes et servait elle-même les
clients, étrangers pour la plupart, assistée d'une fille
de salle échevelée qui avait été violée par un soldat
américain et qui baragouinait un peu l'anglais ;
M. Baju suait à la cuisine en préparant l'addition.
A la fin du repas, pendant que les clients prenaient
le café, Mme Baju courait le rejoindre ; il y avait
cinq minutes de discussion animée, fébrile, menée à
voix basse, puis les deux époux se penchaient par la
fenêtre en s'écrasant et regardaient les voitures
rangées devant la maison.

— C'est laquelle ?

— La grosse noire, là, à droite...

M. Baju faisait claquer sa langue, avec admiration.

— Là, on tient quelque chose de gros, murmurait-
il, en s'extrayant de la fenêtre. On peut y aller.
Avec le prix d'une voiture comme ça, on pourrait
acheter une propriété au Maroc, là où les Russes

n'iront pas... Il n'y a qu'à leur doubler le vin.

— Ils ont mangé Mathias, disait Mme Baju avec sévérité.

— Il n'y a qu'à leur doubler Mathias aussi, décidait M. Baju. Et puis tiens, marque-leur à la fin : « Tuile, cinq cents francs. »

— Ils ne vont pas demander ce que c'est ? s'inquiétait Mme Baju.

— Ils demanderont rien, ils savent qu'ils sont Américains, la rassurait M. Baju. Et s'ils demandent, tu leur diras que c'est une nouvelle taxe et que c'est les socialistes qui leur font ça.

Mme Baju revenait auprès des clients, tout sourire, suivie par Tuile, qui paraissait ravi et qui frétillait. L'heure de l'addition était d'ailleurs pour M. Baju une heure d'agonie. Il appuyait la feuille contre le mur, suçait le crayon et attendait l'inspiration, en jetant autour de lui des regards malheureux.

— Ça ne vient pas, soupirait-il. Je ne trouve plus rien, je ne sais plus quoi inventer. Qu'est-ce qu'on peut bien leur coller encore, à ces salauds-là ? Le gouvernement est encore tombé, j'ai déjà tout augmenté de cinq pour cent, comme chaque fois qu'il tombe. Je ne vois rien d'autre !

Son regard s'arrêta sur le derrière de Tuile.

— Cataplasme, murmura-t-il, automatiquement. Non, ça ne va pas... Eh bien, je crois que c'est tout. Je trouve plus rien. J'ai plus rien dans le ventre, soupirait-il, il n'y a plus qu'à changer de métier...

Parfois, M. Baju sortait de sa cuisine « pour respirer », il s'asseyait sur le banc, prenait une pierre et la jetait, Tuile courait la ramasser, M. Baju la jetait encore, cela durait une demi-heure, « il est bon, disait M. Baju en s'essuyant la sueur du front, il est bon, à mon âge, de prendre un peu d'exercice, ça réveille l'appétit ». Si l'exercice se prolongeait un peu trop, Tuile s'indignait, tournait le dos à son maître, s'asseyait sur son derrière et refusait de bouger et M. Baju l'insultait alors gravement, longuement, le traitant en particulier de « saucisse » et de « lardon ». Après quoi, il allait s'allonger à son tour, «pour souffler un peu.» Un matin, en m'habillant, je trouvai dans ma poche une lettre froissée. Je regardai un instant sans la reconnaître la petite écriture fine, serrée, sur l'enveloppe, puis me rappelai : c'était la lettre que Kuhl m'avait donnée avant de mourir et que j'avais complètement oubliée. Je fus pris de remords, je me rappelai le regard suppliant de l'Alsacien et les efforts qu'il avait faits pour me parler, je me rendis à Fontainebleau le jour même et mis la lettre à la poste. J'étais à présent complètement rétabli et me demandais avec terreur ce que j'allais faire. Je pensais souvent à Vanderputte et, chose étrange, j'éprouvais le besoin de le revoir, de lui parler. J'avais envie de lui poser des questions, lui demander quel était le chemin qu'il avait suivi. Je voulais retrouver sa trace, pour ne pas la suivre, connaître le sentier solitaire qu'il avait emprunté, pour mieux l'éviter. Je quittais parfois l'auberge et traînais dans les champs, m'interrogeant, me posant des questions anxieuses auxquelles je ne savais pas trouver de réponse. Je me sentais toujours isolé, coupé des hommes, seul sur mon radeau. Pourtant, me disais-je, il doit y avoir autour de moi des grandes aventures communes, auxquelles il me devrait être possible de participer, et j'eus soudain l'impression

que mon père, lui aussi, avait vécu isolé des hommes
et que c'est en essayant de les rejoindre qu'il avait
perdu la vie. Mais il me semblait aussi, à présent,
que ce prix n'était pas trop élevé et que j'étais prêt
à le payer. Je regardais, dans les champs, les silhouettes penchées vers la terre, ces taches de couleurs qui
bougeaient, ces rouges, ces jaunes et ces bleus qui
allaient et venaient dans le grand soleil et tout ce
que je désirais, c'était d'être un des leurs, de devenir
enfin et pour toujours une silhouette parmi les
autres, une petite tache de couleur sur la terre, une
paire de bras de plus, un cœur paisible, je voulais
sortir enfin de mon isolement et partager la grande
solitude commune des hommes. J'avais lu, dans un
journal du soir, qu'un groupe de jeunes gens allait
partir au Cameroun pour y fonder une colonie
« communautaire » et un désir, enfantin dans sa
violence, me venait, de partir avec eux ; après tout,
je savais conduire, ils allaient sûrement avoir des
camions, j'accepterais du reste de faire n'importe
quoi. Il leur manquait de l'argent, disait le journal,
un million de francs leur permettrait de partir immédiatement. Mon Dieu, pensais-je, on peut encore
faire quelque chose avec des francs. Je me voyais
arriver chez eux, avec le million qui leur manquait,
tout ce que je leur demanderais en échange, c'était
de me donner un camion à conduire. Je m'allongeais
dans l'herbe, je mordillais une brindille et je rêvais
d'Afrique, l'herbe autour de moi devenait la jungle,
le lac Tchad, pensais-je, le vieil éléphant célibataire,
que l'on appelle rogue... J'avais lu cela dans un livre
de voyage, jadis. Je regardais le ciel passer au-dessus
de ma tête, ce ciel qui couvrait tant de choses, tant

de continents, tant de destins différents, je reprenais
courage et il me semblait que je ne deviendrais plus
jamais un Vanderputte, que j'allais marcher, enfin,
dans une autre direction. J'allais rentrer à Paris,
partir en Afrique avec l'expédition qui se préparait.
Un million de francs, pensais-je en souriant, ce n'est
rien du tout, je vais leur trouver ça... En fouillant
bien, rue Madame, ça doit pouvoir encore se trouver.
Le vieux a dû sûrement mettre quelque chose de
côté, dans un trou, sinon, je le forcerai à vendre
quelques-uns de ces meubles hautains ou de ces tableaux poussiéreux que personne ne regarde... J'an-
nonçai donc aux Baju mon intention de rentrer
« chez moi ».

— Vous êtes sûr, jeune homme, que vous avez où
aller ? s'inquiéta M. Baju. Je ne vous pose pas de
questions, ça ne me regarde pas, mais...

Je le rassurai, je lui dis que j'avais un père adoptif,
qui était en province mais qui allait rentrer d'un
moment à l'autre et qui serait affolé s'il ne me trouvait pas à la maison. Je les quittai donc une après-
midi et ils sortirent sur la route pour me dire au
revoir, M. Baju portait son bonnet de cuisine, Tuile
portait son cataplasme et Mme Baju, sa jupe aux
petites fleurs bleues que le vent agitait.

— Revenez bientôt, me cria Mme Baju. Revenez
nous voir, avec monsieur votre père !

Ils paraissaient sincèrement émus, mais Tuile,
après m'avoir jeté un regard torve, profita de l'émotion de ses maîtres pour arracher une fois de plus
son cataplasme et je les vis courir à sa poursuite,
agitant les bras, petites silhouettes noires se déta-
chant sur le ciel... J'arrivai à Paris vers cinq heures

du soir et me rendis directement rue Madame. La
concierge n'était pas là. A la porte, un homme lisait
un journal de sport. Je montai dans l'appartement.
Les volets étaient baissés, les fenêtres fermées ; les
rayons de soleil qui passaient s'enlisaient presque
dans la poussière ; les assiettes sales, les restes du
repas du ténor et de Rapsodie traînaient toujours
dans le grand salon, une serviette était encore par
terre, là où le signor l'avait jetée précipitamment...
J'ouvris la fenêtre ; le soleil se jeta sur les beaux
meubles, la poussière vola, j'entendis une boniche
qui riait. Je passai dans la chambre du vieux et tirai
les volets ; les anges joufflus du baldaquin, le derrière en l'air, soufflaient dans leur trompette comme
pour me saluer. Mais la chambre me parut plus vide
que d'habitude : le vestiaire avait disparu, les chapeaux, les manteaux et les vestons avaient quitté
leurs clous et leurs fauteuils ; les cartes postales
avaient disparu des murs, les objets déchus qui traînaient partout étaient partis : le vieux était passé
par là. Sans doute était-il revenu chercher ses « objets
personnels » dont la compagnie devait lui manquer.
Je souris et de nouveau, je me sentis pris d'un grand
besoin de le voir, de lui parler... J'entendis le plancher
craquer dans l'antichambre, mais n'y fis pas attention, il craquait toujours ainsi, c'était une manie,
il était vieux, lui aussi... Mais le plancher craqua
encore plus fort, je me redressai et tournai sur moi-
même, on marchait dans l'antichambre, un bruit de
pas lourds, étrangers, le sang quitta mon visage et
je me souviens qu'une voix aiguë, une voix plaintive,
cria dans ma tête : « Ça sent le roussi ! Ça sent le
roussi ! »

TROISIEME PARTIE

LE VIEUX

Celui qu'un caillou fait trébucher marchait déjà depuis deux cent mille ans lorsque j'entendis les voix de haine et de menaces, qui prétendaient lui faire peur.

HENRI MICHAUX

I

— Une cigarette ?

L'inspecteur prit un paquet de gauloises bleues dans sa poche et m'enfonça une cigarette entre les lèvres ; je sentis un instant sa main sur ma bouche. Il me donna du feu. C'était la première cigarette française que je fumais depuis des années.

— C'est pas moi Joanovici, lançai-je.

Ils étaient deux : un gros homme au poil grisonnant, un cache-nez de laine autour du cou ; il se tenait assis sur la causette Louis XV et avait, sur la soie rose du meuble, un air étonnamment lourd et déplacé. Exactement au-dessus de sa tête, sur le mur, le pape levait le doigt : il me parut soudain qu'il avait un air anxieux. Aux quatre coins du salon, les grands classiques chers à Vanderputte dressaient autour de nous leur indifférence de pierre. La belle glace de la cheminée réfléchissait le profil de l'inspecteur et dans le cadre doré, sculpté, ce chapeau mou, cette cigarette pendante et ce visage aux traits lourds disaient bien tout ce qu'ils avaient à dire... Son collègue était jeune, mince et habillé avec soin. Il sentait la naphtaline. C'était la première journée vraiment chaude et il avait dû sortir pour l'occasion son complet d'été. Il fumait à la chaîne. De temps en temps, il se passait doucement la main sur les cheveux, les effleurant délicatement du bout des

doigts. Je sentis soudain que je l'avais déjà vu
quelque part, accomplissant le même geste, dans la
même attitude, le dos contre le mur, le visage sans
expression.

— C'est pas moi Joanovici.

L'inspecteur regardait le paravent, en remuant la
cigarette sous sa langue : les guerriers tout nus, casqués, soufflaient dans les trompettes de la gloire, debout sur leurs chars traînés par des lions... Il soupira.

— Allez, dit-il, tu ferais mieux de pleurer un bon
coup, au lieu de crâner.

— Après vous, lui dis-je.

Ils m'avaient jeté dans le fauteuil, où je m'enfonçais jusqu'au cou et avec mon poil de chameau,
mon foulard, la peur et la belle saison, j'avais vraiment chaud. J'avais aussi envie de vomir. C'était
sans doute quelque chose que j'avais mangé à midi.
Mon feutre était tombé par terre, dans la brève lutte
pour le principe que j'avais soutenue avec l'inspecteur.

— Allons, où est-il ? fit le jeune flic.

— Joanovici ? On dit qu'il a acheté tous les flics
et qu'ils l'ont aidé à passer la frontière.

Le flic me donna une gifle. L'inspecteur parut
ennuyé.

— Allons, mon petit Frimaux, ne nous emballons
pas... C'est un mineur... et il n'y est pour rien, après
tout.

Par la fenêtre ouverte, j'entendis deux boniches
qui s'interpellaient d'un étage à l'autre ; l'une d'elles
se mit à rire. Le jeune flic alla fermer la fenêtre et
revint. Un curieux sentiment d'allégresse s'emparait

de moi, de joie de vivre : je me sentais soulagé, débarrassé de moi-même, enfin libre.

— Où est Vanderputte ?

Il devait être à l'hôtel, il avait dû installer Gestard-Feluche sur le dossier d'une chaise, confortablement : je le voyais assis sur le lit, avec son gilet aux oreilles retroussées, il avait placé sa petite valise à côté de lui, il la serrait contre lui, un vieux débris prêt à être ramassé par le service des ordures.

— Je sais pas.

L'inspecteur me fourra sous le nez un petit carnet en peau de porc.

— Tu reconnais ça ?

— Non.

— Le nom de Kuhl, ça te dit quelque chose ?

— Non.

L'inspecteur bougea un peu, sur la causette. Il avait l'air extrêmement malheureux.

— Ton père a été tué dans le maquis du Véziers, dit-il.

— Foutez-lui la paix, dis-je. Mon père n'est pas dans le coup.

— C'était un héros, ton père, dit le jeune flic.

Il avait l'air ragaillardi. Il s'était redressé un peu. Il comprenait le jeu, naturellement. Moi aussi, je le comprenais. Ils allaient essayer de m'avoir par la bande.

— Tu sais pourquoi nous le cherchons, Vanderputte ?

— Je sais rien, moi. Je suis bête, moi, je comprends rien.

— On va te le dire, alors...

— C'est ça. Mettez-moi au courant.

— Il fait le malin, dit le jeune flic. Vous pensez qu'il n'est pas resté deux ans avec le vieux sans savoir...

L'inspecteur parut hésiter.

— Bénéfice du doute, dit-il.

Il fouilla dans sa poche et me jeta sur les genoux un paquet de photographies. Je me sentais mieux, maintenant qu'ils ne parlaient plus de mon père. Mais je me méfiais. Je sentais qu'ils me préparaient un sale coup. Je ne touchai pas aux photos et j'évitais de les regarder. L'angoisse s'éveillait dans mon ventre et commençait à ramper vers ma gorge... J'eus tout à coup la certitude qu'il ne s'agissait pas de moi, que ce n'était pas moi qu'ils étaient venus chercher... Un pressentiment confus me saisit, me glaça le cœur. J'avais toujours les photos sur les genoux. C'était des petites photos d'identité. Je n'osais pas les toucher. Je n'osais pas bouger, non plus. Je demeurais coincé dans mon fauteuil et des gouttes de sueur coulaient sur mes tempes.

— Il y en a dix-huit, dit l'inspecteur. Tu sais ou tu ne sais pas...

Il haussa les épaules.

— J'ai un fils qui a ton âge et j'aime mieux croire que tu ne sais pas... Enfin, ce sont les photos des patriotes que Vanderputte a livrés aux Allemands, sous l'occupation.

J'entendis une voix très lointaine, tremblante, dire :

— Ce n'est pas vrai.

La voix se rapprocha, prit de l'ampleur hurla :

— Vous mentez ! Ça ne prend pas ! Vous essayez de m'avoir !

Je m'accrochai à mon fauteuil et répétai calme-
ment :

— Ce n'est pas vrai... On peut dire n'importe
quoi.

L'inspecteur remuait le mégot éteint sur sa langue.

— On va te lire ça, dit-il.

Il prit le petit carnet et l'ouvrit. Il avait chaud.
Il défit un peu son gros foulard, repoussa son chapeau en arrière... Je ne quittais pas le carnet des
yeux. Je pensais à l'enveloppe que Kuhl m'avait
donnée avant de mourir et que j'avais mise à la
poste, à Fontainebleau... L'inspecteur lisait, le mégot collé à la lèvre.

« Vous trouverez, dans le présent carnet, l'activité
détaillée jour par jour de Vanderputte Gustave, habitant actuellement 227, rue Madame, dans l'appartement de Jean-François Marié, mort en déporta-
tion. Ayant été lié avec l'intéressé par une amitié
vieille de quinze ans, j'ai été en mesure de suivre
l'affaire dont j'ai l'honneur de vous rendre compte,
depuis le 22 décembre 1941, jour où Vanderputte
est devenu membre du réseau de Résistance « La
Ruche », jusqu'à la Libération qui suivit. Vanderputte m'avait souvent répété, depuis le début de
l'occupation : « C'est le moment ou jamais... Si on
« se ralliait, tous les deux ? J'ai toujours vécu seul
« dans mon coin, mais je crois, cher ami, que cette
« fois, le moment est vraiment venu de... Comment
« dirais-je ? de rejoindre les hommes. Qu'est-ce que
« vous en dites ? Je vous parais ridicule ? Je sais,
« à mon âge et avec mes organes... Mais je crois
« que je peux encore servir à quelque chose. Tout
« peut encore être sauvé. » Il dut tenir à peu près

le même langage au garçon à qui je l'ai présenté...
et dont il occupe, en ce moment, l'appartement. Il
était sincère, on voyait que c'était vraiment sa dernière chance de faire quelque chose et, bien qu'il ne
leur parût pas bon à grand chose, ils l'ont tout de
même accepté, par pitié... »

L'inspecteur soupira, me jeta un coup d'œil malheureux et continua.

« Il n'était pas populaire, on ne l'aimait pas, mais
il se chargeait de toutes les besognes, même les plus
humbles. On continua donc à l'employer. Je crois
qu'il souffrait beaucoup de cette espèce de dégoût
physique qu'il inspirait à tout le monde. Il choisit
d'ailleurs un pseudonyme qui résumait bien son
amertume : il se fit appeler « Le Rat ». Sans doute
n'avait-il fait que traduire ainsi ce qu'il avait lu
toute sa vie dans les yeux des autres. Mais il faut
bien dire qu'avec ses allures furtives, son dos rond,
sa moustache remuante, ce nom lui allait bien... Le
Rat avait un véritable don pour le travail clandestin,
on eût dit qu'il n'avait fait que ça, toute sa vie. On
lui confia donc des tâches de plus en plus importantes
et, au bout d'un an, il était devenu la cheville ou-
vrière du réseau... Il savait tout, s'occupait de tout
et paraissait transfiguré. « Je suis devenu un autre
homme, se réjouissait-il. Vous ne trouvez pas que
j'ai rajeuni ? » Je ne disais rien, j'attendais : le 7
janvier 1943, Vanderputte a été arrêté par la Gestapo. Il fut relâché aussitôt, après avoir indiqué la
réunion des chefs des réseaux, qui devait se tenir à
Carpentras et accepté de servir les Allemands... »

L'inspecteur s'interrompit, jeta son mégot et alluma une nouvelle gauloise.

— Ça te suffit ? Parce que c'est long...

Je me taisais.

— Allez, allez, à table, dit le jeune flic, avec impatience. Où est Vanderputte ?

Je le voyais. Je voyais son visage effrayé, le regard qui se heurte aux murs et chaque mot qu'il avait dit, chaque geste qu'il avait accompli au cours des années écoulées, prenaient maintenant un sens et le trahissaient. Je n'avais plus le moindre doute. Il avait fait ça, Vanderputte. Je n'avais qu'à puiser dans le passé, au hasard... Je n'avais qu'à me rappeler un certain mois de décembre, par exemple. Depuis plusieurs jours, j'avais remarqué que le vieux prenait des mines mystérieuses ; il rôdait autour de moi, ouvrait la bouche, comme pour me parler, mais ne disait rien et fuyait. J'avais remarqué aussi qu'il s'enfermait dans sa chambre plus souvent que de coutume. Et nous entendions alors des bruits de marteau et un bruit de scie. Il travaillait à quelque chose activement et parfois même, il chantait en travaillant. C'était curieux d'entendre Vanderputte chanter. Il semblait toujours chanter pour se rassurer, comme on siffle dans la nuit. Il paraissait toujours perdu dans la nuit, chantant pour se donner du courage, pour se prouver qu'il n'avait pas peur. C'était une voix cassée, inquiète, une voix d'angoisse. Et il chantait seulement lorsqu'il était ou se croyait seul. Puis les bruits mystérieux dans la chambre de Vanderputte cessèrent et nous n'y pensâmes plus. Il essaya encore, une ou deux fois, de me parler, mais se borna à faire quelques vagues remarques sur le temps et les affaires. Léonce et moi célébrâmes la Noël en allant deux fois au cinéma, puis fûmes nous coucher. Vers le matin, je me sentis tiré par le bras : c'était Léonce.

— Viens voir.

Je me levai. Il faisait froid. Nous traversâmes le couloir. Dans la chambre du vieux, la lumière brûlait encore et donnait à la moustache jaune un éclat cru. Vanderputte était assis sur une chaise ; il dormait le menton sur la poitrine, une cigarette éteinte à la bouche. Le plaid écossais était jeté sur ses épaules. Il avait une longue barbe blanche. Sur les genoux, il tenait une sorte de robe rouge et un bonnet rouge avec un gros pompon blanc. Au milieu de la pièce, il y avait un superbe arbre de Noël, il touchait au plafond et semblait vouloir pousser plus haut encore ; Vanderputte avait dû le scier pour le faire tenir dans la chambre. Il était décoré avec soin. Des anges aux belles joues, des boules de couleur, des marrons glacés pendaient aux branches et des touffes de coton remplaçaient la neige. Les bougies s'étaient éteintes. Sur une table, près de Vanderputte, il y avait une grosse dinde, à peine entamée, trois bouteilles de champagne, dont deux vides, des noix et des gâteaux. Le couvert était mis pour trois et il y avait trois chaises autour de la table... Il avait dû hésiter jusqu'au dernier moment, mais n'avait pas osé. Je remarquai aussi, au milieu de la table, la photo de Vanderputte enfant, qu'il m'avait jadis montrée. Sur les deux chaises demeurées vides, il avait disposé les seuls amis qui ne pouvaient pas refuser sa compagnie : Gestard-Feluche reposait sur le dossier de l'une et sur l'autre, le gilet aux pointes retroussées ; ils avaient l'air de dormir, eux aussi.

Devant eux, sur la table, il y avait deux verres de
champagne pleins.

— Ça alors, avait murmuré Léonce.

Le vieux dormait profondément, la bouche ouverte, le mégot collé à la lèvre inférieure. Il ronflait
et sa moustache tremblait, la barbe blanche avait
glissé un peu et pendait de travers, on voyait le fil
qui la tenait...

— Où est Vanderputte ?

— A l'hôtel. Je ne sais plus le nom.

— Quelle rue ?

— Bon Dieu, comment voulez-vous que je sache ?
Je n'ai pas pensé à regarder. Je vois exactement où
c'est, mais je ne me souviens pas du nom.

— C'est loin ?

— A Montmartre.

— Tu vas nous conduire.

Je le voyais, j'entendais son souffle difficile, je
voyais ses yeux effrayés. On avait marché dans l'escalier et le vieux demeura figé, comme un lézard. Je
le voyais clairement, en descendant l'escalier entre
les deux policiers et à chaque marche, je voyais le
visage du vieux se tendre et frémir, comme s'il pouvait nous entendre, à plusieurs kilomètres de là.
Depuis des années, l'émotion ne faisait plus battre
son cœur plus vite, mais paraissait au contraire arrêter tout à fait. Le médecin lui avait d'ailleurs défendu expressément de s'émouvoir. « A votre âge,
et avec votre état général, monsieur Vanderputte, il
vous est formellement interdit de faire appel à votre
cœur. Oui, jeune homme. Et le plus fort, c'est qu'on
y arrive. Moi, tel que vous me voyez, cela fait vingt

ans exactement que je ne me suis plus ému. En profondeur, je veux dire. Naturellement, il y a quelquefois des rides qui sillonnent encore la surface ; personne, jeune homme, n'est à l'abri d'un petit coup de vent. Mais en profondeur, rien. Le calme plat, de la vase. Pas un remous. D'ailleurs, je ne sais pas exactement ce qu'il y a, au fond, je n'ai jamais regardé, je n'ose pas. D'un autre côté, il est bien certain qu'il y a quelque chose. Tapi dans la vase. Collé contre le fond. Roulé en boule. Complètement affolé. Retenant le souffle. Le poil hérissé. Claquant des dents. Brr, brr... Et vous savez ce que c'est ? La vie, jeune homme, la vie... » Je le voyais frissonner ; il fouilla dans sa petite valise et prit le plaid dont il s'entoura les épaules. Il prit ensuite une pomme, ouvrit son canif et commença à la peler attentivement ; il lui était recommandé de manger au moins deux pommes par jour.

— Tu diras où il faut s'arrêter, fit l'inspecteur.

— Vers la rue du Chevalier-de-l'Épée.

— Bon.

Il paraissait content de moi.

J'avais dix minutes au plus devant moi, peut-être un quart d'heure, mais je ne pensais à rien, je voyais seulement le vieux assis sur le lit, dans la chambre où le soir tombait rapidement et où il n'osait pas faire de la lumière. Il devait frissonner, malgré la fin du jour tiède et la vie devait grelotter en lui ; il ne pouvait même pas lui offrir une boisson chaude, sa camomille du soir, il n'y avait rien pour chauffer de l'eau. Si seulement il pouvait la faire partir en Suisse, où elle pourrait finir ses jours en paix, dans

un cadre grandiose... Il prit un peu de chocolat dans
la valise et le lui donna. Le chocolat leur était défendu, mais tant pis, pour une fois, et puis c'était
très nourrissant, ils avaient besoin de forces tous les
deux. Il sentait sa présence inquiète, surtout à
gauche où elle palpitait très vite, et aux reins, où elle
lui causait des souffrances lancinantes, et le long de
la jambe droite, où elle avait un lumbago. Il lui
semblait même entendre sa voix. « Je te disais bien,
sous l'occupation, qu'il fallait rester seul, ne pas nous
mêler à leurs affaires ; mais non, monsieur a voulu
sortir de son trou, faire de la résistance, se trouver
des amis... A soixante-quatre ans et avec tes organes !
Alors, naturellement, à la première alerte, tu as
donné tout le monde pour sauver ta vieille peau.
Maintenant, ils vont venir te chercher et qu'est-ce
que je vais devenir ? » C'était une voix de mégère,
il était difficile de s'imaginer que sa vie avait été
jeune et belle, qu'elle avait posé avec lui pour des
cartes postales, sur une balançoire, en bicyclette,
dans un canot ; ils n'avaient jamais été heureux
ensemble, elle lui avait toujours tout refusé mais il
ne lui avait jamais demandé qu'une chose : ne pas
le quitter ; et c'était tout de même plus qu'une
vieille liaison, une vieille habitude, c'était, de sa
part, encore et malgré tout, de l'amour. « On va
venir, criait-elle de l'intérieur, et on va me chasser,
et tout ce qui restera de toi, c'est ton vestiaire. »
Il regarda Gestard-Feluche. L'obscurité était tombée, on ne voyait plus qu'une forme sombre. « Qu'est-
ce que vous en dites, cher ami ? » Je l'avais souvent
surpris en train de discuter ainsi avec Gestard-
Feluche ; Vanderputte posait des questions et si je

n'entendais pas les réponses, le vieux, lui, devait les
entendre, parce qu'il opinait parfois du bonnet et
murmurait : « Parfaitement, cher ami, c'est également mon avis. » Mais à présent, Gestard-Feluche
devait se taire, écrasé par l'horreur de ce que son
ami avait accompli. Je le voyais clairement, accroché
à sa chaise, avec son étoffe de vieux fonctionnaire qui
luisait d'honnêteté, qui criait la vertu par chacun
de ses plis innombrables, par ses taches et ses coudes
râpés et Vanderputte baissait humblement la tête
devant ce juste et soufflait péniblement dans sa
moustache écroulée. Je n'avais qu'à fermer les yeux
pour voir son visage blafard dans la voiture qui
m'emportait ; ses lèvres bougeaient, peut-être
priait-il, évoquant je ne sais quel dieu qui ne pouvait
être celui des honnêtes gens et de la police, mais un
dieu louche, un dieu agent double, un dieu entre-
metteur, un dieu Vanderputte.

— Ça doit être par là, dis-je.

L'inspecteur me regardait attentivement.

— Tu n'es pas sûr ?

— Je suis sûr de la rue. Il faut encore que je trouve
l'hôtel. J'y suis venu qu'une fois.

— Il n'y a qu'à marcher, dit l'inspecteur.

Il fit arrêter la voiture et nous descendîmes. Le
jeune flic me tenait par le bras, l'inspecteur par
l'autre. Nous devions avoir l'air de trois amis qui
s'aiment bien. De temps en temps, je m'arrêtais, regardais un immeuble, hochais la tête et repartais.
Après le troisième arrêt, l'inspecteur avait lâché mon
bras et le flic me serrait beaucoup moins fort. Ils
commençaient à avoir confiance : ça allait se passer

en famille. La voiture nous suivait lentement, en
longeant le trottoir. Nous marchâmes jusqu'au coin
de la rue Maison Neuve et je m'arrêtai devant l'hôtel
de l'Est et des Pays-Bas.

— C'est ici. Au troisième étage...

Au même moment, j'arrachai mon bras et me mis
à courir. J'entendis derrière moi une exclamation,
une injure, le bruit des pas ; en regardant en arrière,
je vis le jeune flic qui me poursuivait et qui mettait
déjà la main dans sa poche. Je tournai à gauche,
dans la rue Duhart et vins buter contre une fille
qui faisait le trottoir.

— Qu'est-ce qu'il y a ? hurla-t-elle.

— La police ! lui criai-je. File !

La fille se mit à courir, toute la volaille s'envola
immédiatement à sa suite et en un clin d'œil, la
rue s'emplit de cris de filles, de bruits de pas et de
silhouettes en fuite. J'entrai sous une porte cochère
et vis passer le jeune flic, qui poursuivait les filles, le
revolver à la main et la voiture, avec l'inspecteur
debout sur le marchepied. J'ôtai mon manteau et
mon chapeau et les enfonçai dans une poubelle ; je
me mis ensuite à descendre tranquillement la rue
dans le sens d'où j'étais venu, vers le métro. Je descendis à la place Monge et marchai jusqu'à la Contrescarpe. J'entrai dans un café, bus une fine et con-
sultai l'indicateur des chemins de fer. Puis je traversai la place et entrai dans l'hôtel.

— M. André ?

— Au troisième, n° 16.

Je montai.

II

— Je n'ai pas fait exprès ! gémit-il.

— Oh, la ferme. Habillez-vous.

Il se précipita, saisit Gestard-Feluche et chercha fébrilement la manche. Il y eut une courte lutte et Vanderputte l'emporta.

— C'est pas ma faute, gémit-il. Personne ne s'est jamais occupé de moi. On m'a laissé tout seul, pendant cinquante ans et on s'étonne après que...

Dramatique :

— J'ai été aimé une seule fois, dans ma vie, en 1912 et encore, c'était une putain...

— Mettez vos souliers.

Il s'assit sur le lit, les jambes ballantes, appuyé sur son parapluie. Je m'agenouillai, l'aidai à mettre ses souliers... La tête un peu penchée de côté, il tenait sa joue droite dans le creux de la main, dans une attitude qui me rappelait une peinture religieuse de l'appartement, rue Madame.

— Et j'ai mal aux dents, par-dessus le marché ! Une rage de dents formidable... Je n'ai pas dormi de la nuit. Tout, quoi !

— Debout.

Il se leva.

— C'est Kuhl qui m'a aidé à rejoindre un réseau... Il savait très bien, lui, comment ça allait finir ! Moi, j'étais plein d'espoir... J'avais enfin des amis, je faisais enfin quelque chose avec les autres...

Pathétique :

— Mais on ne vit pas cinquante ans seul impunément !

Abattu :

— Dès que les Allemands m'ont menacé, j'ai donné tout le monde !

Indigné :

— J'étais bien obligé de me défendre, non ?

Il dégringolait l'escalier derrière moi, avec sa valise et son parapluie et faisait un bruit formidable.

— Cette malheureuse réunion de Carpentras... Les Allemands m'ont relâché, m'ont ordonné de m'y rendre, comme si rien n'était... Je ne pouvais tout de même pas refuser ! Quand on tient à la vie...

Au troisième étage, lamentable :

— D'ailleurs, je ne suis pas entièrement Français... Mon grand-père était d'origine flamande... Oh, je ne cherche pas à me disculper !

La main sur la joue :

— Ça fait mal, ça fait mal... Je dois avoir un abcès.

Au deuxième, avec un nouvel espoir :

— Vous savez, la plupart des gens que j'ai donnés après Carpentras étaient juifs... Ce n'est pas que je sois antisémite, Dieu merci. Mais c'est tout de même moins grave, n'est-ce pas ?

Au premier, fébrile :

— Je vais essayer de passer en Espagne. Je crois que c'est la seule chose à faire.

Plein de scrupules :

— Remarquez, cela m'ennuie un peu. Malgré les apparences, j'ai toujours été antifasciste. Enfin, je n'ai pas le choix. Hein ?

Dans le taxi :

— Oh, ils ne m'ont pas torturé. J'aurais peut-être résisté à la torture, comme tout le monde... On ne sait pas. Ils ont été avec moi d'une gentillesse, d'une correction... J'ai été ému jusqu'aux larmes. Ils m'ont dit qu'ils avaient de l'amitié pour moi...

Prodigieusement étonné :

— Vous vous rendez compte, de l'amitié pour moi ?

Nostalgique :

— Ils m'ont reçu chez eux... Frau Hübchen... Herr Hauptmann Krasowski... Fraülein Lotte...

Sombre, les sourcils froncés :

— Ils m'ont même emmené voir du Sacha Guitry !

Fermant la parenthèse :

— Peu à peu, je leur ai fait des confidences... Ils m'ont arrêté, menacé... J'ai donné tout le monde. Je ne pouvais tout de même pas me laisser faire, non ?

Gémissant :

— Mettez-vous à ma place !

Sans rancune, avec une certaine admiration :

— C'est Kuhl qui m'a arrangé, avant de mourir. Il n'avait pas voulu partir en laissant ses affaires en désordre, c'est évident... On ne peut pas lui en vouloir, c'était un maniaque...

Suppliant :

— Mais vous, jeune homme, vous me comprenez ? Vous me pardonnez ?

— Il n'y a pas à vous pardonner. Il n'y a qu'à vous regarder pour savoir que ce n'est pas votre faute.

— C'est ça, c'est ça, se réjouit-il. Ce n'est pas ma faute...

Anxieux :

— Mais alors... Vous ne croyez pas, jeune homme, qu'il y a tout de même une faute, quelque part ? Une sorte de... d'erreur ? Que j'ai été victime d'une erreur, d'une terrible injustice ? Car enfin, j'ai été choisi, c'est évident... Je ne suis pas du tout croyant, mais vous ne pensez pas que Dieu m'a choisi pour éclairer les hommes sur eux-mêmes, pour leur faire honte ?

Les bonds du taxi précipitaient Vanderputte et sa valise tantôt d'un côté, tantôt de l'autre, il s'accrochait à mon bras, à la portière, ballotté comme un tonneau vide sur les flots.

— Le radeau de la Méduse, murmura-t-il.

— Quoi ?

— Rien, jeune homme. Je me réfère à une carte postale célèbre.

Agressif :

— J'ai emporté une arme à feu. Je me défendrai !

Je tâtai sa poche et y trouvai en effet un énorme Colt à barillet, du genre Far-West, que je lui pris.

Il s'enfonça dans un coin du taxi, avec toutes les lumières de la ville qui se succédaient sur son visage et dit :

— On m'a trahi...

Résigné :

— D'ailleurs, tout cela est parfaitement inutile. L'homme, ça ne se pardonne pas.   ..

Un nouveau bond du taxi le précipita contre moi. Il demeura un instant silencieux. Puis il fit une grimace et porta la main à sa joue.

— Oh là là... Je n'en peux plus !

Il avait le visage tordu par la plus ancienne douleur de l'homme, celle qui avait dû précéder de

quelques centaines de milliers d'années son premier
remords. La rage de dents le transfigurait. Les plis,
les poches sous les yeux perdaient un peu de leur
laideur, la souffrance élevait le visage et lui rendait
une certaine dignité.

Je le regardai : mais il ne se moquait de personne.
Il ne calomniait pas. Il disait simplement tout ce
qu'il avait à dire, tout ce qu'il sentait. C'était un
témoin sincère. Tout à l'heure, je vais arrêter le
taxi, je vais prendre le vieux par le bras, je vais le
montrer à tous ces passants honnêtes et je vais leur
dire : « Regardez. Voilà ce qui vous arrive encore
après deux mille ans. Voilà ce qui dort encore au
fond de vous. Voilà ce que vous faites encore de vos
enfants ». Je fermai les yeux. Il n'était pas responsable. Les hommes l'avaient abandonné, ils l'avaient
laissé seul, parmi ses vieux débris et ses objets inutiles et maintenant, il était trop tard pour le juger,
comme s'il fût un des leurs. Il était si vieux, il
avait marché seul pendant si longtemps, il avait
été refusé tant de fois, trahi tant de fois, qu'il
n'était plus possible de lui demander des comptes
et que la pitié était la seule loi humaine qui pût
encore s'appliquer à lui...

— Mais enfin, gémit Vanderputte, faites quelque
chose pour moi ! Vous ne voyez pas que je souffre ?

Nous avions encore une heure et demie jusqu'au
départ du train et de toutes façons, je ne tenais pas
à traîner sur le quai de la gare pendant plus d'une
heure, sous les yeux de la police.

— Bon. Ne gueulez pas. On va essayer de vous
soulager.

Je me penchai vers le chauffeur et lui demandai

s'il connaissait un dentiste dans le quartier. Le chauffeur en connaissait bien un, mais il fermait à six
heures. Il nous y conduisit tout de même, mais le
cabinet était bien fermé. Le chauffeur, qui était une
nature compatissante, essaya de réconforter Vanderputte, qui trottait entre nous, la joue dans la main.
Le concierge nous indiqua une autre adresse, mais
c'était fermé, ici aussi. Le chauffeur cherchait à nous
encourager et nous raconta en détail, en fourrant les
doigts dans sa bouche, tout ce qui était arrivé à chacune de ses dents. Nous demandâmes quelques adres-
ses dans une pharmacie, mais ne trouvâmes que des
portes fermées. Il ne restait plus qu'une heure jusqu'au départ du train ; Vanderputte, le visage tordu
et couvert de sueur, refusait de s'embarquer avant
d'avoir vu un dentiste. Il ne voulait pas, disait-il,
passer une nuit sans sommeil, à souffrir comme un
damné. Le chauffeur courut dans un bistro et en
revint triomphalement, nous annonçant qu'il y avait
juste à côté un dentiste tchèque réfugié qui exerçait illégalement ; en principe, il faisait surtout des
avortements, mais le patron du bistro croyait qu'il
accepterait de faire n'importe quoi. Nous le trouvâmes au septième étage d'un immeuble sans ascen-
seur, « c'est un coup monté ! » gémit Vanderputte,
en grimpant. Il vint nous ouvrir lui-même et nous
conduisit dans une pièce minuscule qui semblait être
un laboratoire, pleine d'éprouvettes et de cornues.
C'était un homme mince, triste, chauve, pénible à
regarder : on lui sentait des malheurs. Oui, dit-il, il
était également dentiste. Il me montra un microscope. Je suis surtout un savant, dit-il, avec un fort
accent. J'ai trouvé un remède contre le cancer. Van-

derputte fut installé dans le fauteuil et le chauffeur
se tint à côté de lui, le verre d'eau à la main. Au
bout d'un moment d'examen, le docteur annonça
que l'on pouvait « sauver la dent », il suffisait d'ouvrir l'abcès par la gencive.

— Vous voyez, dis-je à Vanderputte, on commence
déjà à vous sauver, petit à petit.

Il n'entendit pas. Il avait peur et essayait de recu-
ler devant le docteur en geignant. Je voyais son dos,
les bras qui s'agitaient et le chauffeur de taxi, le
verre à la main, la casquette sur la tête. Je regardais
ma montre, j'écoutais le vieux qui geignait et la
voix du médecin qui disait de temps en temps « crachez ». Je me demandais ce que j'allais faire avec
Vanderputte aux pieds des Pyrénées et à qui il me
faudrait m'adresser pour le passer de l'autre côté.
Il y avait, sur la table, à côté du microscope, un
sandwich et un journal du soir. Je pris le journal
et la première chose que je vis fut la photo de Vanderputte et le titre « Le traître de la rue Madame
court toujours ». La sueur me couvrit, le journal me
parut soudain une pierre pesante. « Crachez... »
Les lettres sautaient devant mes yeux. Ainsi, ils le
cherchaient déjà depuis plusieurs jours, puisque la
photo était déjà dans le journal. Je la regardai. C'est
étonnant, pensai-je, combien il avait l'air coupable.
C'était une vieille photo, pourtant, qui devait dater
d'avant la guerre. Et pourtant, le visage avait déjà
un air traqué et perdu. L'article était très court. Il
rappelait comment Vanderputte, pour avoir la vie
sauve, avait indiqué aux Allemands la réunion de
Carpentras et comment il s'y était rendu, suivi par

la Gestapo. « C'était, disait le journal, le début d'une
belle carrière de traître... »

— Crachez, dit le médecin.

Je glissai le journal dans ma poche. Vanderputte
avait toujours très mal, mais le médecin nous assura
que cela allait se calmer, dans une demi-heure. Il ne
m'inspirait pas confiance et sans doute n'était-il pas
du tout convaincu de sa promesse, parce qu'il donna
au vieux un tube d'aspirine. Je le payai et nous nous
précipitâmes dans le taxi. Nous arrivâmes à la gare
juste à temps pour prendre les billets et sauter dans
le train. Dans le compartiment, un homme dormait
dans un coin, il avait placé un journal sur sa figure
pour se protéger de la lumière et la photo de Vanderputte s'étalait au milieu de la page. Le vieux
n'avait pas remarqué la photo, il s'était écroulé sur
la banquette, hébété. Lorsque je voulus le faire
changer de compartiment, il me fit une scène. Le
train se mit en marche mais je n'osai pas montrer à
Vanderputte le journal sur le visage du dormeur ;
pris de panique, il eut été capable de se jeter hors du
train. Nous restâmes un moment à parlementer,
pendant que Vanderputte encore vivant gesticulait
et geignait sous le regard du Vanderputte inanimé.
Dans son coin, le voyageur dormait sous le masque
dont il avait recouvert son visage et que son souffle
sonore animait. Fort heureusement, le vieux découvrit que la fenêtre du compartiment ne fermait pas,
que l'endroit était ainsi plein de courants d'air et
que s'il y passait la nuit, il « risquait d'attraper
quelque chose au poumon et de mourir prématurément. » Il se leva pour changer de compartiment.
Au moment de sortir, il remarqua la photo. Son

corps se figea, ses yeux s'agrandirent et il parut
transformé en une statue. J'essayai de le pousser
dans le couloir, mais il refusait de bouger et regardait sa photo que les ronflements du dormeur ani-
maient régulièrement. Il paraissait fasciné. Je réussis enfin à le pousser dans le couloir, dans un autre
compartiment.

III

Celui-ci était mal éclairé et enfumé ; il y avait
une jeune femme qui dormait, un petit homme qui
mangeait du saucisson à l'ail en le coupant contre son
pouce et un garçon de mon âge, en canadienne. Le
vieux jeta autour de lui un regard peureux et s'enfonça dans un coin, la main sur la joue. A un moment, il se leva et éteignit la lumière, mais le jeune
homme en canadienne ralluma. Le vieux saisit sa
valise et la serra contre lui, comme s'il eût brusquement compris qu'il était entouré de voleurs. Tout le
monde le regardait.

— Eh bien, quoi ? dit le vieux, peureusement. On
a tout de même le droit de rester dans l'ombre ?

Il tourna la tête de côté, essaya de dérober son
visage aux regards, à la lumière, en croisant maladroitement les bras devant sa figure, comme un enfant qui se protège des gifles. Je voyais les manches
de Gestard-Feluche, qui luisaient... Le bonhomme
au saucisson se pencha brusquement vers lui.

— Pardon si je vous regarde, dit-il, mais on ne
se serait pas déjà rencontré quelque part ?

Ses yeux scrutaient attentivement le visage de Vanderputte. Le vieux se taisait.

— Je m'appelle Bouvier, dit le bonhomme, je suis de Bordeaux, rue Saint-Paul. Vous ne seriez pas de Bordeaux, rue Saint-Paul, des fois ?

— Non, dit Vanderputte, pas du tout.

— Ma figure ne vous dit rien ?

— Rien, affirma le vieux, avec force.

— C'est marrant. J'aurais parié...

Il avait un journal dans sa poche, qui dépassait.

— Vous n'êtes pas dans la passementerie, non ? dit le bonhomme.

— Non.

Le bonhomme soupira.

— C'est malheureux, tout de même. Maintenant, je ne pourrai pas fermer l'œil toute la nuit. Je suis comme ça. Il faut absolument que je me rappelle où c'est que je vous ai vu. Ça va me travailler, me travailler, jusqu'à ce que j'ai trouvé. Je finis toujours par trouver, d'ailleurs. Tenez, l'autre nuit j'ai cherché un nom jusqu'à cinq heures du matin et quand je l'ai trouvé, je me suis endormi tout de suite. Vous n'avez pas besoin de vous en faire, vous n'avez qu'à dormir tranquillement. Je finirai bien par me rappeler...

— Vous m'emmerdez, à la fin ! hurla Vanderputte. Quel besoin avez-vous de vous rappeler ? Puisque je vous dis qu'on ne se connaît pas. Une tête comme la vôtre, ça ne s'oublie pas ! Et puis je n'aime pas être regardé, là ! Je ne suis pas du tout fait pour être regardé.

Il se serra dans son coin, tremblant de rage et de peur. L'autre le regardait toujours. Au bout d'un

moment, il se pencha vers moi et commença à me
parler. Il était commis voyageur en passementerie,
il revenait de voir sa femme, qui était malade en
Suisse. Le médecin avait de l'espoir, mais ça allait
être long... Tout en me parlant, il tournait parfois
la tête et jetait à Vanderputte un regard rapide :
ça le travaillait. Finalement, je me levai et éteignis
la lumière. Il se tut et me laissa tranquille. Le train
branlait dans la nuit, nous secouant sur nos ban-
quettes. Je m'assoupis. Lorsque je me réveillai, il
était une heure du matin. Vanderputte gémissait
dans son coin. Je me penchai sur lui et vis qu'il avait
une figure enflée comme une boule de billard.

— Ça fait mal, se plaignit-il.

La jeune femme et le jeune homme en canadienne
n'étaient plus là. Le commis voyageur en passementerie se tenait immobile à sa place, les bras croisés
sur la poitrine. Le wagon continuait sur les rails
son vacarme monotone.

— Ce dentiste, c'était un charlatan !

— Essayez de dormir.

— J'ai dormi un peu. Mais ça fait trop mal, ça
m'a réveillé...

Je me mis à rire. Je trouvais soudain atroce l'idée
que seule une rage de dents l'empêchait de dormir.

— Qu'est-ce que vous avez ? s'indigna le vieux.
Il n'y a pas de quoi rire.

— Je ne ris pas de vous, mais de nous tous.

— Si seulement je n'avais pas si mal, gémit-il, je
serais optimiste !

Le commis voyageur en passementerie bougea un
peu, sur la banquette : sans doute nous observait-il
en cachette, essayant de se rappeler... J'entendais le

train grincer dans la nuit et les gémissements étouffés de Vanderputte que seule une rage de dents empêchait d'être optimiste. Au bout d'un moment, les gémissements cessèrent. Il s'était assoupi. Je me levai, m'approchai de lui, défit ses chaussures et les ôtai. Il allait dormir mieux, ainsi. Je voyais à peine son visage. L'obscurité à laquelle il fallait l'arracher lui rendait une certaine jeunesse. De la fenêtre, des lueurs passagères y jetaient parfois leurs fugitifs reflets. Je pensais que le visage est la surface de l'homme ; il reflète le ciel et les autres hommes et toutes les bêtes qui viennent y boire... Je sortis dans le couloir. Je restai longtemps, le front contre la vitre noire, les yeux dans la nuit. Un peu plus loin, deux voyageurs parlaient entre eux, en fumant.

— Ce qui nous manque, c'est un homme...

Nous passions dans un tunnel. La montagne retentit un instant autour de nous.

— Ça ne peut pas continuer ainsi...

J'écrasai ma cigarette et rentrai dans le compartiment. Je trouvai l'individu dont la femme était malade en Suisse, une allumette à la main, penché avidement sur le visage de Vanderputte, qui dormait.

— Foutez-lui la paix, vous.

Il s'accrocha à mon bras.

— Qu'est-ce que vous voulez, ça m'empêche de dormir. C'est pas que je sois curieux, au fond, je m'en fous. Mais c'est plus fort que moi. Vous le connaissez ?

— C'est mon père, lui dis-je.

— Ah, c'est monsieur votre père ? Et à qui ai-je l'honneur ?

— Durand, lui dis-je. Durand père et fils.

Le bonhomme avait déjà craqué une autre allumette. Je soufflai dessus.

— Nous, on veut dormir, lui dis-je.

— C'est idiot, de ne pas pouvoir me rappeler... Je suis sûr d'avoir vu cette tête-là — ah, je vous demande pardon — ce visage-là quelque part.

— Pensez à votre femme, lui dis-je. Elle est peut-être en train de mourir. Comme ça, vous pourrez peut-être roupiller. Ça vous changera les idées.

— Ce n'est pas gentil, ce que vous me dites là. Non, ce n'est pas gentil.

Il s'enfonça dans son coin et demeura immobile, trop. Je le sentais tendu, attentif, je sentais ses yeux. Ce n'était pas un flic, pourtant. Mais il avait sûrement la vocation. Ou peut-être était-il seulement très malheureux... Je le guettai, mais finis par m'endormir. Quelque chose me réveilla et je trouvai mon bonhomme penché sur Vanderputte, une allumette à la main.

— Vous allez lui mettre le feu à la moustache, lui dis-je.

Peut-être cherchait-il simplement à oublier sa femme et essayait-il de tricher avec sa mémoire : il s'accrochait ainsi au visage de Vanderputte, pour oublier l'autre visage... Je le secouai tout de même un peu, en le jetant dans son coin. Il se laissa faire, sans doute se sentait-il coupable. J'allumai une cigarette, pour ne pas dormir. Je pensai que tout cela ne servait à rien, que le jour allait se lever d'un moment à l'autre et que le visage de Vanderputte serait alors ouvert à tous les regards. Je devais être très fatigué, parce que je m'endormis encore. J'ai été réveillé par mon bonhomme, qui me bouscula

en essayant de se faufiler vers Vanderputte, une allumette à la main ; d'un bond, il se tourna vers moi.

— P... permettez... votre... p... petite cigarette
s'est éteinte.

Sa main tremblait. J'allumai ma cigarette.

— Vous n'y arrivez toujours pas ?

Il fabriqua un petit rire idiot.

— Pas moyen, dit-il. C'est rigolo, hein ?

— Les deux poumons sont touchés ? demandai-je.

Il se brûla les doigts, jeta l'allumette.

— Les deux, dit-il. Elle avait déjà eu un pneumo-
thorax et on croyait que ça c'était cicatrisé. Mais
maintenant, les deux poumons sont pris. Non, merci,
je ne fume pas.

Il était toujours debout, devant moi, accroché au
filet à bagages.

— Vous ne pouvez pas vous imaginer ce que son
visage a pu changer, en six semaines.

— Ça va peut-être s'arranger.

Il se précipita :

— Oh, moi, vous savez, je suis optimiste. D'ailleurs, je viens de lire dans le journal... un médecin
de Monte-Carlo a inventé un sérum de tortue contre
la tuberculose... Quelque chose de sensationnel. Tenez, je l'ai là, si ça vous intéresse, c'est dans le journal de ce soir...

Je vis sa main descendre vers la poche.

— Non, lui dis-je. Ça ne m'intéresse pas. Je n'ai
personne de malade, chez moi.

Je voyais sa main, posée sur le journal... Il me
tourna le dos et alla s'asseoir. Le train continuait
à courir, il me semblait que c'était mon cœur qui
faisait tout ce fracas... Je m'assoupis tout de même.

Lorsque je me réveillai en sursaut, je vis le bon-homme, une allumette dans une main, le journal dans l'autre, comparant la photo avec le visage de Vanderputte... J'essayai de lui barrer le chemin, mais il fut plus rapide que moi. D'un seul bond, il fut hors du compartiment. Je le vis courir dans le couloir en se heurtant aux murs, le journal à la main. Je me jetai sur Vanderputte, le secouai.

— Vite. Venez.

Il ne voulait pas se réveiller. Je perdis au moins une demi-minute. Il saisit la valise et je le poussai dans le couloir.

— Mon Dieu, me dit-il avec consternation, j'avais tout oublié !

Je le poussai vers la portière, que j'ouvris. Il bâillait, les cheveux ébouriffés, le col déboutonné, de travers sur son cou ridé ; il restait là, à bâiller, d'un air abruti, la main sur la joue, dans les pre-mières lueurs du jour.

— Qu'est-ce qui se passe ?

— Rien, lui dis-je. Il y a seulement votre ami qui vous a reconnu et qui est allé chercher du secours.

L'air froid qui s'engouffrait par la portière ouverte lui donnait le frisson, il s'accrochait à mon bras, pour ne pas perdre l'équilibre.

— Vous ne voulez tout de même pas que je saute ? Je vais me casser la gueule !

Je le poussai. J'entendis un « ah » de terreur puis il disparut. Je descendis sur le marchepied, fermai la portière derrière moi et sautai à mon tour. J'avais mal calculé mon saut et j'eus soudain l'impression qu'on m'arrachait la figure. Je m'assis dans le sable et passai la main sur ma figure qui saignait. Allons bon, pensais-je, au moins maintenant, j'ai mal, moi aussi. Il n'est plus seul à souffrir. On avait enfin, vraiment quelque chose en commun. Je me calmai un peu et je vis Vanderputte assis dans le sable, les jambes écartées, non loin de moi. Je vis aussi qu'il n'avait pas oublié sa petite valise, il avait sauté avec elle et ne l'avait pas lâchée en tombant. Je me levai et m'approchai de lui. Je vis sur son visage une expression de stupeur. Il regardait ses pieds.

— Ça alors, répétait-il, ça alors...

Il leva la tête.

— Où sont passés mes souliers ?

Bon Dieu, pensais-je, c'est moi qui les lui avais enlevés, alors qu'il dormait. A présent, ils s'éloignaient à cinquante kilomètres à l'heure. Comment allait-il marcher, pieds nus ?

— Vous n'avez pas une autre paire dans la valise ?

— Non.

— Essayez les miens.

Ils étaient trop petits. Le jour se levait, il était impossible de rester plus longtemps près de la voie. Notre ami avait sans doute arrêté le train et bientôt nous aurions sur le dos tous les habitants de la région. Nous avions probablement une heure devant nous, pour trouver une cachette. Je regardai autour de nous. Nous étions dans une région de vignobles. La terre sortait de la nuit, couverte de vignes, de pins, de coteaux. Les montagnes et la frontière devaient être encore loin. Je regardais les vignes et je me disais : puisse chaque habitant de cette région boire assez de son vin pour devenir accessible à la pitié. Mais sans doute n'y a-t-il pas assez de vin sur terre... Je traînai Vanderputte au bas du talus

et le forçai à marcher. Nous arrivâmes presque aussitôt à un ruisseau et en me penchant pour boire, je
vis ma figure tuméfiée. Je me lavai un peu et forçai
Vanderputte à faire de même. J'ouvris sa petite valise. J'y trouvai du savon, un rasoir.

— Rasez-vous la moustache.

Il se défendit. Il ne voyait pas pourquoi il ne pouvait pas passer la frontière avec sa moustache. Il
semblait avoir presque oublié sa rage de dents et
argumentait avec passion.

— Écoutez, je vous assure, sans ma moustache, je
me sentirais diminué...

On devait offrir, tous les deux, un spectacle peu
banal. Debout, au bord du ruisseau, dans le petit
jour, au milieu de la campagne silencieuse où seul
un chant lointain de coq s'élevait parfois, un vieil
homme, le col de travers, en veston noir et pantalon
rayé, mais sans souliers, la joue gonflée, le bras
devant la figure et un jeune homme résolu, un rasoir
à la main.

— Si je suis par malheur arrêté et jugé, sans moustache, je manquerai de dignité...

Je saisis un bout et le coupai. Il se figea tout entier
et demeura ainsi pétrifié jusqu'à la fin de l'opération.
Seul son œil gauche clignait, humide, bleu, plein de
reproche. La joue enflée fermait l'œil droit presque
entièrement.

— Là, fis-je, en reculant.

Il se passa les doigts au-dessus des lèvres. Puis il
regarda à ses pieds. Il sortit ensuite le mouchoir de
sa poche et s'agenouilla. Il déroula le mouchoir par
terre et se mit à ramasser soigneusement les poils de
sa moustache qui tenaient ensemble. Il les trempa

dans le ruisseau, les essuya avec sa manche et les
enveloppa dans son mouchoir, qu'il mit dans sa
poche. Il se leva.

— Allez, en route.

Nous marchâmes à travers les vignobles, évitant
les fermes qui se réveillaient : les cheminées fumaient
vers un ciel encore blême que les premiers oiseaux
parcouraient. Vanderputte se traînait derrière moi.
Pieds nus, avec son col raide, son Gestard-Feluche
et sa petite valise, il avait l'air d'un commis voyageur fou. Les comprimés d'aspirine qu'il avait avalés
depuis la veille ne le soulageaient plus, mais l'abru-
tissaient encore.

— C'est encore loin ? bégayait-il.

Il se blessait continuellement aux pieds et s'arrêtait pour s'arracher les épines. Je ne comptais pas
marcher longtemps. Je voulais simplement m'éloigner le plus possible de l'endroit où nous avions
quitté le train, trouver une cachette et passer la
journée là ; marcher ensuite toute la nuit et recommencer le lendemain. Mais je ne voyais toujours,
autour, aucun recoin propice, aucun trou dans le sol,
et le ciel s'éclairait rapidement ; le travail allait
commencer dans les champs, la campagne allait commencer à vivre, il était difficile de marcher plus longtemps, sans nous faire remarquer. Et cependant,
cette campagne française, cette campagne lumineuse,
toute recouverte de vigne, me paraissait étrangement
sûre, je sentais qu'on pouvait se fier à elle, qu'elle
était accueillante et compréhensive ; toute illuminée
d'indulgence et de bonté matinales, elle me donnait
un profond sentiment de confiance et de sécurité.
Mais au bout d'une demi-heure de marche, il devint

évident que Vanderputte ne pouvait plus continuer.
Son œil droit était complètement fermé. Il semblait
que l'air frais et l'effort avaient décuplé sa douleur,
chassant sans doute les derniers effets de la drogue.
Ses chaussettes étaient en lambeaux, ses pieds sai-
gnaient. Parfois, il se mettait à courir en rond,
lançant des injures ignobles, des bouts de phrases
sans queue ni tête :

— Saleté de saleté, répétait-il, saleté de saleté de
saloperie ! Oh là là !

D'un moment à l'autre, il allait s'écrouler et refuser
de continuer. Il fallait trouver un refuge. Je fouillais
désespérément la campagne du regard ; à ma droite,
s'étendait une belle vigne qui montait doucement à
flanc de coteau, jusqu'à une grande ferme au toit de
tuiles rouges qui la dominait. Derrière la ferme, je vis
un clocher qui sortait d'un grand fouillis d'arbres
verts et au même moment, j'entendis les cloches
sonner. Sans doute sonnaient-elles déjà avant, mais
leur message ne s'imposa à moi, ne prit un sens que
lorsque mon regard, à la recherche d'un abri, s'arrêta
au clocher. Les cloches sonnaient et mon cœur se mit
à leur répondre bruyamment et je me souviens que
pendant quelques secondes, dans mon émoi, je ne
sus guère si c'était le clocher ou mon cœur qui caril-
lonnait ainsi. Je poussai Vanderputte.

— Venez, vite.

Je me mis à courir. Mais Vanderputte ne parvenait
pas à me suivre, ses pieds blessés l'arrêtaient à chaque
moment, il titubait en gesticulant dans l'air limpide
du matin ; sur ce terrain montant, exposé, il devait
être visible à des lieues à la ronde. Il nous fallut
un quart d'heure pour traverser la vigne et arriver

jusqu'à la ferme. Par le portail ouvert, je vis un moine barbu et costaud, les manches de sa soutane retroussées, debout au milieu d'un attroupement de poules blanches, jeter des graines autour de lui. Je contournai le bâtiment et me trouvai devant la chapelle, séparée de la ferme par une grille ; à droite, derrière les ormes, je vis un grand bâtiment blanc. J'hésitai un peu ; maintenant, les cloches se taisaient. J'entendais mon cœur et les poules dans la basse-cour ; des coqs chantaient ; des vaches mugissaient ; j'hésitais encore. A ce moment, les portes de la chapelle s'ouvrirent, et les moines sortirent un à un. Ils portaient des soutanes blanches et je me souviens d'avoir pensé à la blancheur des poules que je venais de voir dans la basse-cour. L'émoi de la prière était encore sur quelques visages, d'autres avaient encore les mains jointes, mais leurs regards ne pensaient plus à rien ; quelques-uns riaient déjà et il n'y a rien de plus difficile que d'essayer d'imaginer de quoi peut bien rire un moine, en revenant de prière ; ils descendaient un à un l'allée, je les regardais, je guettais leurs visages, j'essayais d'en choisir un. Mais l'un d'eux m'avait déjà aperçu. Je ne l'avais pas vu, il était le dernier à sortir de la chapelle et pendant que je guettais du regard les autres, sans doute m'avait-il observé à mon tour. C'était un homme au visage beau et fin, au regard noir, aux cheveux gris coupés ras ; il avait un cou délicat, qui donnait une grâce un peu précieuse aux mouvements de la tête. Il s'approcha rapidement de la grille, qu'il saisit des deux mains.

— Vous cherchez quelque chose ?

— Je voudrais parler à quelqu'un.

Je vis qu'il regardait Vanderputte. Le vieux était assis par terre et gémissait, la joue dans la main.

— Vous voulez voir le Père Supérieur ?

— Oui, s'il vous plaît.

Il paraissait hésiter. Je pensais soudain que c'était la première fois que je parlais à un religieux.

— Entrez. La porte est au bout, là où vous voyez cet orme. Notre maison est en face.

Il parut vouloir ajouter quelque chose. Je regardai son visage et y lus une expression de curiosité presque enfantine.

— Je vais appeler le révérend Père.

A ma surprise, il partit en courant. Peut-être savaient-ils déjà, pensai-je. Il y avait près de deux heures que nous avions quitté le train.

— Il y a sans doute un dentiste parmi eux, bégaya Vanderputte. Il y a de tout, généralement.

Gestard-Feluche essuyait avec sa manche les larmes qui coulaient sur ce visage jaune, ravagé.

— J'en peux plus.

En arrivant au portail, nous le trouvâmes fermé. Il y avait au-dessus de la grille une cloche et une chaîne qui pendait mais il me semblait qu'en tirant sur elle, j'allais moi-même sonner l'alarme dans cette campagne paisible. La maison était juste en face de la grille, derrière un vieux bassin vide, surmonté d'un cadran solaire ; comme j'hésitais, je vis la porte s'ouvrir et un grand moine maigre sortit et s'approcha à grandes enjambées, un trousseau de clefs à la main. Il était sec, osseux, avait une barbe blanche et devait avoir l'âge de Vanderputte. Il ne nous regarda pas, ne dit pas bonjour mais ouvrit le portail et le tint ouvert, pendant que nous entrions ; je

remarquai qu'il ne le referma pas, mais le laissa entre-
bâillé. Il nous précéda, toujours sans parler, poussa
la porte de la maison, qu'il laissa ouverte également.
Je me trouvai dans un couloir sombre qui traversait
toute la maison ; il faisait frais, silencieux, on n'entendait que la respiration sifflante de Vanderputte et
un bruit d'eau : au milieu du couloir, il y avait une
fontaine, avec une écuelle, accrochée à une chaîne ;
à l'autre bout, le couloir s'ouvrait sur la lumière d'un
jardin : je vis un moine tout blanc, les cisailles à la
main, penché sur un rosier. Vanderputte s'approcha
de la fontaine et but goulûment, avec bruit. Le
moine courut devant nous, dans le couloir, ouvrit
une porte ; nous nous trouvâmes dans une grande
bibliothèque sombre ; je vis sur un mur un grand
crucifix, des gravures qui se perdaient dans la pé-
nombre. Deux grandes taches claires tombaient sur
le parquet par les fenêtres ouvertes, qui donnaient
sur une verdure frémissante et radieuse ; j'entendis
le silence et les oiseaux, un bourdon, qui se heurta
à ma tête, le silence encore, et le parfum du printemps. Une silhouette blanche se leva dans le coin
et vint à nous ; il y avait une table, des feuilles
assemblées comme des notes de fournisseurs, un
stylo ouvert ; je remarquai aussi un vieux téléphone
démodé. J'ouvris la bouche, mais dus faire un effort
pour parler : je n'arrivais pas à prononcer ces mots
si simples, sans doute y attachais-je trop d'importance pour pouvoir les dire automatiquement.

— Bonjour, mon Père.

— Bonjour.

C'était une belle voix, grave, douce, qui faisait
ressortir le silence, le rendait plus profond autour

d'elle. Il tournait le dos à la lumière. Je ne voyais
que sa soutane très blanche et la tache pâle du visage, les lunettes, mais pas les yeux, le trait uni des
lèvres minces et la verdure étincelante de la fenêtre
autour de sa tête. J'allais parler : il leva la main.

— Je sais qui vous êtes.

Je pensai à la grille d'entrée, que le moine avait
laissée ouverte, à la porte de la maison, laissée ouverte également.

— On nous a téléphoné juste avant la messe...
Nous avons pu ainsi vous inclure dans nos prières.

Il se mit à parler, avec une certaine emphase.

— Ils nous ont téléphoné de la mairie, naturellement. Ils pensaient que vous pourriez peut-être demander un refuge ici. Nous sommes, pour eux, naturellement, les plus suspects.

Était-ce une erreur, ou bien avait-il vraiment
haussé les épaules ?

— Vous savez, l'alerte a dû être donnée dans toute
la région. Ils savent que vous avez quitté le train
près du passage à niveau de Fouillac, il y a deux
heures. On vous cherche. Vous n'irez pas loin.

— Je sais. C'est pourquoi nous sommes venus ici.

Sa voix se durcit légèrement. Il fit voler ses manches.

— Voyons, mon petit, ce n'est pas possible. Vous
n'êtes pas sans savoir les ennuis que certaines maisons ont eus, après la Libération, pour avoir hébergé
des... ce qu'il est convenu d'appeler, Dieu me pardonne, des collaborateurs. Nos établissements les
plus vénérables ont été traînés dans la boue par une
certaine presse...

Nouveau vol de manches.

— Il m'est tout à fait impossible d'exposer les intérêts supérieurs dont je suis responsable à une telle aventure. Je le regrette profondément. Autrefois...

D'un nouveau geste de ses ailes blanches, il chassa autrefois, qu'il poursuivit, cependant, d'un soupir.

— Nous vous demandons seulement une journée, dis-je. Nous poursuivrons notre route la nuit.

— Mon garçon, soyez raisonnable. Vous êtes à trois cents kilomètres de la frontière des Pyrénées. Cette région était pendant la guerre un maquis important et les habitants sont encore...

Je ne disais plus rien. J'écoutais sa démonstration raisonnable. Sa voix tremblait un peu, le ton était un peu plus aigu, je ne sais si c'était l'irritation, ou la peur, ou la mauvaise conscience, il faisait voler ses manches.

— Il m'est impossible de vous héberger ici. Notre maison a la malchance de se trouver dans une circonscription politique très... mouvementée. Nous avons déjà été deux ou trois fois victimes de... de provocations. Enfin, ce n'est pas à moi de prononcer de tels mots. Ce que je veux dire, c'est que nous sommes obligés de faire très attention. En d'autres temps... Vous savez que dimanche prochain, il y a les élections municipales. Le pays est en ébullition. Tout geste inconsidéré de notre part...

Je ne l'écoutais plus. J'écoutais les oiseaux, dehors dans le ciel, je regardais le grand crucifix, sur le mur, un beau plâtre de plus. Je regardais ses manches qui volaient, qui volaient et sa belle soutane blanche, une défroque de plus à accrocher au vestiaire. J'entendis derrière moi la voix de Vanderputte, aiguë :

— Vous n'allez pas me chasser, tout de même ?

C'est plein de flics partout ! Et vous ne voyez pas
la tête que j'ai ? Tas d'embusqués ! Des embusqués,
voilà ce que vous êtes ! Des planqués, des camou-
flés ! Il y a bien un médecin parmi vous, ou bien
est-ce que vous soignez seulement les fleurs ?

Il avait vraiment une tête horrible, avec son œil
droit fermé, le visage énorme, tout de travers, les
cheveux collés aux tempes et au front. Son œil gauche, démesurément ouvert, exorbité et qui parlait
pour deux, pleurait toujours, de rage, d'indignation :
il était la seule trace d'homme dans ce paysage lu-
naire. Le Père s'approcha de lui.

— Qu'est-ce que vous avez ?

— J'ai mal aux dents !

J'avais envie de rire.

— Nous avons bien un père médecin, mais il est
en tournée. Attendez, tout de même.

Il dit quelques mots au vieux moine qui nous avait
ouvert la grille. Celui-ci parut frappé de stupeur,
secoua la tête, violemment, et se signa. Le père eut
un geste d'impatience et sortit. Le moine demeura
là, les clefs à la main, il nous dévisageait fixement,
avec horreur, et ses yeux agrandis. La verdure en-
soleillée étincelait toujours derrière les fenêtres, les
oiseaux ne se taisaient pas, l'air était frais et chargé
de douceur, mais je savais déjà que la paix ombragée
qui habitait cette demeure était une paix sacrilège
et qu'il n'y avait pas, sur terre, de plus grand péché
que cette paix volée. J'entendis un battement d'aile :
le père revenait.

— Prenez ces comprimés. Trois toutes les deux
heures, avec un peu d'eau, cela vous soulagera.

Je dus ricaner parce qu'il eut un haut-le-corps et

se tourna vers moi. Vanderputte le regardait sans comprendre, la main sur sa joue énorme. Je pris le tube. J'attendis un peu, les dents serrées. J'attendis le mot de la fin. J'attendais qu'il me dise : je vais prier pour vous. Mais il ne disait plus rien, debout au milieu de l'ombre fraîche, sur les dalles, ses longues mains jointes, crispées et les manches blanches coulaient sur ses bras nus. Je poussai Vanderputte vers la porte, j'avais hâte de quitter ces neiges éternelles qu'aucune chaleur n'atteignait. Nous étions à deux pas de la grille, lorsque j'entendis des pas rapides sur le gravier, derrière nous. Le vieux père qui nous avait fait entrer, courait vers nous en retroussant sa soutane, il nous faisait des signes de ses longs bras osseux et ressemblait à un moulin à vent.

— Qu'est-ce qu'il y a ?

Il arriva près de nous, s'arrêta, les clefs sur le cœur, souffla un moment.

— Vous avez pris cette... aspirine ?

— Eh bien, quoi ? Elle était empoisonnée ?

J'avais encore le tube à la main. Je vis sur le visage du vieux une expression de panique, de supplication. Il joignit ses longues mains sur ses clefs.

— Ne la lui donnez pas ! dit-il, à voix basse, implorante.

Il se tourna vers Vanderputte, brandit les clefs :

— Malheureux, ne comprenez-vous donc pas ! Dieu vous a donné cette humble souffrance physique pour vous soulager. Il vous l'a donnée, pour vous aider à oublier cette autre, cette terrible souffrance ! Il n'a pas voulu vous abandonner au remords. C'est donc qu'il vous pardonne déjà, que sa pitié est sur

vous. Réjouissez-vous, mon frère, Dieu vous a pardonné !

Il nous tourna brusquement le dos, retroussa de
nouveau sa soutane blanche et s'enfuit à grandes
enjambées.

— Il se fout de moi? gémit Vanderputte.

Il était en train d'avaler l'aspirine.

— On voit qu'il n'a jamais eu mal aux dents,
celui-là...

Sa figure tordue grimaçait lamentablement dans
le soleil. Soudain, il se tourna vers moi, brandit le
poing.

— Eh bien, moi, je ferais n'importe quoi pour ne
plus avoir mal, hurla-t-il. Vous m'entendez? N'importe quoi ! S'il fallait recommencer, je recommen-
cerais, je les vendrais tous ! Tous les quarante millions que je vendrais, pour avoir seulement un peu
moins mal ! Je vendrais tout ce que j'ai, pour ne
plus souffrir !

D'un geste large, il balaya toute la campagne,
tout le ciel. C'était la première fois depuis des heures,
pensais-je, qu'il avait une réaction vraiment humaine. Je me mis à rire : je pensais au curé, il n'avait
pas prévu cela. Nous étions loin des neiges éternelles.

IV

Je pressai Vanderputte à marcher. Je ne voulais
pas refaire le chemin en pente que nous avions fait
pour venir : il était trop exposé. Mais nous étions
sur une colline et il fallait bien descendre. Mon

regard cherchait fébrilement un abri, un trou, un amoncellement de pierres, un fouillis de buissons où le vieux pourrait poser sa tête. Il n'y avait rien. Des vignes, sur des collines douces, des fermes, des bosquets qui ne donnaient presque pas d'ombre, encore moins un refuge. Nous descendions un sentier parmi des mûriers lorsqu'au delà d'une haie, je vis, au bas de la colline, une voie ferrée ; je ne pouvais dire si c'était la voie que nous avions quittée ou une autre ; en cet endroit, elle coupait une route nationale, il y avait un passage à niveau. La maison du garde-barrière était blanche, peinte à la chaux, avec un toit de tuiles rouges. Le jardin était tout noyé de fleurs ; les taches de couleur — les jaunes, les rouges et les violets — éclataient au soleil. Il y avait surtout des lilas magnifiques qui dominaient toute cette floraison touffue de leur masse violette. Au delà, la terre donnait au ciel ses collines à caresser. J'étais en train de penser : voilà un garde-barrière qui a bien de la veine, lorsque je vis un homme sortir de la maison, en compagnie de deux autres et marcher rapidement sur la route. L'homme avait une paire de souliers à la main, je le regardai et en un instant mon cœur emplit la campagne de son signal d'alarme : c'était notre ami du train. Ses deux compagnons étaient également des voyageurs, je les avais vus discuter dans le couloir. Ils avaient dû descendre du train au passage à niveau et téléphonaient depuis deux heures dans tous les sens ; je m'imaginais le petit bonhomme, le doigt sur l'annuaire, cherchant les bons numéros : la mairie, la garnison, les principales propriétés, les pompiers. Sans doute n'avaient-ils rien oublié.

— Qu'est-ce qu'il y a encore ? gémit Vanderputte.

— C'est notre ami du train.

Le vieux se pencha par-dessus les arbustes et regarda.

— Il a une femme à laquelle il a l'air de tenir et qui est en train de mourir dans un sana. C'est pour ça.

— Il m'en veut ?

— Oui.

Le vieux paraissait trouver cela tout naturel.

— Il emporte aussi vos souliers.

— Pourquoi faire ?

— Ça, je n'en sais rien. En souvenir, peut-être.

— C'était ma meilleure paire, dit le vieux, tristement.

J'entendis un bruit d'auto et je vis deux camions bâchés apparaître sur la route et se diriger vers le passage à niveau. A la hauteur des trois hommes, le premier camion stoppa, je vis notre ami, la paire de souliers à la main, grimper à côté du chauffeur ; les deux autres montèrent derrière, les camions démarrèrent, dépassèrent le passage à niveau. Je vis le garde-barrière sortir de la maison, regarder le premier camion s'éloigner, la main en visière au-dessus des yeux. Le deuxième camion s'arrêta devant la maison ; le chauffeur descendit. C'était un militaire : je vis aussi une vingtaine de soldats, les fusils à la main sauter les uns après les autres sur la route. L'un d'eux, sans doute un sous-officier, avait une mitraillette. Ils s'éloignèrent du camion, s'égaillèrent en ligne des deux côtés de la voie ferrée, dans les vignes, et avancèrent, s'éparpillant toujours davantage, remontant la voie, le fusil à la main. Le

chauffeur grimpa dans le camion et repartit lentement ; sans doute scrutait-il, lui aussi, le paysage.
Le garde-barrière rentra dans sa maison. Je regardais
encore une fois le jardin : c'était un véritable
maquis, épais, touffu, tout hérissé de broussailles...
Je saisis Vanderputte par le bras.

— Vous voyez ce jardin ?

Il braqua sur lui son œil rond, ahuri.

— Eh bien, quoi ?

— Suivez-moi. Et tachez de courir vite.

Je m'élançai. Arrivé à la palissade, je me retournai:
Vanderputte titubait lentement en gesticulant, au
milieu des vignes ; il se détachait sur le ciel comme
un épouvantail ivre. Il arriva jusqu'à moi, haletant
et indigné. Je lui montrai la palissade.

— Allez, sautez...

Je me baissai. Il grimpa sur mon dos, hésita...

— Quelle vie, médita-t-il, à haute voix, quelle
vie...

Je donnai un coup d'épaule et il tomba lourdement
de l'autre côté. Je le rejoignis parmi les rosiers, sous
les pétales qui pleuvaient.

— Restez tranquille.

Il éternua. L'air était lourd de parfum, il paraissait
traîner sur le sol, comme un nuage déchu. Une dentelle d'ombre tombait sur nos visages, sur nos corps ;
il faisait très chaud, des guêpes bourdonnaient,
au-dessus de nos têtes, les feuilles se rejoignaient en
un toit plein de trous étincelants. De temps en temps,
Vanderputte se révoltait, faisait mine de se lever.

— Je vais me livrer à la police. Ils vont me soigner...

Son œil brillait. Il devait avoir de la fièvre. Il remuait la tête sans cesse, de gauche à droite, d'un mouvement monotone : je crois vraiment qu'il n'en pouvait plus. Nous entendions des voitures, sur la route ; un train passait parfois... Nous étions là depuis une heure, lorsque j'entendis le gravier qui craquait. J'écartai légèrement les buissons et je vis le garde-barrière qui se promenait parmi ses rosiers. Il était en bras de chemise et avait à la main une pipe en écume. Il avait une petite moustache noire, en brosse. Il faisait un pas, s'arrêtait près d'un rosier et soulevait délicatement, du bout des doigts, une rose, comme on prend le menton d'un enfant. Il paraissait très satisfait. Sans doute venait-il de déjeuner, parce qu'il avait des renvois, qu'il cherchait à réprimer, bien qu'il fût seul. Il fit le tour de son petit domaine et s'approcha de notre coin. Je m'aplatis contre le sol et posai la main sur le bras de Vanderputte. Mais le garde-barrière ne pensait qu'à ses fleurs. Il y avait là un magnifique bougre de rosier jaune, aux fleurs épanouies. Le garde-barrière s'approcha de lui, caressa doucement une fleur sous le menton... Sans doute était-ce son rosier favori.

— Comment ça va, ce matin, toi ?

Il s'adressait évidemment au rosier. A mon horreur, et avant que je n'aie eu le temps de bouger, j'entendis la voix de Vanderputte répondre plaintivement :

— Oh là, là, ne m'en parlez pas !

Je vis le garde-barrière faire un grand bond en arrière ; la pipe tomba de sa bouche. Il se baissa rapidement pour la ramasser. Après quoi, il fit encore un pas en arrière et dit :

— Sortez de là !

J'écartai les rosiers. Sans doute avait-il déjà compris à qui il avait affaire. Il braqua le tuyau de sa pipe vers les fleurs qui protégeaient Vanderputte :

— Et l'autre, il est là ?

— Il est malade. Laissez-le.

— Ah non, dit-il, pas dans mes rosiers. Rien à faire. Foutez-moi le camp et vite.

Il paraissait indigné. Il avait l'air de tenir notre présence dans son jardin pour une insulte personnelle. Il n'aimait pas les corps étrangers. Il eut cette phrase magnifique :

— Et puis, enfin, qu'est-ce que vous faites là ? On vous cherche partout.

Je sentais que je n'avais aucune chance de le convaincre. Il aimait trop les roses, celui-là. Il ne lui restait rien pour les autres. J'essayai tout de même.

— Nous cherchons à gagner l'Espagne. Laissez-nous passer la journée dans les rosiers. Nous partirons la nuit. Personne n'en saura rien.

Il devint tout pâle.

— Je vous dis : rien à faire. Je ne veux pas me mêler d'une histoire pareille.

Il s'emportait :

— Il faut toujours que ce soit à moi que ces choses-là arrivent ! Déjà pendant l'occupation, je trouvai un matin deux aviateurs anglais dans mon jardin... Mais enfin, qu'est-ce que vous avez tous à vouloir vous fourrer dans mes fleurs ?

— Elles sentent bon, lui dis-je. C'est peut-être pour ça.

Il ne m'écoutait pas.

— Deux aviateurs alliés, avec un poste allemand à cent mètres de là... Naturellement, j'ai dû les garder toute la journée, pour ne pas avoir d'ennui avec la Résistance. Mais vous vous rendez compte de ce que je risquais ? Les Allemands, s'ils les avaient trouvés là, ils m'auraient rasé mon jardin.

Cette idée fit monter des gouttes de sueur à son front.

— Allez, foutez-moi le camp, dit-il. Et plus vite que ça.

— Il ne peut pas bouger. Il a soixante-dix ans et il est très malade.

— Je m'en fous, m'assura-t-il. Il n'a qu'à se rendre à la police, ils vont le soigner. J'ai mis quinze ans à avoir ces rosiers, je ne veux pas qu'on me les arrache pour avoir hébergé un monstre.

— Mon bon monsieur, lui dis-je, ce n'est pas un monstre. C'est un homme. C'est même cela qui est si dégueulasse. C'est un homme. La preuve, c'est qu'il a mal aux dents.

Il parut choqué.

— Ce n'est pas le moment de plaisanter.

— Je ne plaisante pas. Personne ne sait plus très bien à quoi ça se reconnaît, un homme. Alors, je vous passe ce tuyau : de tous les mammifères, l'homme est seul à avoir mal aux dents. J'ai vu ça dans le Larousse. Vous ne pouvez pas vous tromper.

Il faisait de grands gestes, à présent, avec sa pipe.

— Dites donc, il y a tout de même un aspect moral... Ne croyez pas que je sois inaccessible à la pitié. D'autre part, je comprends que son grand âge...

— C'est ça, l'encourageai-je, c'est ça. Essayez de vous rappeler. Vous avez été un homme vous-même.

Il me regarda de travers.

— Mais tout de même, si on laisse vivre des traîtres parmi nous, il sera impossible de... de...

— De ?

Il haussa les épaules et gesticula avec sa pipe.

— Enfin, on respirera le même air qu'eux, non ?

Je me sentis soudain écœuré par cette atmosphère parfumée, pleine de guêpes, qui nous baignait. C'était un air faux et usurpé, d'où la simple odeur de la terre était absente. Le bonhomme gesticulait : il essayait de se convaincre.

— Je vous dis : on ne pourra plus respirer.

Il commençait à m'embêter, avec ses voies respiratoires. Je m'approchai de lui. Il eut très peur et recula.

— Ne me touchez pas, cria-t-il, ou j'appelle...

— Vous pouvez toujours gueuler, lui dis-je. Il n'y a personne à des kilomètres à la ronde. Vous avez bien choisi votre endroit.

Le malheureux se mit à trembler.

— Vous n'allez pas me tuer, tout de même ? Qu'est-ce que ça vous rapporterait ?

— Rien, lui dis-je. Ce serait désintéressé...

Je le pris au cou.

— Monsieur ne veut pas qu'on souille l'air qu'il respire... D'abord, pourquoi es-tu devenu garde-barrière ?

— Parce que je n'ai pas pu devenir gardien de phare. Il fallait être inscrit maritime...

— Enfin, garde-barrière, ce n'est déjà pas si mal que ça ?

Il me jeta un regard de haine.

— Ça ne vaut pas un petit phare bien isolé, dit-il avec sincérité.

— On peut tout de même cultiver son jardin et se fiche pas mal de tout ce qui arrive aux autres, hein ? La guerre, la résistance, ça passe à côté, ça ne nous regarde pas. Nous, on voit passer les trains, c'est tout.

Nouveau regard de haine.

— Il y en a qui s'arrêtent, fit-il, entre les dents.

Je le secouai.

— Salaud, lui dis-je, les dents serrées, canaille, va... Croisade de l'air pur, va...

— Vous me faites mal !

— Et c'est toi qui oses juger les traîtres ? Tu peux me dire, poil de mon cul, une seule chose que tu n'aies pas trahie depuis que tu respires ? Un seul homme que tu n'aies pas abandonné, une seule souffrance à laquelle tu n'aies pas tourné le dos ? Tu es le premier des traîtres... C'est chez toi que ça commence.

— Mais vous êtes fou ! Je n'ai jamais rien trahi ! Je ne me suis jamais mêlé de rien ! Il est fou. Au secours ! Vous allez m'étrangler...

— Allez, avoue, tu as pris part au concours agricole ? T'as inventé une nouvelle rose ? T'as gagné un prix ?

Je vis une lueur de fierté passer dans ses yeux terrifiés.

— L'impératrice Jaune, souffla-t-il. Premier grand prix en 1943...

— Tu avoues, hein ? Tu vois que tu avoues ? En 1943, tu dis ? Tu sais ce qui s'est passé, en 1943 ?

— Non, râla-t-il, les yeux exorbités. En tout cas, je vous assure, je n'y suis pour rien !

— En 1943, des millions d'hommes se faisaient tuer pour toi, ordure ! Des millions d'hommes, qui se faisaient tuer pour te permettre de respirer librement ! Et toi... Impératrice Jaune, va ! Rosier de mes deux !

Il ne disait plus rien. Ses yeux ronds me regardaient avec une horreur indicible. Je le lâchai enfin. Il s'écroula sous un rosier et demeura ramassé sur lui-même, prêt à fuir, le regard rempli de haine et rivé au mien.

— Je vous appellerai en justice, me dit-il, d'une voix tremblante.

Je me penchai sur lui.

— Écoute-moi bien, mon joli. Nous avons là-bas, dans tes rosiers, une petite valise. Elle n'est pas vide. Du plastic... Tu m'as compris. Bref, supposons que tu nous dénonces... Non, non, je sais bien, mais c'est une simple supposition. Tu devines, n'est-ce pas, ce qui va se passer ? Boum, plus de petit paradis ! Boum, boum, plus d'Impératrice Jaune ! Plus rien... Plus un pétale !

La haine avait quitté ses yeux et il n'y avait plus que l'humble supplication de la peur.

— Alors, voilà ce que je te propose. Nous allons rester dans ce coin parfumé jusqu'à ce soir. Ni vus, ni connus. Si on nous découvre, tu feras l'étonné. On ne pourra rien te reprocher. Une fois encore, tu ne te seras mêlé de rien. Les mains propres. Au-dessus de la mêlée. Demain matin, tu vas te réveiller dans ton petit paradis intact et tu iras renifler ton Impératrice Jaune, là où elle sent bon. Autrement...

Je me tus. Il se passa sur les lèvres une langue poin-
tue et avala. Puis il dit :

— D'accord.

Il se leva, épousseta son pantalon. Sans me regarder, il dit :

— Ne sortez pas des buissons.

— Sois tranquille.

Il se dirigea vers la maison, mais je le rappelai.

— Pendant que j'y pense : fais-moi du café au
lait et deux œufs sur le plat. Trois œufs sur le plat,
tiens. Et que ça saute.

Il me jeta un regard venimeux et me tourna le
dos. Je n'avais pas faim, mais je voulais voir si je
l'avais bien en main. Dix minutes après, il me fit
des signaux, par la fenêtre, puis disparut. Il avait
posé sur le rebord de la fenêtre une omelette et du
café. Je mangeai, puis retournai m'allonger dans les
rosiers.

— Vous n'avez pas faim ?

Vanderputte répondit par un gémissement. Il était
couché sur le dos, à côté de sa valise, qu'il tenait
par la poignée. Je voulus soudain savoir ce qu'il
avait essayé de sauver avec lui. Je saisis la valise et
l'ouvris. Sous du linge, je trouvai un gâchis de bouts
de ficelle, de breloques, de chaînons, de lambeaux
d'étoffe, et une riche collection de boutons dépareil-
lés. La photo de Vanderputte enfant, de Vanderputte
en artilleur et sur la balançoire, la moustache jeune
et l'air téméraire, un bouquet de violettes artificielles,
toutes trouées... Une ou deux mites s'envolèrent de
ce fatras : il avait trouvé moyen d'emporter les
mites aussi. Voilà ce que cette patrouille perdue emportait avec elle dans son dernier voyage. Les amis,

quoi. Je le regardai. Dans cet insupportable parfum
qui nous baignait, son œil inquiet, aux cils immobiles,
me guettait comme une araignée énorme tapie dans
sa toile de rides. Le visage était terreux, couvert de
sueur, cabossé. Le nez, petit, couperosé, plein de
points noirs, émettait des sifflements plaintifs et la
bouche aux lèvres couvertes de salive était déformée
et tordue par l'enflure. « La pitié seule peut nous
mesurer tous ; elle seule peut nous contenir tous ;
elle est notre seule égalité. Elle seule permet de conserver le même sens au nom qui nous désigne, elle
seule permet de suivre et de retrouver l'homme partout où il va. Il n'y a pas de plus grand péril qui
nous guette que l'étrange difficulté que nous éprou-
vons à reconnaître l'homme dans l'homme et la pitié,
seule, parfois, nous révèle sa présence autour de nous.
Elle est au-dessus des confusions, à l'abri des erreurs
et des vérités, elle est notre identité profonde. » Ces
mots de mon père, les phrases entières, que j'avais
lues et relues tant de fois sans les comprendre, venaient à présent à mon secours et rien ne m'était
jamais paru plus sûr, ni plus lumineux. « Il faut
d'abord beaucoup d'amour donné pour faire un
traître, beaucoup de mains tendues, pour faire une
trahison... » Je me penchai sur Vanderputte. Si
jamais le doute me fût venu, comme une extrême
fatigue, avec l'énervement des insectes bourdon-
nants, du soleil et de cet air lourd et embaumé, la
souffrance que ce visage exprimait eût à elle seule
suffi à me la faire reconnaître.

— J'ai mal, appela-t-il.

— Ne bougez pas. Restez là. Je vais voir ce qu'on
peut faire pour vous.

Je rampai hors des buissons. J'étais déjà sur le sentier lorsqu'il passa entre les feuilles sa tête difforme.

— Vous n'allez pas me laisser, hein ? Vous n'allez pas m'abandonner ?

Il avait raison de poser cette question à un homme.

— Non. Je vais chercher un médecin.

Je marchai vers la maison. Le garde-barrière était assis près de sa radio.

— Des nouvelles ?

— Oui. On vous cherche.

Je pris une de ses cigarettes, l'allumai. Il suivait chacun de mes gestes, le regard haineux.

— On a parlé de moi aussi ?

— Oui.

Je vis une mauvaise lueur s'allumer dans ses yeux.

— On a même parlé de votre père.

Je ne bronchai pas. Il parut déçu, traîna ses savates jusqu'à la porte et suça sa pipe en silence, en regardant le joli paysage. C'était, au fond, un artiste. Je le suivis.

— Il y a un dentiste, dans le village ?

Il s'affola immédiatement.

— Vous êtes fou, vous n'allez pas amener un dentiste ici, tout de même ?

— Non, le rassurai-je. Nous irons le voir chez lui. Ça coûtera moins cher. Expliquez-moi le chemin.

Il boudait. Il s'était appuyé à la porte et suçait sa pipe, les lèvres boudeuses, le regard perdu dans les nues. J'avais envie de lui cogner dessus, mais je trouvai mieux. J'avançai et cueillis une rose, sous son nez.

— La première maison du village, en remontant, dit-il immédiatement. Il y a des cyprès.

Le village commençait au sommet de la colline. Les toits, les arbres, le clocher se détachaient sur le ciel nu, petit îlot perdu au milieu des vignes. A droite, à mi-chemin entre nous et le village, un mur blanc, où le soleil venait s'écraser sur la verdure des arbres.

— Derrière cette propriété.

— Comment s'appelle-t-il ?

— Lejbowitch. C'est un juif roumain.

Il ricana, fit un petit geste de la pipe.

— On se demande ce qu'il est venu faire là, hein, dans cette campagne...

— Il se repose, lui dis-je. Il se repose, en attendant que ça recommence. Bon, je vais faire un petit tour.

Je l'avertis :

— Je vous préviens que mon bonhomme est dangereux. Pas de blague. Il vous a d'ailleurs à l'œil. Tout à l'heure, il m'a dit : « Foutu pour foutu, j'aime encore mieux monter au ciel dans une odeur de rose. »

Il essaya de sourire. La pipe tremblait dans sa main. Elle était éteinte, le tuyau était tout mouillé de salive.

— Qu'il ne fasse pas de bêtise, dit-il, avec une fausse bonhomie. Il peut s'en tirer, avec un peu de chance. Il ne faut pas qu'il perde courage comme ça. Vous devriez lui dire un mot, avant de partir. Je pourrais peut-être lui faire du café.

— Non, dis-je. Il est déjà assez énervé comme ça.

Je sortis dans le soleil. Il me rattrapa.

— Vous pensez que ça l'ennuierait, si je fais marcher ma radio ?

— Non, non, au contraire. Il aime bien la musique. Choisissez quelque chose de sentimental.

Je traversai la route et me mis à marcher à travers les vignes. Je voyais des silhouettes bouger dans les champs : des taches blanches, rouges, jaunes, aux bras nus, qui se penchaient vers la terre. Je croisai sur un sentier un facteur en bicyclette, qui me dit : bonjour, il fait beau. Bonjour, lui dis-je, bonjour, oui, il fait beau et je souhaitai soudain que ce facteur eût le droit de décider, qu'il lui fût donné de trancher toutes les questions de vie ou de mort... Je me dirigeai vers la grande propriété dont le mur blanc me renvoyait le soleil dans les yeux. La maison était invisible. Elle devait être enfouie, quelque part, derrière les cyprès, qui dressaient très haut vers le ciel leur ombre mince. Je longeai le mur, pour contourner la propriété et me trouvai soudain devant la grille d'entrée. Sur le portail, il y avait une grande affiche jaune, aux caractères noirs, bien gras :

Citoyens de Fouillac !

Le maire sortant Morel a reçu les Allemands dans son château.
Jusqu'en 1943 il a fait des affaires avec eux.
    Citoyens !
Dimanche prochain, vous irez aux urnes.
Votez contre la liste des blanchis !
Votez contre la liste des trafiquants !
Notre région fière de son vin et de ses vignes
N'aura pas à sa tête un représentant de Vichy !

L'affiche était encore toute fraîche. On avait dû
la coller le matin même. J'hésitai un moment : mais
je n'avais le droit de refuser personne. J'entrai et
suivis l'allée. Elle était bordée de cyprès ; il y avait
aussi des buissons épais, soigneusement taillés et des
plates-bandes de fleurs au milieu du gazon. L'allée finissait devant une belle maison moderne de deux
étages, pleine de baies vitrées ; il y avait une ter-
rasse et des marches qui s'arrêtaient devant une
pièce d'eau. Au-dessus des fenêtres, il y avait de
grandes toiles orange, j'étais sûr qu'il y avait des
poissons rouges dans le bassin. Les cyprès fermaient
la maison et on ne devait voir des fenêtres, ni les
vignes, ni la pente douce des collines sous le ciel. Un
valet de chambre montait lentement l'escalier ; il
portait un gilet rayé noir et jaune qui le faisait ressembler à une grande guêpe chauve. J'allais m'ap-
procher encore lorsqu'une voix d'homme, très proche, m'arrêta net :

— Voyons, Madeleine, voyons, dans la vie, il faut
toujours sauter sur les occasions...

Je quittai l'allée et fis quelques pas sur le gazon
dans la direction de la voix. J'entendis un bruit de
tasses, de cuillères. Je me glissai entre les buissons,
écartai les branches et vis, à quelques mètres de moi
un homme et une femme en train de déjeuner. Le
plateau était posé sur une table de jardin ; l'argenterie brillait au soleil. La femme devait avoir une
cinquantaine d'années. Elle était maquillée, malgré
l'heure matinale. Elle portait des pantoufles et un
manteau de fourrure sur son déshabillé bleu. Elle
beurrait une tartine. L'homme était debout. Je le
voyais de dos. Il portait une culotte de golf, une

casquette et un veston de sport moutarde, avec une
petite fente. Le coude en l'air, il buvait son café.
Contre la table, il y avait un fusil de chasse.

— Tout de même, André, j'aimerais mieux que
vous restiez tranquille... Je trouve tout cela extrêmement gênant.

— Mais voyons, Madeleine, c'est une chance unique... Il faut en profiter. Vous savez bien dans quelles
difficultés je me trouve. Eh bien, avec un peu de
veine, je passerai dimanche prochain comme une
lettre à la poste. Vous voyez ça, dans les journaux :
le maire de Fouillac, après un corps à corps acharné,
s'empare lui-même du traître en fuite...

La dame posa la tasse sur le plateau et porta la
main à son cœur.

— Mon Dieu, quel langage ! Et il a près de
soixante-sept ans, ce malheureux, d'après les journaux...

— Je m'en fous, je ne suis pas si jeune, moi non
plus. Donnez-moi encore un peu de café.

— Mangez une tartine, au moins ! Vous n'allez
pas courir la campagne le ventre vide ?

— Je n'ai pas faim, je suis trop ému. Vous vous
rendez compte ? Cinq jours avant les élections, juste
au moment où mes ennemis s'emparent de cette ridicule histoire de fournitures — ce salaud de Vautrin,
je lui revaudrai ça ! — l'occasion m'est donnée de
montrer à tous ces gens avec qui je suis et contre qui
je me bats, contre qui je me suis toujours battu...

Il posa la tasse sur la table. La petite fente de son
veston tremblait d'excitation.

— Si je ne passe pas après cela, je veux être pendu.
Quant à cette petite canaille de Vautrin... enfin,
n'anticipons pas. Il faut que je me sauve. On a pu
avoir les souliers du bonhomme, j'ai téléphoné au
chef-lieu pour qu'ils nous envoient des chiens policiers. Ils ont, paraît-il, deux chiens qu'ils avaient pris
aux Allemands et qui ont été spécialement entraînés
pour ce genre d'expédition. On verra ce qu'ils valent.
Il faut aussi que je passe à la mairie. J'ai convoqué
tout le monde, depuis les R. P. F. jusqu'aux communistes. Je vais te leur lancer à travers la gueule un
de ces appels à l'union, ils s'en souviendront longtemps les sali...

— André !

— Je vous demande pardon, ma chérie, je suis
un peu énervé. Mais après tout, il ne s'agit pas seulement des élections : on essaye de me déshonorer !

Il l'embrassa sur le front et disparut derrière la
maison ; quelques instants après, une voiture noire
passa devant moi, écrasant le gravier. Je sortis dans
l'allée et marchai vers la grille. J'avais l'impression
curieuse d'avoir rêvé, je me sentais abasourdi, désorienté, je me disais : ces mots, ces phrases que je
viens d'entendre, ont été prononcés par des hommes,
par des êtres qui ont un cœur, un visage, des mains :
comment, après cela, pourrais-je défendre un des
leurs ? Jamais, depuis notre fuite, je ne m'étais senti
aussi près d'abandonner la lutte, d'aller trouver la
police et lui livrer le vieux. Ils ne méritaient pas
d'être défendus. Je n'avais, pour me redonner du
courage, que la vue de cette campagne française,
aux traits humains et clairs, au sourire accueillant,
que cette terre qui chantait, de mille voix de cigales,

un espoir qu'aucune aventure humaine ne pourra
jamais décevoir. Cet espoir me gagnait, malgré moi,
et me poussait en avant : il était impossible d'imaginer que cette campagne heureuse ne trouvât pas
à s'incarner dans un visage de pitié. Je contournai
la propriété et m'approchai du verger qui commençait déjà, parmi les dernières vignes. Je marchai
sous les pommiers verts, près d'un puits, un homme
buvait, en bras de chemise, couvert de sueur.

— Le docteur, s'il vous plaît ?

— C'est par là. Tout droit.

Il y avait une basse-cour, avec des poules qui ca-
quetaient, un chien noir, endormi, les deux pattes
sur un os. Par la fenêtre, sous des tilleuls, je vis une
cuisine : une grosse bonne femme essuyait des assiettes avec son tablier.

— Le docteur Lejbovitch ?

Elle vint à la fenêtre.

— Il faut faire le tour. On entre par la rue.

— Vous n'auriez pas un crayon et une feuille de
papier ?

Elle me regardait avec méfiance.

— C'est pourquoi ?

— J'ai quelque chose d'urgent à lui dire.

Je griffonnai quelques mots contre le mur, puis
attendis. « Docteur, nous sommes traqués par tout
le monde... » Je regardai le verger, le chien endormi
sur son os, toute cette paix défendue... Je tenais à
peine debout. La fatigue donnait au paysage une
seule teinte blanche, blessante. Je regardai le sommet
des tilleuls qui bougeaient à peine, pinceaux verts qui
passaient lentement sur le ciel. La porte s'ouvrit et
la cuisinière me fit entrer.

— Essuyez vos pieds. Je viens de nettoyer.

Je marchai sur du linoléum brun, traversai une salle à manger. Des cristaux, une table nue qui brillait, un plat de fruits en plâtre, de l'argenterie sur une commode...

— Vous n'avez qu'à traverser la salle d'attente et entrer directement. Le docteur vous attend.

J'aperçus un paysan, une pipe à la main, une bonne sœur qui lisait le bréviaire, un visage d'enfant, un fauteuil vide... Le docteur était debout au milieu du cabinet. Je fermai la porte. Mes yeux erraient sur le tapis, s'arrêtaient à ses pieds : je devais avoir l'air coupable, alors que j'avais simplement peur de lire un refus.

— C'est contre nature, ce que vous me demandez de faire.

Un accent étranger, à peine perceptible.

— C'est contre nature. J'ai été déporté, moi aussi.

Je levai les yeux : il avait un visage fatigué, mais énergique, sous des cheveux grisonnants et une barbiche grise. Il tenait les mains dans ses poches, les jambes écartées et remuait violemment les coudes en parlant, en se levant un peu sur la pointe des pieds.

— Où est-il, d'ailleurs ?

— Dans le jardin, à côté du passage à niveau.

— Blessé ? Je ne suis pas médecin, je suis dentiste. Il y a un médecin, dans un village à côté. Il est nul, d'ailleurs.

— Il a un abcès, sous une dent. Il souffre beaucoup.

— Moi aussi, j'ai beaucoup souffert. Je suis resté en Allemagne deux ans.

Je ne dis rien.

— Bon, bon, je vais venir. Il paraît que je n'ai pas le droit de refuser. Quel métier !

Il battit l'air de ses coudes.

— D'ailleurs, un homme est un homme.

— Je savais que vous comprendriez, murmurai-je.

— Je comprendrais quoi ? se fâcha-t-il. Hein ? Quoi ? Qu'est-ce que je dois comprendre ?

Il remua violemment les coudes, haussa les épaules, se leva sur la pointe des pieds.

— Il n'y a rien à comprendre. Absolument rien. J'ai été déporté, j'ai souffert l'enfer... Maintenant, je vais aller chercher ma trousse. Mais je vous préviens : je ne pardonne pas !

Il s'agita, un moment, une petite valise ronde à la main.

— Je fais mon métier, c'est tout... Maintenant, je vais avertir mes clients.

Il courut vers la porte de la salle d'attente, l'ouvrit.

— Je m'en vais. Vous pouvez attendre, ou revenir plus tard. Ça m'est égal. Un cas très urgent.

Il ferma la porte sur les protestations, me sourit.

— Je suis le seul dentiste, ici, je peux me le permettre.

Il s'agita un moment encore, la trousse à la main.

— Maintenant, je vais aller chercher ma voiture.

Je le suivis dans la cour. Il fouilla longtemps dans ses poches pour trouver les clefs, sortit en marche arrière sous les tilleuls. Nous roulâmes en silence.

— Alors, vous dites, au passage à niveau ?

— Oui.

— Inouï, s'exclama-t-il, un peu plus loin. Inouï ! Quand je pense que moi, je vais soigner un dénonciateur, un traître...

— Il n'est pas responsable, vous savez. Il est très vieux, sans défense et il est tombé entre les mains des Allemands.

Il ne m'écoutait pas.

— Moi aussi, j'ai été dénoncé en 1942. Comme juif. Je suis juif. J'avais un cabinet à Paris. Quand je suis revenu, pas de cabinet. Il a fallu tout recommencer.

Il soupira.

— Enfin, un homme est un homme.

A un tournant, je vis le toit de tuiles rouges qui coiffait le jardin. Le docteur freina devant la maison. J'entendis de la musique. Nous entrâmes. Le garde-barrière était assis dans un fauteuil, près de la radio. Il se leva.

— Bonjour, docteur. Je tiens à vous prévenir immédiatement que je me lave les mains de tout cela. Ils sont armés, ils m'ont menacé. J'ai cédé à la force...

— Allez, ne vous défendez pas, dit le petit docteur. Un homme est un homme. Où est-il ?

— Dans les rosiers. Mais je ne veux pas le garder davantage. Si on le trouve chez moi, je serai licencié, je perdrai les droits à la retraite et...

Nous trouvâmes Vanderputte couché sous les rosiers. Il était étendu sur le dos, ses pieds nus écartés et d'une main, faiblement, essayait de chasser une guêpe de son visage. Son œil hagard suivait la guêpe dans ses mouvements, comme fasciné. Il avait la bouche entrouverte, tordue et haletait, en gémissant. Le docteur lui prit la main.

— Hé là ! fit-il. Le monstre a de la fièvre.

Il s'agenouilla, se pencha sur lui, tâta sa joue.

— Ne me touchez pas ! hurla Vanderputte.

— Là, là, nous n'allons pas faire de chichis ? dit le petit docteur, sévèrement. Nous allons être un bon monstre, un monstre patient, n'est-ce pas ?

Il se leva, ôta sa redingote et la suspendit à un buisson de roses blanches. Il retroussa ses manches.

— Nous allons ouvrir le petit abcès. Nous allons y accéder par la gencive. Le monstre ne sentira rien, nous lui ferons une petite piqûre. Il nous faudra de l'eau bouillante.

Il trotta vers la maison.

— Il ne va pas me faire mal ? gémit Vanderputte.

— Mais non. Vous ne sentirez rien. Ce sera bientôt fini.

Le petit docteur revenait.

— J'ai mis de l'eau à bouillir. Le monstre devra patienter encore un petit peu.

Je crois que c'est à ce moment-là que l'idée qu'il allait enfin être soulagé se fraya un chemin jusqu'à la conscience obscurcie de Vanderputte. Il cessa de gémir. Il fit un effort, se souleva sur un coude. Des pétales jaunes plurent sur lui.

— Docteur, appela-t-il.

Il parvint à s'asseoir. Il avait un air anxieux, vaguement servile. Il se rendait compte que les hommes faisaient enfin quelque chose pour lui et il essaya désespérément de se rapprocher d'eux, de parler leur langage.

— Je veux vous dire une chose...

Le petit docteur était en train de sentir une belle rose.

— Eh bien, quoi, eh bien ?

— Je ne suis pas aussi coupable qu'on le dit. Je sais bien, il y a eu cette malheureuse histoire de Carpentras... J'avais le couteau sur la gorge... Mais à part ça...

Il chercha au fond de sa mémoire confuse un argument solide, une corde familière, qu'il était sûr de faire vibrer, il essaya de parler le langage des hommes...

— On ne peut pas dire que je sois vraiment un traître. Je n'ai pas donné de Français, vous savez. Je n'ai donné que des juifs...

Le petit docteur nous tournait le dos. Je vis ses épaules se raidir, la main qui tenait la rose s'ouvrir lentement... Il se tourna vers nous. Sur ce vieux visage, aux traits soudain décomposés, aux rides douloureuses, je vis passer, l'espace d'une seconde, une expression traquée, panique, le souvenir millénaire d'un péril sans nom. Les lèvres firent la moue, une moue enfantine, si ridicule, parmi ces rides, au-dessus de cette barbiche grise qui tremblait violemment. Puis il se réfugia dans la dignité. Il se redressa. Il nous foudroya du regard. Il déroula lentement ses manches. Il marcha d'un pas ferme jusqu'au rosier, décrocha sa redingote et la mit posément. Il ne nous quittait pas des yeux, comme pour s'assurer qu'aucun de ses gestes hautains ne nous échappait. Il se pencha, saisit sa trousse... Ce fut alors seulement qu'il perdit le contrôle de lui-même. Il avança sur nous, frappa le sol du pied et brandit le poing :

— Antisémites ! hurla-t-il. Antisémites, hé ?

Il se dressa un moment devant nous, pâle, rageur, brandissant le poing en silence, une expression de détresse profonde dans le regard...

— Et c'est moi qu'ils viennent chercher, c'est moi !

Après ce qu'ils m'ont fait ! Ils se moquent de moi,
encore !

Il nous tourna le dos et s'enfuit à grandes enjambées ; j'entendis dans la maison sa voix furieuse, une
porte qui claquait... Je vis passer l'auto et au même
moment, sur la route, j'aperçus le garde-barrière qui
courait. Il courait de toutes ses forces, les coudes au
corps, en tournant parfois la tête et en jetant, vers
le jardin, des regards terrifiés... Il n'y avait plus rien
à espérer. Je me tournai vers Vanderputte. Il était
assis sous le buisson, la main sur la joue, la bouche
béante d'étonnement, l'œil stupéfait. Il avait des
pétales jaunes dans les cheveux. Ce fut seulement
lorsque le bruit de l'auto mourut sur la route, qu'il
eut une réaction étonnante. Il se redressa.

— Il m'insulte ! hurla-t-il. Ils m'insultent tous !

Il se frappa soudain la poitrine du poing, violemment.

— Personne n'a le droit de m'insulter, personne !
Vous m'entendez ? Personne n'a le droit de se mo-
quer ainsi de moi, de traîner ainsi mon visage dans
la boue ! Mais enfin, qu'est-ce que j'ai fait au bon
Dieu pour être humilié comme ça ?

...La vie s'était arrêtée devant moi, comme un
film qui se fige brusquement sur une image et révèle
ainsi une attitude grotesque et absurde, qui n'était
pas destinée à nos yeux. Et je ne crois pas que ce fut
la pitié qui me fit agir, mais un sentiment profond
de faillite, d'échec et d'humiliation. Je crois que je
cédais ainsi à ma rancune et à la lassitude, au désir
d'accomplir enfin le geste que des millions d'hommes
demandaient de moi. Je regardais ce visage aux plis
lourds, cet œil agrandi et fixe qui ne comprenait pas,

ce nez qui sifflait et ces larmes — ces larmes humaines — car il n'y en a pas d'autres. Mais ce visage avait perdu pour moi tout trait individuel. Cette caricature d'homme était aussi une incarnation et sa culpabilité même incarnait une culpabilité plus grande que la sienne, la seule qu'il fût impossible de pardonner. Ce que j'avais essayé de sauver, ce pour quoi mon père était mort, me paraissait à présent inexistant et vide de sens, trahi par tous, abandonné depuis longtemps. Il n'y avait plus rien à défendre. Il ne restait plus qu'à me soumettre et retourner enfin au sein d'une lâche complicité, d'une grande culpabilité accueillante. Sans doute est-ce aujourd'hui seulement que je trouve à mon geste cette explication et des mots à la rancune sans nom qui me souleva. Je n'étais conscient alors que de l'air doucereux qui m'entourait, plein de bourdonnements de guêpes et je me souviens aussi que cette phrase de Vanderputte, prononcée dans le taxi qui nous emmenait à la gare, se réveilla soudain dans ma tête et emplit tout de sa clameur : « L'homme, ça ne se pardonne pas ! »

Je saisis le vieux par le bras.

— Venez.

Je le traînai jusqu'au mur de la maison. Il trotta derrière moi avec confiance, comme un chien. Je le poussai contre le mur. C'était un mur blanc et propre, qui n'avait encore jamais servi. Vanderputte me regardait de son œil rond, une main sur la joue, la valise dans l'autre. Ce fut seulement lorsque je sortis l'arme qu'il comprit tout à coup le sens de la cérémonie. Il poussa un cri, fit un petit bond et essaya de fuir. Je le chassai contre le mur, les bras en croix, comme on coince un poulet. Je levai un peu l'arme. Vanderputte se débattit, louchant vers le canon, la tête un peu de côté, comme pour voir ce qu'il y avait dedans. Il éternua nerveusement, quatre ou cinq fois de suite. J'entendais la radio à l'intérieur, le bourdonnement des guêpes, je voyais avec une précision étonnante à la fois le mur blanc, le ciel et le visage de celui que j'allais quitter. Brusquement, il se calma. Seule la respiration sifflante continua à agiter sa poitrine. Je vis apparaître sur son visage un sourire de triomphe.

— Pas comme ça, jeune homme, dit-il. Pas comme ça !

Il leva un doigt :

— Dans la nuque, comme tout le monde !

Rapidement, il me tourna le dos et s'agenouilla. J'entendis une auto qui passait sur la route. Dans la maison du garde-barrière, la radio jouait « Intimité » de Chopin. Je voyais Gestard-Feluche qui luisait fortement dans tout ce soleil, les omoplates qui pointaient. Je vis les cheveux gris qui débordaient sur le col et les pellicules et je l'entendis dire soudain hautement, clairement, face aux rosiers :

— Bande de vaches !

...J'eus l'impression que la terre tremblait et je vis Gestard-Feluche lâcher la valise et tomber le nez dans les buissons, les manches en avant, comme si au dernier moment, il avait eu peur de se faire mal.

Je pouvais maintenant retourner parmi les hommes.

Sofia, mars 1947 — Paris, août 1948.

TABLE

Imprimé au Canada — Printed in Canada

4633-8
5-39